英国文学史

HISTORY OF BRITISH LITERATURE

徐庆宏◎编

中央民族大学出版社
China Minzu University Press

图书在版编目（CIP）数据

英国文学史 / 徐庆宏编. --北京：中央民族大学出版社，2024. 10. --ISBN 978-7-5660-2430-5

Ⅰ. I561. 09

中国国家版本馆 CIP 数据核字第 2024YP2738 号

英国文学史

编　　者	徐庆宏
策划编辑	舒　松
责任编辑	舒　松
封面设计	舒刚卫
出版发行	中央民族大学出版社
	北京市海淀区中关村南大街 27 号　邮编：100081
	电话：（010）68472815（发行部）　传真：（010）68932751（发行部）
	（010）68932218（总编室）　（010）68932447（办公室）
经 销 者	全国各地新华书店
印 刷 厂	北京鑫宇图源印刷科技有限公司
开　　本	787×1092　1/16　印张：14
字　　数	200 千字
版　　次	2024 年 10 月第 1 版　2024 年 10 月第 1 次印刷
书　　号	ISBN 978-7-5660-2430-5
定　　价	58. 00 元

内容简介 Abstract

本书对英国文学史进行了详细的解读和归纳，通过明确英国不同时期的文学发展历程，为学习者提供清晰的学习思路。本书首先阐述了英国中古文学的内容，其次是英国文艺复兴时期的诗歌与散文，最后按照时间顺序从 18 世纪到 20 世纪，逐层展示英国文学史的近现代发展概况。本书集中总结了英国文学发展史上的重要节点，希望通过书中的内容能够为相关爱好者和学生带来良好的阅读、学习体验。

目录

Contents

第一章　中古文学

第一节　古英语诗歌

一、古英语诗歌的内容

古英语时期英国文学的诗歌作品留传下来的为数不多。它们被保存在抄写于10世纪末或11世纪初的四部手稿汇集里：（1）《科顿·维泰利斯A XV手稿》（*Cotton Vitellius A XV*），包括史诗《贝奥武甫》（*Beowulf*）和《圣经》故事诗《犹滴传》（*Judith*）的片断，存放在大英博物馆科顿图书馆内；（2）《埃克塞特书卷》（*Exeter Book*），包括半异教、半基督教诗歌《远行客》（*Widsitii*）、《航海者》（*The Seafarer*）、《漂泊者》（*The Wanderer*）、《行吟者的悲叹》（*Deofs Lament*）、《废墟》（*The Ruin*），以及基督教诗篇《基督》（*Christ*）、《顾斯拉克》（*Guthlac*）、《凤凰》（*The Phoenix*）、《朱莉安娜》（*Juliana*），另外还有一些"谜语诗"（"*riddles*"），这个手稿书卷保存在埃克塞特大教堂内；（3）《韦尔切利书卷》（*VerceUi Book*），包括基督教诗歌（主要是圣徒列传）《安德烈亚斯》（*Andreas*）、《使徒们的命运》（*The Fates of the Apostles*）、《海伦娜》（*Elene*），以及《关于十字架的梦》（*The Dream of the Rood*）等，这个手稿书卷保存在意大利北部韦尔切利城的图书馆内；(4)《朱尼厄斯手稿》(*Junius MS*)，包括《圣经》诗篇《创世记》(*Genesis*)、《出埃及记》(*Exodus*)、《但以理书》(*Daniel*)，以及三首合称《基督与撒旦》(*Christ and Satan*) 的宗教诗篇，这个手稿保存在牛津大学博德利图书馆内。

我们说古英语文学是日耳曼民族大迁徙的产物，因为它包括的内容有一大部分来自英国人的祖先盎格鲁-撒克逊人来到不列颠岛以前、仍居住在欧洲大陆北部时口头流传的有关日耳曼各部族的历史故事和民间传说。这些历史故事和民间传说是日耳曼民族的共同财富，它们深入人心，在人们记忆中扎下了根，因此被盎格鲁-撒克逊人带到不列颠岛上，在那里经过古英语诗人的充分利用和艺术加工，变成激动人心、感人肺腑的史诗和抒情诗篇。例如，史诗（或称英雄叙事诗）《贝奥武甫》以及个人抒情短诗《行吟者的悲叹》《漂泊者》《航海者》《远行客》和《废墟》都属于这一类的作品。这一类的作品最初都创作于基督教输入不列颠岛以前。基督教传入后，它们经过基督教诗人的传抄和改动，或多或少地带上了基督教的色彩，流露出一些宗教思想和感情。批评家把这个特点叫作“古英语诗歌的基督教成分”(Christian element in Old English poetry)。和上面这一类诗歌相联系，但时代上却远远迟于上述作品的诗篇是两首战歌，叙述盎格鲁-撒克逊人抗击丹麦侵略者的英勇事迹。它们是《布鲁南堡之役》(*The Battle of Brunanburh*) 和《马尔登之役》(*The Battle of Maldon*)。这是两首英雄叙事诗，洋溢着日耳曼部落战争的英勇精神。

古英语时期文化史上最重要的事件是基督教传播到不列颠岛上。这主要归功于爱尔兰的僧侣和罗马教士奥古斯丁（Augustine，604 年逝世），以及他手下的 40 名传教士的努力。爱尔兰僧侣在不列颠岛北部、罗马教士在岛的南部进行传教活动，建立修道院，接受新教徒，影响了日耳曼民族的精神生活，提高了社会各阶层人民的文化素质。6 世纪和 7 世纪可以说是英国人民的启蒙时期。基督教传教士是他们的启蒙老师，修道院就是他们接受教育的学校。修道院的僧侣（修道士）除教育人民读书识字外，还从事抄写、记录、著述、创作等活动，因此教会建立的修道院既是文化教育基地，也是文学创作中心。基督教对英国文学的形成和发展起了决定性的作用。最早的英国文学作品就是修道院中的僧侣创作的。他们除了抄写和改动日耳曼民族异教的民间文学、赋予它基督教成分外，还创作了大量基督教题材的诗歌作品。这些作品，尽管采用了日耳曼民族文学的诗歌形式——押头韵的长诗行（alliterative long line），尽管也反映出部落社会的组织形态、风俗习惯、人际关系和思想感情，另一方面却受到西方古典文学（古代希腊和罗马文学）的深刻影响，尤其是荷马和维吉尔史诗传统的影响。这种影响主要表现在文字的优美、润饰和精致上，也表现在社会风俗的较高程度的文雅和礼貌方面。古英语时期英国文学做出了一个极为重要的贡献，就是使古代希腊罗马的文学传统与日耳曼民族文学传统二者紧密地结合起来。当然，这个古代希腊罗马的文学传统经过早期基督教作家的改造，已和希伯来宗教文学传统结合在一起，成为一个共同的西方文学传统。古英语时期的作家继承了这个传统，并且进一步使这个传统和日耳曼民族文学传统相结合，这样就发展了西方文学传统，使它变得更加丰富多彩。

古英语诗歌的绝大部分取材于希伯来、希腊和基督教文化传统。《圣经》故事、希腊罗马神话以及基督教圣徒和殉教烈士可歌可泣的英勇事迹等，为古英语诗人（也就是盎格鲁-撒克逊民族皈依基督教后在修道院中潜心创作的诗人）提供了大量的投合他们志趣的素材：英雄的受难、离乡背井的远航、对上帝和君主的忠诚、为正义事业的战斗和献身，以及对尘世间荣华富贵如过眼烟云的认识，等等。总的来说，古英语的宗教诗歌作品在创造性和诗歌语言的优美方面略逊于那些传统的民间文学诗歌作品，但是它们却洋溢着基督教的宗教热情，同时也包含了许多反映古老的日耳曼部落社会风俗习惯的段落，也像早期史诗作品那样具有生动和有力的叙述和描写。

二、古英语宗教诗歌作品

最早的古英语基督教诗歌通常被称为“凯德蒙的诗篇”(Caedmonian poems),这些诗篇主要是《圣经·旧约全书》中《创世记》《出埃及记》和《但以理书》三卷的诗体意译。根据古英语时期教会历史学家比德(Bede, 672/3—735)的记载,这些诗篇是由一位名叫凯德蒙(Caedmon, 670年在世)的不识字的牧人创作的。凯德蒙在圣希尔达(Saint Hilda)主持的修道院服役,饲养牲口。他年事已长,从来不会吟诗说唱。每当节日饮宴时,在座的人轮流拿起竖琴说唱一段故事。凯德蒙看见将要轮到他表演时,往往借故逃席,回到马厩中蒙头大睡。有一晚,他在睡梦中忽见一人立在他的床头,向他说道:“凯德蒙,给我唱一首歌。”凯德蒙回答说正因为他不会唱歌他才逃席。那人说道:“不要紧,你随便唱一段都行。”凯德蒙问道:“我该唱什么呢?”那人说:“给我唱上帝创造世界的故事。”凯德蒙立即歌唱起《创世记》的内容,赞美上帝创造万物和人类。凯德蒙第二天醒来后仍清楚记得他创作的赞美诗,于是他被带到修道院主持圣希尔达面前。经过反复的考验,凯德蒙都能把别人讲给他的《圣经》故事口头意译为诗体作品。于是凯德蒙成为一个典型的例子:虔诚信仰上帝的人,尽管没有受过教育,也会受到上帝的特殊恩惠,得到神的启示和灵感,成为会创作的诗人。凯德蒙赞美上帝创造世界的《赞美诗》(*Hymn*)是古英语诗歌作品中留传下来最早的作品(约670年)。这是一首用古英语押头韵长诗行的诗体写下来的短诗。

1655年,德国学者弗朗索瓦·杜庸(Francois du Jon, 1589—1677,又名弗朗西斯库斯·朱尼厄斯,Franciscus Junius)在阿姆斯特丹出版了《凯德蒙诗集》。这个集子除上面引的赞美诗外,还包括《创世记》《出埃及记》和《但以理书》三个诗篇。附在这个集子里的还有另一诗篇《基督与撒旦》(包括三个片断)。杜庸编这个集子的根据是一份唯一的手稿[现存牛津大学博德利图书馆，编号为朱尼厄斯十一（Junius 11，约 1000 年）]。杜庸以为手稿中这些诗篇都是凯德蒙或凯德蒙与别人合写的作品。但现代学者认为，唯一可以确定出自凯德蒙手笔的作品只有那首赞美诗而已。《创世记》（Genesis，希腊文意为“起源、创造”）主要是《圣经》第一卷《创世记》前半部的诗体意译，叙述上帝创造世界的过程。这部作品以赞美诗开始，接着叙述撒旦和他手下的反叛天使们被驱逐出天国，颇似弥尔顿的《失乐园》。

这首较长的叙事诗（约 3000 行）在描述洪水泛滥和汹涌澎湃的海洋时，以及在描绘亚伯拉罕的武功时，表现出闪闪发光的诗歌语言、深刻的洞察力和丰富的想象。在这首长诗的第 235 行，诗人又重复叙述天使叛变的故事，但叙述的风格却与上面的叙述风格不同。因此，1875 年，德国学者爱德华-西弗斯（Eduard Sievers）提出一个假设：（1）本诗第 235—851 行是一个插入成分；（2）这个插入成分是从《圣经·旧约全书》的古撒克逊语（Old Saxon）诗体意译译文再翻译成古英语诗体的。1894 年，在梵蒂冈图书馆发现了一个手稿，其中包括这个古撒克逊译作的片断（9 世纪），这就证实了西弗斯的假设是正确的。因此古英语长诗《创世记》实际上包括两部分：长诗本身（称作《创世记 A》，*Genesis A*）和插入成分（称作《创世记 B》，*Genesis B*）。《创世记 B》的风格更为泼辣、大胆。诗人笔下的撒旦不屈不挠、敢于和上帝对抗到底的英勇形象，使我们想到弥尔顿的《失乐园》中的撒旦形象。

《出埃及记》（*Exodus*）主要叙述以色列人从埃及逃亡出来的经过。他们的领袖摩西（Moses）被描绘得像是一个深受人民爱戴的日耳曼民族部落酋长。追赶他们的埃及人在红海中遭到灭顶之灾，全军覆没，颇有史诗叙述的风味。

《但以理书》（*Daniel*）是《圣经》头几章内容的诗体意译。这个作品写得比较平淡，说教色彩较浓。同一手稿中还有《基督与撒旦》（*Christ and Satan*）诗，也是无名氏的作品，但出自另一人的手笔。这首诗包括三个部分：第一部分叙述撒旦哀叹他被逐出天国、打入地狱的悲惨命运；第二部分叙述基督入地狱，救出正直人士（亚伯拉罕、大卫、摩西等）的灵魂；第三部分叙述基督在修行中所受到的各种诱惑。这个作品根据《圣经》故事和民间传说加以演绎，增加了抒情和戏剧成分，提高了艺术性。它对古英语诗歌传统来说，具有典型意义，因为它把抒情、戏剧和史诗三种不同的写作方式结合在一起，达到艺术上生动、有力和感人的效果。

来自《旧约圣经》中《犹滴传》（*Judith*，次经中的一卷）有关古犹太寡妇犹滴杀死亚述大将荷罗孚尼（Holofernes）而拯救了全城人的英勇事迹是古英语残存片断《犹滴传》的内容。这个片断保存在《科顿·维泰利斯 A XV 手稿》（即《贝奥武甫》手稿）中，共约 350 行。荷罗孚尼被描绘成类似野蛮、残忍的北欧海盗，在饮宴厅中喝得酩酊大醉。女英雄犹滴用荷罗孚尼的宝剑割下了他的头，把这颗人头抛在犹太战士们面前，鼓励他们与亚述人战斗，争取胜利。这是古英语诗篇中最富戏剧性的一个场面。

另一组基督教诗歌作品归属于一位诺森布里亚的有造诣的传教士，名叫基涅武甫（Cynewulf，约 750—约 825）。在他名下有四个诗篇：《海伦娜》（*Elene*）、《使徒们的命运》（*The Fates of the Apostles*）（这两个诗篇保存在《韦尔切利书卷》里）、《基督》（*Christ*）、《朱莉安娜》（*Juliana*）（这两个诗篇保存在《埃克塞特书卷》里）。以上四个诗篇的结尾部分都有一个签名，是用古代北欧字母（runes）拼写成的，相当于英文字母 Cynewulf。《海伦娜》叙述圣海伦娜寻求耶稣受难时被钉死在上面的那架十字架的故事。

《基督》包括耶稣的诞生、升天和上帝的最后审判，其中既有抒情成分，又有田园气氛和史诗情调。《基督》诗篇由《基督 A》（又称《基督降临》，*Advent*）和《基督 B》（又称《耶稣升天》，*Ascension*）组成。《基督 A》的主题是“基督降临”（或降临节，即圣诞节前包括四个星期日的期间），因此本诗的基调是欢乐的期待和一种崇敬、惊奇的心情，读起来像一首赞美诗。本诗还包括两个对话：一个是马利亚和耶路撒冷居民之间的对话，另一个是马利亚和约瑟之间的对话。作为宗教诗歌，本诗的风格已达到比较成熟和显示出独创性的水平。《基督 B》内容的大意是：人类应该感谢上帝赐给人类各种天赋和才能，其中以对灵魂得救的期望为首要。耶稣升天赋予人类这一期望。基督的数次跳跃为：胚胎、诞生、钉死于十字架、下地狱、升天。人类也应经历几度跳跃，日益坚强，直到通过好的德行和善行达到天国。最后审判日行将来临，各人将按照自己的行为接受审判。人生像一次航海，天国像海港，这个海港是耶稣升天后为我们准备好的。在这个诗篇里，基涅武甫的题材部分取自教会的祈祷书，但大量采自教皇格列高利一世（Pope Gregory I，540—604）的布道书（homilies）。全诗结构整齐，把不同的素材编织在一起，收到和谐、完美的效果。值得称赞的是那些美丽的抒情赞美诗和那些强烈的戏剧性场面。古英语宗教诗篇《基督》反映了早期拉丁基督教的精神。

《朱莉安娜》叙述圣朱莉安娜的事迹和殉难的经过。在罗马皇帝马克西米安（Maximian，286—305 年在位）的统治下，基督徒受到迫害。在尼科美底亚居住着一个不信基督教的官员，名叫赫里修斯。他爱上了年轻、美丽、信奉基督教的少女朱莉安娜。她父亲阿弗里坎奴斯把她许配给赫里修斯。她拒绝这桩婚事，除非赫里修斯皈依基督教。她父亲把她交给她的未婚夫赫里修斯。赫里修斯恳求她嫁给他，终归无效，于是赫里修斯把她作为邪教徒来审讯、拷打，用各种恫吓手段逼迫她脱教。朱莉安娜坚定不屈，痛斥赫里修斯和他的异教神灵偶像。赫里修斯命人用朱莉安娜的长发把她吊在树上，令人鞭打她达六个小时之久，然后把她下了大牢。赫里修斯进一步迫害朱莉安娜，令人架起火堆焚烧她，但她被天使救护。赫里修斯又令人把她投入一口盛满沸腾的铅液的大锅中，她却安然无恙，而周围围观的 75 名异教徒却被锅中溅出的铅液烫死。最后，审判官命令把朱莉安娜的头砍下。朱莉安娜从容就义，而她的迫害者也遭到溺毙的惩罚。记述朱莉安娜身后的哀荣和诗人用古代北欧字母拼写的签名结束了这个诗篇。

《使徒们的命运》叙述使徒们的殉教简史。该诗虽短（仅有122行），却包含两部分：（1）12名使徒的名单和他们传教和殉难的地点或国家；（2）有关作者个人的内容和作者的签名。

基涅武甫这些诗篇的共同特点是运用史诗手法和希腊、罗马古典文学的修辞手段来处理基督教题材。

与基涅武甫的诗篇紧密联系、内容和形式也很相似的另一组诗篇都是无名氏的作品，包括《安德烈亚斯》（*Andreas*）、《关于十字架的梦》（*The Dream of the Rood*）（这两个诗篇保存在《韦尔切利书卷》里）、《顾斯拉克》（*Guthlac*；这个诗篇保存在《埃克塞特书卷》里）、《凤凰》（*The Phoenix*；这个诗篇也保存在《埃克塞特书卷》里）等。这些诗篇当中，以《安德烈亚斯》和《关于十字架的梦》最受人们称赞。《安德烈亚斯》叙述圣安德烈航海冒险救援圣马太使其免遭吃人生番伤害的故事。掌舵的年轻船长实际上是基督伪装的。结果马太获得自由，而吃人生番也皈依了基督教。这个诗篇惊险、生动，是一个很好的海上冒险故事。诗人对于大海的描写，在古英语诗歌作品中首屈一指。

《关于十字架的梦》是古英语宗教诗歌中最优秀的诗篇之一，语言优美，宗教感情热烈、虔诚，脍炙人口。诗人在梦中看见一个镶着金饰和珠宝的十字架。他看着十字架，忽然看见十字架上涌出鲜血，又听见十字架说起话来，叙述耶稣殉难和复活的故事。最后，诗人说梦见十字架改变了他的生活。从此以后，在他心中永远存在着一个十字架。下面还要更详细地介绍这部作品。

《顾斯拉克》叙述麦西亚青年贵族修炼成为隐士的故事。全诗最精彩的段落描述这个圣洁的灵魂在和谐的天使歌唱声中，在北极光照耀之下，快乐地进入天国。在《埃克塞特书卷》里保存着两个叙述顾斯拉克生平的不同版本，称作《顾斯拉克A》和《顾斯拉克B》。A版本的序诗以天国的极乐开始，接着讨论如何才能达到这个极乐世界；尘世间各种生活方式都分别予以考虑，最后的结论是隐士的生活。B版本的序诗主要叙述亚当和夏娃的故事。在两个版本中，顾斯拉克都受到恶魔的困扰，但他也得到善的势力的支持，终于在圣洁的声誉中逝世。A 版本早于 B 版本。B 版本的根据是一个用拉丁文写的顾斯拉克传。A 版本虽然也参考了一些书写下来的原始资料，但它的根据似乎主要是口头传说。

《凤凰》（又译《长生鸟》）是一首写景讽喻诗。它描写的风景不属于英国的北部，而属于一个想象的理想国度或极乐世界。在描写风景的艺术成就方面，这一诗篇标志着古英语诗歌技巧的进步。该作品是古英语文学作品中动物寓言（beastfable）体裁最引人注目的代表。

总体来说，古英语宗教诗歌的题材不外下列几类：圣徒传记、《圣经》故事和基督教的讽喻。另一方面，古英语宗教诗人虽然处理的是基督教题材，却又赋予这些基督教诗篇以日耳曼民族严肃、认真、坚韧不拔的史诗精神和流亡异地、孤独寂寞、思乡怀旧的抒情诗气氛。古英语诗歌的这一特点值得读者注意。

《关于十字架的梦》是古英语诗歌中的一篇杰作。全篇共 156 行，结构严密、完整，由三部分组成：第一部分是诗人（也就是做梦的人）的自述——开场白（1—27 行）；第二部分是十字架的自述——诗篇的中心（28—121 行）；第三部分是梦境过后诗人的自述感想——尾声（122—156 行）。全篇的叙述用的都是第一人称。

三、古英语非宗教诗歌作品

《远行客》（*Widsith*）可能是遗留下来的最早的古英语诗篇之一，它至少包括一些最古老的内容。这些内容远溯到日耳曼民族大迁徙的时代，也就是通常称作“英雄时代”的历史人物或传说中的英雄所做出的英勇事迹。这些事迹由宫廷歌手（scop）或行吟诗人（gleeman）从欧洲大陆传播到不列颠岛。《远行客》中的叙事者就是这样一位歌手或诗人。他创作并且说唱这些英雄歌曲（lays）或史诗短歌（epics）来娱乐宫廷中的贵族听众，借以糊口谋生。他回忆起他曾访问过的那些远方国土和那些知名的君主和武士。他的行吟生活是十分艰苦的，到处漂泊流浪，不能安居乐业。《远行客》中多次提到君主对行吟诗人的赠送和奖赏，酬答他的说唱表演。诗人也高度赞扬那些慷慨解囊的恩主。《远行客》共 143 行。远行客就是这首诗的作者。他是米尔金部族（Myrging tribe）的一个到处流浪的行吟诗人。在这首诗里，他叙述他的游历以及他所访问过或听说过的君主。他说他到过意大利，访问过阿夫温（Aelfwine，6 世纪），但他却又说他也访问过哥特族的国王哀奥曼里克（Eormanric，4 世纪），并且得到这位国王赠送给他的珍贵礼品——一副手镯。他把这副手镯又转送给他自己的君主。这位君主又把诗人父亲的田产赏赐给他继承。就这样，行吟诗人们漫游各国，颂扬君主，扩大他们的声誉，同时接受君主们的赏赐和报酬，借此维持自己的生活。《远行客》的结构包括三部分：序曲（共 9 行）、远行客的叙述（共 125 行）和尾声（共 9 行）。上面已介绍了尾声部分。这部分着重说明行吟诗人和他们的恩主之间的关系。在远行客的叙述部分，我们可读到有关历史、民族学和英雄故事的知识。

《行吟者的悲叹》（*Deor's Lament*）共 42 行，分作七个诗节。行吟诗人德奥尔（Deor）悲叹自己的不幸遭遇：他失宠于君主，在宫廷中的地位被另一位名叫赫伦达（Heorrenda）的行吟诗人所代替。本诗的七个诗节虽然讲的是不同的故事，但却有一个共同的主题：人们的不幸和精神创伤，随着时间的推移，能够被克服、被治愈。

《航海者》（*The Seafarer*）共 124 行，可分为两个部分：第一部分描述海上生活的艰苦；但大海的神秘召唤和诱惑却是无法抗拒的。第二部分是一个讽喻：航海者的艰苦象征着人世间的困扰，而大海的召唤意味着人类灵魂被召唤，使其力求脱离尘世生活，回到天国上帝身边。

《废墟》（*The Ruin*）描述撒克逊民族对不列颠岛上罗马人所建筑的城市或堡垒的破坏所造成的一片废墟，哀叹今日的荒芜和昔日富丽堂皇之间的对照。这个主题在西方文学中称为“城邦的覆没”（de excidio urbis）。

这个主题也在另一首古英语诗篇中得到表现，即《漂泊者》第 73—105 行。《废墟》被看成是非宗教诗歌，因为在诗中造成城邦覆没、造成废墟的力量，不是上帝，而是命运（古英语 wyrd）。在《废墟》中，“命运”这一概念是和古代希腊罗马文学中“命运”的概念相通的。很可能古英语诗篇《废墟》的作者在处理“城邦覆没”的主题时曾将古代希腊罗马文学中同一主题的作品作为蓝本，以资借鉴。

“谜语诗”（“riddles”）共 95 首，存放在《埃克塞特书卷》中。这些谜语诗长短参差：最短的仅有一行（第 69 首），最长的超过 100 行（第 40 首）。这些谜语诗不是民间口头文学作品，而是由修道院中的教士根据拉丁文的蓝本翻译、模仿或创作出来的。7 世纪和 8 世纪，英国修道院的教士们有用诗体编写谜语的风尚。例如，奥尔德海姆（Aldhelm，640? —709）主教就曾用拉丁文编写过许多谜语诗，用来教导他的教民，提高他们的文化知识。奥尔德海姆的拉丁文谜语诗用的是古典拉丁诗的六韵步诗行（hexameter），可是他同时也运用了古英语诗歌中的一些修辞手法，例如押头韵（alliteration）、转喻（metonymy）、隐喻（metaphor）、折绕语（periphrasis）等，与拉丁诗体相结合。这个文体特点也体现在古英语谜语诗中。例如，古英语谜语诗第 35 首即译自奥尔德海姆的第 33 首谜语诗《洛里卡》（*Lorica*）；第 40 首译自他的第 100 首《上帝所造的生物》（*Creatura*）。但是古英语谜语诗的抒情色彩浓于它的教导作用，因此诗意很强、很美。

四、古英语史诗《贝奥武甫》（*Beowulf*）

《贝奥武甫》的唯一手抄本是用 10 世纪古英语西撒克逊方言书写的。这个手抄本现在保存于伦敦大英博物馆中。这部作品是无名氏的产物。作者可能是 8 世纪英国北部或中部一位基督教诗人。他把英雄传说、神话故事和历史事件三者结合起来，仿效古代罗马民族史诗《埃涅阿斯纪》(*Aeneid*)，加上带着基督教观点的议论，写下了长达 3182 行的诗作。他写这诗的历史根据是什么？早期法国历史学家图尔城主教格列高利（Gregory of Tours，约 538—594）在他写的法兰克人的历史中曾记载瑞典南部耶阿特人（Gcats）在他们的国王科其拉克斯（Cochilaicus）率领下，于 520 年曾渡海袭击并掠夺弗里西亚人（Frisians）居住的海岸。法兰克人（Franks）的国王狄奥多里克（Theodoric）派他的儿子带领法兰克军队前往支援弗里西亚人。科其拉克斯不幸在战斗中阵亡，但是陪同他出征的侄儿贝奥武甫英勇杀敌，替他报了仇。在《贝奥武甫》史诗里，仅有一处提到这场战役。那是在贝奥武甫的暮年回忆中提起的（2910—2920 行)。虽然史诗没有着重叙述这场战役，但这一历史事件却能说明《贝奥武甫》取材于斯堪的纳维亚的历史和人物。另外，这部史诗的神话成分也来自斯堪的纳维亚的民间传说（关于熊或“蜜蜂·狼”[Beo ‘bee’ +wulf ‘wolf’]的故事)。这样一来，斯堪的纳维亚的历史事件和民间传说结合起来成为中世纪欧洲口头文学传统。这个口头文学传统于 6 世纪中叶被晚一批入侵不列颠岛的盎格鲁人带到岛上。随后，这个异教的口头文学传统又和基督教结合起来，最终被一位不知姓名的教会诗人用文字固定下来。这就是《贝奥武甫》史诗的创作过程。

史诗《贝奥武甫》反映了氏族部落社会的价值观念。对武士们来说，最高的美德是忠诚和勇敢。忠于国王，也就是忠于集体。武士凭着勇敢来达到自我完善。虽然人们相信命运，但是勇敢的人也会从命运手里得救。一个勇敢的战士，在最终被命运战胜以前，必须做出最英勇的事迹。这些事迹将使他永远活在后世人们的记忆里，这样他就获得了永生，成为永垂不朽的英雄。这些氏族部落社会的价值观念是异教的，非基督教的。另一方面，史诗《贝奥武甫》也是一部表现善恶斗争的基督教作品。葛伦得是该隐（Cain）的后代，他和他的水怪母亲代表邪恶。贝奥武甫战胜了他们，这就象征着善战胜了恶。火龙在教会的寓言里象征撒旦（Satan)。贝奥武甫战胜了火龙，这也就象征着耶稣基督战胜了撒旦。在贝奥武甫身上的确也体现了救世主的精神。从这个角度看，古英语史诗《贝奥武甫》和17世纪弥尔顿的宗教史诗《失乐园》似乎也有精神上的联系。

《贝奥武甫》的手稿把全诗分成43节（fits），外加一个开场白（prologue）。开场白简明扼要地叙述了丹麦人的早期历史。43节又分为两部分：第一部分（1—31节）叙述青年武士贝奥武甫降服水怪葛伦得和他母亲的故事。第二部分（32—43节）叙述年迈国王贝奥武甫斩恶龙的故事。两部分之间相隔50年，呈现出鲜明的对照：青年时代的英雄生活与老年时代的英雄生活；盛与衰；胜利与死亡。但这两部分构成了史诗主人公贝奥武甫的完整形象，因此二者之间具有延续性，缺一不可。史诗的结构比较整齐、简单，其主要故事情节也显得幼稚和淳朴。但是史诗的无名氏作者却是一位艺术大师，他像建筑师那样立起一座富丽堂皇的哥特式大教堂。他的建筑材料主要是英雄时代各日耳曼民族的历史和民间传说，主要是斯堪的纳维亚的历史和故事。他把一些历史事件和传说故事用预言或回顾的方式，用暗示或插曲的手法，穿插和镶嵌在主要情节里面。这样一来，贝奥武甫的事迹就成了英雄时代整个日耳曼世界的一个组成部分；贝奥武甫的降妖除怪行为就具有了推动人类社会发展的历史意义。因此史诗《贝奥武甫》的主题应是5—6世纪日耳曼世界的英雄生活。史诗中的主要人物和英雄们大都来自斯堪的纳维亚半岛，因为那里是日耳曼各民族的发祥地［哥特民族历史学家约尔丹内斯（Jordanes）把斯堪的纳维亚称作"民族工厂"（officina gentium）］，英国人的遥远祖先也来自那里。因此史诗《贝奥武甫》既是英国人的民族史诗，又是日耳曼民族大家庭的共同民族史诗。这个史诗歌颂的英雄事迹发生在日耳曼民族大迁徙的时代，这个时代通常被称为"英雄时代"，日耳曼各民族的文学作品对这个时代都有所反映。这些作品反映了英雄时代日耳曼各民族的共同文化背景和共同的文学传统。史诗《贝奥武甫》的作者对这个共同文化背景和文学传统很熟悉，他充分利用了它们，同时也充分发挥了自己的独创性。这种独创性主要表现在他使想象和事实相结合的本领。史诗的主要情节是想象的产物，但是情节的背景却是斯堪的纳维亚三个王国（耶阿特人、丹麦人和瑞典人各自的国家）几代人的历史。这些真人真事把主要情节的神话故事提升到史诗的高度。《贝奥武甫》的作者在歌颂主人公贝奥武甫的同时也歌颂了以这个英雄人物为代表的异教的日耳曼宫廷文化。作者为我们描绘了一幅理想化了的日耳曼英雄时代的图画。8 世纪的英国人（也就是《贝奥武甫》作者同时代的英国人）把这个时代的英雄人物看作他们自己的祖先，并以作为他们的后代而感到无比光荣。在这个意义上，英国人的民族史诗《贝奥武甫》和古代罗马人的民族史诗《埃涅阿斯纪》很有相似之处。二者都具有提高人民文化素质的教化作用；二者都推崇自己的古老文化遗产和传统，以此为骄傲，但与此同时，却又虚心接受了外来文化传统的影响——《埃涅阿斯纪》接受了异教希腊文化影响，《贝奥武甫》接受了基督教的罗马文化的影响。因此，《贝奥武甫》的作者所描绘的异教的英雄社会图画又深深地染上了基督教思想和行动的色彩。尤其是主人公贝奥武甫被描绘成极似耶稣基督的人物：品格高尚，心地善良、仁慈，英勇不屈地和代表罪恶势力的妖怪作斗争，最终为解救人民而献出了自己的生命。在这里我们还可以看到古英语宗教长诗《创世记》对史诗《贝奥武甫》的影响。这个影响不仅表现在思想感情方面，还表现在写作技巧上，也就是说采用了一种复杂、精致的叙述形式来代替行吟诗人的传统的、朴素的讲故事方式。显然，在这一点上，《贝奥武甫》和《创世记》都受了《埃涅阿斯纪》古典史诗传统的影响。

五、晚期古英语史诗《马尔登之役》（*The Battle of Maldon*）

这首古英语英雄史诗纪念发生在 991 年的一个历史事件。当时英国遭受斯堪的纳维亚人的侵略。马尔登位于英国东南部埃塞克斯郡黑水河入海的河口，斯堪的纳维亚侵略者就驻扎在河口一个小岛上。这个小岛在退潮时有一条堤道和陆地相通。敌人以小岛为根据地，随时登陆骚扰。埃塞克斯伯爵比尔赫特诺斯率领由英国农民组成的民兵队把守堤道登陆的一端，使敌人无法上岸。敌人派遣使者传话：“如果你们明智，纳贡称臣；否则就起来应战。”六十多岁的比尔赫特诺斯回话说他愿战，随即部署好他的民兵队伍，准备迎敌。由于他占据有利位置，敌人无从靠近，于是敌方喊话说：“你们固然在堤道那一端十分勇敢，可是你们不敢让我们靠近。”比尔赫特诺斯过于自信，他竟然十分慷慨地，也十分愚蠢地，允许敌人在他所坚守的堤道那端登陆。随后展开了一场恶战。由于寡不敌众，比尔赫特诺斯和他的部下都英勇牺牲了。虽然这首英雄史诗只留传下来一个片断（325 行），读者并未读到英方的最后失败，但史诗的严峻气氛和比尔希特沃德的著名讲话暗示了灾难性的结局。

这一史诗片断一方面保存了早期日耳曼民族诗歌的英雄理想，歌颂勇敢和忠诚，蔑视并谴责贪生怕死和背信弃义；另一方面也反映了基督教的影响：歌颂基督徒伯爵的英勇、仁厚和顾全大局的无私、忘我精神。这和那些异教徒侵略者的残酷、贪婪、劫掠的海盗行为恰成对照。关于比尔赫特诺斯伯爵过于自信地让侵略者登陆靠近这一行为，批评家们有不同的解释。有些人认为伯爵这样做出于战略考虑，他的目的在于消灭入侵的敌人，而并不满足于仅仅保卫住他的家乡。如果敌人无法在他固守的马尔登地方登陆，他们势必要离开那里，转而去骚扰和蹂躏英国其他地方。他让敌人上岸，双方才能交锋，才能达到消灭敌人的目的。另外一些批评家认为伯爵的行为包含了英雄的自豪感和大度，不仅仅是一种骄傲和自信的表现。伯爵相信自己的事业是正义的：抵抗异教徒的侵略，保卫基督教的英国。同时他也相信自己的英勇和战斗力量，因此才作出让敌人登陆的决定。无论是哪一种解释，读者都能意识到伯爵的高贵品德闪耀着日耳曼民族的英雄理想和基督教的救世爱民的精神。

六、《布鲁南堡之役》（*The Battle of Brunanburh*）

在《盎格鲁-撒克逊编年史》中，937 年年份下记录了一首短诗（共

73行)，取名为《布鲁南堡之役》。此诗篇歌颂英格兰国王艾特尔斯坦（Athelstan）和他弟弟埃德蒙（Edmund）率领英格兰军队抵御由北欧海盗和苏格兰、威尔士部队联合组成的侵略大军，在布鲁南堡垒（Brunas borough）前打了一场大胜仗，因此载入史册。

七、古英语诗歌的格律和修辞

古英语诗歌的形式是采用押头韵的长诗行，诗行末端不押韵。长诗行由不同数目的音节组成，这些音节有的重读，有的轻读。每一个长诗行又分成两个半行，中间有个停顿，拉丁文称作 caesura。尽管这两个半行所包括的音节数目不等，但每半行都具有两个重读音节，而这些重读音节都相互押头韵。所谓押头韵是说这些重读音节都是以同一个辅音开始，或者都用元音开始，而任何元音都可以相互押头韵。每一长行所押的头韵由每一长行的第二个半行的第一个重读音节所决定。

八、古英语诗歌的特点

斯塔尔夫人（Madame de Staël，1766—1817）在《论文学与社会制度之关系》（*De la littérature considérée dans ses rapports avec les institutions sociales*，1800）一书内，把文学分为"南方文学"与"北方文学"两类。南方文学包括希腊、罗马、17世纪法国、意大利和西班牙文学，其源乃始于荷马。北方文学包括英国、德国及斯堪的纳维亚文学，以莪相（Ossian，古爱尔兰诗人）为鼻祖。南方文学重理性和形式美，温暖如南国的阳光。北方文学重感情和灵魂的痛苦，阴霾如北海的天色。这两种文学各有所长，同时也象征人的两种心境，而风格气度之不同正如《楚辞》之于《诗经》。

西方文化有两大思潮。一源于希腊之理性的个人主义，重现实生活及知识的追求。一源于希伯来之情感的救世主义，重未来生活及灵魂的得救。前一种思潮影响了南方文学，后一种思潮浸润了北方文学。南方文学是异教的，北方文学是基督教的。

德国哲学家康德把美分为两类：一称刚性美（崇高美，the sublime），一称柔性美（秀丽美，the beautiful）。前者如崇山峻岭，惊涛骇浪，迅雷骤电，乃一种惊心动魄、骇人心目之美；后者如春花秋月，鸣鸠乳燕，榆钱柳絮，乃一种怡心养性、动人爱怜之美。南方文学具有柔性美，北方文学具有刚性美。

英国文学是北方文学，因此具有上述北方文学的各种特点。在最早的英国文学作品中，即有对于寒冷、可怕的北海的描写。人们视航海为畏途，但为了谋生仍不得不航海，遂有“北海为死海”（Die Nordsee ist eine Mordsee）之谚语。所谓“死海”者，不仅有恶浪翻船、葬身鱼腹之谓，亦谓冰天雪地，草木凋零，一片肃杀之气。所以最早的英国文学作品中，多有咏叹生命之无常，身世之飘零，“天地不仁以万物为刍狗”之感情，与《古诗十九首》及古乐府的作风有些相似，接近中国文学中的边塞诗歌。

古英语诗歌尤其具有这种特点。这是北方文学中日耳曼民族文学英雄史诗传统（Germanic heroic tradition）和哀歌体抒情诗传统（elegiac lyric tradition）所共有的情调。这个共同的情调又和基督教题材结合起来，这样就产生了严肃、哀伤、逆来顺受、相信命运，同时却又表现出具有强烈责任感、荣誉感、忠诚、坚忍、爱乡爱民的性格和表现这种性格的文学作品。也就是说，盎格鲁-撒克逊民族在大约 6 世纪末的时期开始形成了一种新型的文化。这种文化包括原有的日耳曼成分和新加入的基督教成分。这两种成分相互作用，相互渗透，这就逐渐形成了古英语时期的艺术风格和诗歌传统。1939 年在英国南部萨顿胡（Sutton Hoo）地方发现了一个 7 世纪中叶撒克逊国王的墓葬，其中包括一只船，满载着珠宝和用具。这些出土文物证明在 7 世纪中叶异教文化已和基督教文化结合在一起。同样，在 7 世纪也出现了古英语诗歌中运用欧洲大陆时期原始的日耳曼诗歌技巧来处理基督教题材的现象。另外，《漂泊者》和《航海者》这两首个人抒情短诗，虽然处理的并不是基督教题材，却也利用了基督教成分，采取了基督教观点。这两首诗都从无家可归的叙事者立场出发，叙述尘世间生活之艰辛、困苦，但却把尘世的痛苦和天国的欢乐加以动人的对照，使个人的感情纳入宗教感情的轨道。另一方面，处理基督教题材的《圣经》诗篇《创世记》《出埃及记》和《但以理书》却又使宗教题材和英雄史诗中的异教主题（例如封建诸侯和家臣之间权利和义务的关系）结合在一起。又例如，宗教诗篇《关于十字架的梦》中，十字架发出声音，叙述耶稣蒙难的故事。耶稣被描绘成一位被判罪的日耳曼武士君主般的形象，受到极端的凌辱和酷刑。这样，诗篇中的叙事人加深了他的宗教信念，相信自己的灵魂能够得救。在英雄史诗《贝奥武甫》中，异教成分和基督教成分也糅合在一起。主人公贝奥武甫不仅是一位命中注定要为拯救人民而牺牲自己生命但却视死如归的日耳曼民族英雄，而且成为上帝与邪恶作斗争的工具。全诗对于英雄时代人们所关心的事情有不少的评论，例如，看守或找寻财宝、氏族之间的血仇、封建诸侯与臣民之间的关系等。这些评论一方面颂扬英雄时代的传统美德，另一方面却又暗示这些传统美德的局限性。只有主人公贝奥武甫的体力和决心（意志）受到很高的称赞，但这些也不是绝对的价值。

第二节　古英语散文

一、古英语散文的内容

随着丹麦人的入侵和诺森布里亚王国的灭亡，古英语诗歌创作时期告一段落。随着阿尔弗烈德大王（Alfred the Great，849—899，871—899 年在位）的即位和他的文治武功，开始了古英语散文创作时期。丹麦侵略者摧毁了北方的宗教和文学中心，全民都陷入愚昧无知的危险境地。阿尔弗烈德大王为了启蒙人民，首先努力提高自己的文化水平，孜孜不倦地学习拉丁文。他聘请了一些欧洲有名的学者作为他的老师，并组织人力，而且亲自动手，把一些重要的学术著作从拉丁文翻译成古英语。这些译著就是最早的一些古英语散文作品。阿尔弗烈德亲自翻译的著作有：教皇格列高利一世（Pope Gregory I，540—604）所著《牧羊人之书》（*Cura Pastoralis*），为教育僧侣阶层和教士所用。这部译著的“序”（“Preface”）非常重要，因为在这个序里阿尔弗烈德描述了当时英国文化低落、学术衰退的情况，并且告诉读者他希冀恢复教育、繁荣学术的决心和计划。我们今天读这篇序时仍能感受到这位英明君主爱国、爱民的崇高品质，使我们景仰不已。阿尔弗烈德还亲自翻译了奥罗修斯（Orosius，约5世纪）的世界史和世界地理著作《讨伐异教徒七卷史》（*Historiarum Libri VII adversus Paganos*）。在这部译著里，阿尔弗烈德还插入了他从探险家那里所得到的有关白海（White Sea）和波罗的海航行的第一手材料。这些段落，今天的读者读起来，仍能感受到当时读者的激动、兴奋心情。此外，阿尔弗烈德还亲自翻译了博伊西斯（Boethius，约480—约524）的哲学名著《论哲学之安慰》（*De Consolations Philosophiae*），也对此书增添了一些新的内容。他请别人翻译了比德（Bede，672/3—735）的名著《英格兰人教会史》（*Historic Ecclesiastics Gentis Anglorum*，完成于731年），其中包括凯德蒙《赞美诗》的西撒克逊方言译文。阿尔弗烈德的另一重要贡献就是组织人力编写历史，给后世留下了珍贵的文化遗产。这就是古英语散文著作《盎格鲁-撒克逊编年史》（*The Anglo-Saxon Chronicle*）。这部历史著作用西撒克逊方言记录发生在英国的重大事件，从基督教公元开始，到12世纪中叶（1154年）为止。它包括了为了抵御丹麦侵略，英国人民在阿尔弗烈德亲自率领下进行英勇斗争的历史。在有关10世纪的历史部分插入了几首重要诗篇，其中以《布鲁南堡之役》最为有名。《盎格鲁-撒克逊编年史》的早期部分（892年以前）出自阿尔弗烈德的手笔，或由他口述别人记录而成。

另一位值得一提的古英语散文作家是埃尔弗里克（Aclfric，约1010年逝世）。他的作品主要是一些布道演说和圣徒传记。他的散文风格比较雕琢，其特点是押头韵和具有节奏感，把散文艺术提高了一步。另一位散文作者名叫伍尔夫斯坦（Wulfstan，1023年逝世），著有《狼对英国人民的布道》（*Sermo Lupi ad Anglos*，1014年），包括对遭丹麦侵略者蹂躏后英国满目疮痍惨状的描述，以及对英国人的罪恶和道德败坏的谴责。

二、阿尔弗烈德大王

阿尔弗烈德大王可称作英国散文之父。在他以前，英国虽有一些散文作品，但绝大部分都是用拉丁文书写的。阿尔弗烈德大王的散文作品是用古英语西撒克逊方言书写的。这些作品主要是从拉丁文翻译或意译过来的。阿尔弗烈德因此也可以被看作英国文学史上最早的一位杰出的翻译家，因为他的译文毫不生硬、机械，而是生动、活泼，富于幻想和感染力，充满了他自己栩栩如生的个性。阿尔弗烈德的翻译作品因此也是创作，具有知识性、艺术性和巨大的教育作用。

阿尔弗烈德的翻译作品显示出他的广阔的兴趣。这些作品包括地理和历史教科书（奥罗修斯）、英国历史（比德）、哲学手册（博伊西斯）和教会用书（奥古斯丁和格列高利）。阿尔弗烈德译著的一大特点是他亲自写的那些“序”，其中有大量的关于他个人的描述。格列高利一世《牧羊人之书》的“序”通常被视作阿尔弗烈德的著作的总序。阿尔弗烈德译著大多数约作于9世纪最后十年之间。

（一）格列高利《牧羊人之书》“序”

格列高利一世（Gregory I，540—604）是罗马天主教教皇（590—604）。他派遣奥古斯丁（Augustine）率领40名传教士于597年来到英国南部传播基督教。格列高利的著作《牧羊人之书》(*Cura Pastoralis*,“牧人的职责”)是一部有关教士(牧人)职责和教学技术的手册,是“每一位教士必备之书”(埃尔弗里克语)。阿尔弗烈德大王的翻译活动即从翻译此书开始。他译此书之目的在于对负责教育人民的人(教士或僧侣阶层)进行精神上的再教育,因此他把他的这本译书让人抄写若干副本,分赠给国内各教区的主教,鼓励教士们认真学习。在为他的这本译书所写的“序”里,阿尔弗烈德表现出他是一位伟大的教育家,令后人景仰不已。另外,从翻译风格上来看,阿尔弗烈德的早期译文十分忠实于原文,对原文的改动一般只限于间或插入一个解释性的短语或参照说明。

(二)奥罗修斯《讨伐异教徒七卷史》

奥罗修斯是5世纪西班牙人。应圣奥古斯丁(Saini Augustine,354—430)的请求,他写了一部简明扼要的世界史,书名为《讨伐异教徒七卷史》(*Historiarum Libri VII adversus Paganos*,最佳版本:维也纳,1882年)。这部著作的写作目的在于为基督教作辩护。因为基督教传入后,罗马帝国陷入混乱和流血的局面。从这方面看,这部著作与圣奥古斯丁本人所写的《上帝之城》(*De Civile Dei*;22卷,413—426年)相似,因为圣奥古斯丁的书驳斥了认为基督教应对罗马帝国的衰落负责的说法。奥罗修斯的历史从开天辟地说起,并包括一些地理的描述。第4—6卷叙述罗马历史。全书一直写到414年的历史事件。

在翻译奥罗修斯的世界史时,阿尔弗烈德大王对原作做了不少的改动,删去了奥罗修斯的冗长乏味的说教,对全书缩减了整整一卷,并且增添了极为重要的内容,即奥赫特海若和伍尔夫斯坦的航行。这一部分完全是阿尔弗烈德大王自己的创作,原文里是没有的。阿尔弗烈德所增加的这一部分显示出他对考察勘探、对外国人和对不同民族的风俗习惯的强烈兴趣,以及他对记录新知识的热情。奥赫特海若沿着挪威和拉普兰的北海岸航行到白海。伍尔夫斯坦在波罗的海航行,从石勒苏益格沿着梅克伦堡和波美拉尼亚前进。

（三）博伊西斯《论哲学之安慰》

博伊西斯（Boethius，约480—约524）是狄奥多里克在位时期一位罗马贵族和执政官。他把柏拉图和亚里士多德的许多著作译为拉丁文，并为这些著作写了大量的评注；他还用拉丁文写了一本哲学著作《论哲学之安慰》（*De Consolation Philosophiae*，约524年）。博伊西斯对中世纪西方哲学和文学都产生了很大的影响。《论哲学之安慰》在西方直到文艺复兴时期一向被人们视作标准的哲学手册。这部著作有数百个手抄本。许多名人都曾翻译过它：阿尔弗烈德把它翻译成古英语，乔叟把它翻译成中古英语，让·德·墨恩把它翻译成古法语，英国女王伊丽莎白一世把它翻译成早期现代英语。但丁喜读此书，贝雅特里齐死后，但丁读此书求得安慰。在但丁的散文作品中，博伊西斯此书也常被他提到或引用。在《神曲》“天堂篇”中，但丁把博伊西斯放到“太阳天”的境界。其他受博伊西斯影响的作家还有薄伽丘（《十日谈》的作者）、高尔（著有《情人的忏悔》等）、15世纪乔叟的模仿者们、斯卡利杰（著有《诗论》等）、托马斯·莫尔（著有《乌托邦》）、斯宾塞（著有《仙后》）等。《论哲学之安慰》是以对话形式写的，散文和诗体轮流出现。对话的一方是作者本人，另一方是一位华贵的女士——她是作者的监护人，同时也是哲学的化身。她用哲学来安慰不幸的作者（关在狱中，等候处决）。她的哲学是一种经过改造的新柏拉图主义和斯多葛哲学。她试图说明尘世间的幸与不幸都不是真实的，并试图证明最高的善和最高的幸福都存在于上帝身上。她还试图解决这些矛盾：既然上帝是至善和全能的，为什么会存在恶？既然上帝对一切都早做了安排，为什么会存在人的自由意志？

阿尔弗烈德大王对《论哲学之安慰》的翻译是十分自由的，他的译文充满了解释性的评论、边注的翻译，以及他自己的思想。

四、埃尔弗里克作品

埃尔弗里克（Aelfric，约 955—约 1010）是古英语时期最重要和最优秀的散文作家。他的散文作品包括 120 篇讲道演说词（homilies）和圣徒列传（saints'lives）、一篇论《旧约》和《新约》的论文（*De Veteri et de Novo Testamento*），以及《圣经·旧约全书》首七卷（Heptateuch）的古英语译文。此外，还有一部拉丁文语法（Grammar）和对话体作品（Colloquy）——这些对话包括教师与学生之间的对话，以及教师与农夫、牧人、猎户等人之间的对话。埃尔弗里克的布道词结构严谨，表达准确、明晰，常用押头韵修辞技巧和整齐的节奏来加强说服听众的效果。他写的圣徒列传往往和布道词混杂在一起，运用寓教于乐的原则来感动听众，勉励人们向善避恶，因此他写的圣徒列传的故事性强，颇似后来中古英语时期的传奇故事。埃尔弗里克对《旧约》首七卷的翻译既忠实于原文，又兼顾英语的习语，同时也运用押头韵和规律节奏的修辞手法。他有时删去原书中一些他认为不适合于非教会读者阅读的段落，结果使他的译文读起来更有趣、更紧凑。

五、伍尔夫斯坦作品

伍尔夫斯坦（Wulfstan，1023 年逝世）是古英语时期另一位散文家。他曾任伦敦主教（996—1002）、伍斯特主教（1002—1016）和约克大主教（1002—1023）。他也是一位布道词作家。他的文学名望仅来自一篇写于多事之秋的 1014 年的布道词：论世界末日的《狼对英国人民的布道》（*Sermo Lupi ad Anglos*）。这篇布道词以这句话开始："当今世界急速飞逝，它已接近结尾。"意思是说，最后审判日行将降临我们头上。这位布道士为什么作出如此悲观的结论？原因是：当时英国正处在危机存亡之秋，国家正受到丹麦人的侵略、烧杀、掠夺；1005 年又碰上百年不遇的大饥荒。英国还出了卖国贼，出卖国家利益，与敌人勾结，招致了英国舰队的覆没。英国惨败，向敌人纳贡求和。这些灾难，根据布道士伍尔夫斯坦的解释，都是英国人的罪恶行为引起的后果。英国人必须猛醒，立即改邪归正，否则他们必将在末日审判中接受最严厉的惩罚。伍尔夫斯坦用生动、有力的语言打动听众，雄辩、热情，颇似《圣经·旧约全书》中《先知书》的风格。另外，伍尔夫斯坦散文风格的特点是：一方面，多用押头韵（alliteration）和准押韵（assonance），以及明显的节奏和对称的句型；另一方面，伍尔夫斯坦极少用辞藻（tropes）、明喻（similes）等修辞手段。

六、比德《英格兰人教会史》选段

比德（Bede，672/3—735）是古英语时期历史学家和学者。幼年师从威尔茅斯修道院院长本尼狄克·比斯科普（Benedict Biscop，约 628—690），比德随后又跟从老师到贾罗修道院，在那里潜心研究学问，度过了大半生。当时贾罗修道院是全欧最主要的学术中心之一。比德著作等身，从他的著作不难看出他的为人：明智、博学，而且谦虚。他是一位勤奋的教师，也是一位拉丁文和希腊文的学者。他最主要的著作是《英格兰人教会史》（*Historic Ecclesiastics Gentis Anglorum*，731 年）。这是一部用拉丁文书写的英格兰人的历史，共五卷，从尤利乌斯·凯撒入侵不列颠（前 55—前 54）算起，到 731 年为止，以对不列颠岛的自然条件的描述开始，到叙述 731 年英国的政治和社会情况结尾。这部著作是最早的一本重要的英国史，因此它的作者比德赢得了“英国历史之父”的称号，这部著作也被认为是一部经典历史杰作。比德取材于（老）普林尼（Pliny the Elder，23—79，古罗马作家）的《博物志》（*Naturalis Historic*）和其他拉丁作家的著作，还取材于吉尔达斯（Gildas）的拉丁文不列颠史《论不列颠的覆亡和被征服》（*De Excidio et Conquestu Britanniae*，约 547 年），也有可能取材于南尼厄斯（Nennius，活动时期约 800 年）的《不列颠民族史》（*Historic Britonum*）。比德所追求的是历史的真相，不讲究辞藻的华丽与否，因此他的拉丁散文风格朴实、有力。在阿尔弗烈德大王的指导下，一群学者把比德的这部拉丁文历史著作翻译为古英语散文。在该书的第二卷里，当诺森布里亚王国国王埃德温召集手下贵族大臣商议是否接受基督教信仰时，出现了那段著名的比喻：一只燕子从黑夜里飞进一间灯火通明的大厅，随后又飞回黑夜里去。

七、《盎格鲁-撒克逊编年史》选段

按年月顺序排列的早期英国历史记录，总称《盎格鲁-撒克逊编年史》（*The Anglo-Saxon Chronicle*）或《古英语编年史》（The Old English Annals），在阿尔弗烈德大王（在位时间为 871—899 年）主持下，加以整理和补充，具有历史价值和文学价值。它包括的历史事件从凯撒于公元前 55—前 54 年入侵不列颠岛开始，到 1154 年为止，这部编年史主要为 9—12 世纪人所记录的史实。这部编年史的文学价值在于它反映了古英语叙事散文的风格特点：朴素、清晰、简洁、精练。这部编年史最精彩的部分是一些生动、详细的叙事段落，尤其是那些叙述 893—897 年英国人民抗击丹麦侵略者的章节，往往振奋、激动人心。此外，这部编年史在叙述 10 世纪的历史事件过程中插入了一些古英语诗歌，最著名的是一首凯旋战歌《布鲁南堡之役》，插在《编年史》937 年条下。

第三节　中世纪英国戏剧

早期的英国戏剧起源于英国中世纪教堂的宗教仪式。中世纪的教堂是当时人们日常生活的一个重要组成部分。它既是宗教的圣祠，又是平民百

姓聚会的场所；它兼有学校的功能，又是一种文化与娱乐的中心。为了达到寓教于乐的目的，在许多宗教仪式，特别是重要的宗教庆典活动中加进了吟诵或简单的表演。9 世纪末，英国教堂仪式的记载上已经出现了有关表演的具体指令。最初的表演是哑剧的形式，比如，在复活节的宗教仪式中，随着牧师诵读《圣经·新约》中的有关章节，几位教士用动作来展现耶稣受难的一系列事件：把象征耶稣受难的十字架放倒，移过圣坛，葬入准备好的圣墓。这种简单的动作往往配有音乐。到 10 世纪，又为音乐配上了词，于是出现了两个或一组教士配合表演吟诵祷词的情景，这就形成了英国戏剧的雏形。

现存最早的这种宗教庆典祷词是为复活节的弥撒而准备的，介绍了三个马利亚来到耶稣的墓前，见到了守护圣墓的天使：

> 天使耶稣的追随者们，你们到圣墓找谁？
>
> 三女子天使呀，我们在找受难的耶稣，拿撒勒的耶稣。
>
> 天使他不在这里。正如预言所说的，他已经升天了。去吧，向人们宣告：耶稣已经从圣墓升入了天堂。

这段短短的吟诵仅有四句，采用两组教士应答的形式，同时伴有相应的动作。当然，从严格意义上讲，这种表演无法与现代戏剧相提并论，但它却是英国戏剧的最原始形式。在这段吟诵中对白使用的是拉丁文，因为它取自拉丁文的《圣经》，无疑这对缺乏正规教育的广大平民来说确有困难。但是，由于这只是教堂仪式的一部分，而且当时也缺乏民众喜闻乐见的其他娱乐形式，因此，这种表演总是吸引了大批的平民百姓。

到了 10 世纪下半叶，温切斯特主教圣艾特尔沃尔德进一步发展了复活节的庆典。在 E. K. 钱伯斯（E. K. Chambers）的《中世纪舞台》（*The Mediaeval Stage*）一书中记载了圣艾特尔沃尔德对这一庆典的具体指令：

> 当诵读《圣经》的第三段时，让四位教士着装上台。其中的一位穿着白色的袍子，他走上来就像是要参加这个仪式，悄悄地走到圣墓旁，不要引起过多的注意，然后坐下，手里拿着一棕榈枝。另外三位

身着斗篷式长袍的教士接着走上台来，他们慢慢地走向圣墓，就像是在寻找着什么。这些动作都是模仿坐在圣墓前的守护天使和前来准备为耶稣的遗体涂油的女子。当坐在那里的教士看见后三位像是迷了路正在摸索的教士走近时，他用悦耳的中音唱道："你们到圣墓找谁……?"

在圣艾特尔沃尔德的仪式中，最后四位教士一起掀开覆盖在耶稣受难的十字架上的白布，并把十字架一起抬上圣坛。此时，教堂的大钟奏响，全体教徒一起唱起赞美诗，复活节的庆典达到一个高潮。但即使是这种发展了的复活节庆典也很难被称为戏剧，因为从本质上来说，教堂无非是希望强调这一仪式的重要。确实，对于基督教徒来说，一年中最有意义的日子就是复活节了，这大概也就是为什么早期的英国戏剧恰恰起源于复活节的庆典。

11 世纪，配合教堂宗教庆典的表演从复活节延伸到了其他重要的宗教节日，特别是耶稣升天节和圣诞节。表演的内容和形式也变得更加复杂，台上出现的角色也增多了。例如，在圣诞节的庆典中出现了圣母马利亚、襁褓中的耶稣、小天使、牧羊人等不同的角色，同时，也出现了简单的故事情节。虽然这种表演仍是为宗教仪式服务的，表演中的对白仍用吟唱的形式表述出来，但是从这个时期的教堂庆典活动中已经可以明显地看出一种倾向，那就是这种表演正在逐渐远离宗教仪式，远离单纯的说教，以便给人们带来轻松的娱乐感受。这也就导致了这种表演的"舞台"最终搬出了教堂，先是到了教堂附近的空场上，而后又移到了城镇的广场。

对于搬离教堂的原因历代专家学者有不同的说法：表演的时间加长，表演的内容逐渐与特定的宗教节日分离，特定的和传统的宗教仪式对表演的干扰，以及教徒对吟唱所用的语言、对场面和表演中的幽默感提出的要求都很难使教会把这种表演看作是教堂宗教仪式的一部分。到了 12 世纪，这种与宗教仪式相关的教堂中的表演已经基本终止了。为了满足广大平民百姓的需求，表演中的拉丁文吟唱改成了用英文来朗诵的台词，或者先用拉丁文，然后马上翻译成英文。这种世俗化的表演开创了英国戏剧的先河。

1264 年，教皇乌尔班四世的一纸命令更加速了英国早期戏剧世俗化的进程。13 世纪上半叶，比利时修女朱丽安娜四处奔走，试图说服教会接受一个专门纪念圣餐的宗教节日。她的努力得到了教皇的支持，在朱丽安娜死后（1258 年），教皇发布命令，指定每年三一节后的第一个星期四为基督圣体节。在他的训令中，教皇是这样解释圣餐的含义的：

> 因为我们的主进餐的那一天（即耶稣受难的前夜）——是他亲自创立了这一圣事——整个教会像往常一样忙于接待忏悔者，忙于按教会仪式安排圣油、安排洗足的各项程序和其他事宜，因此，没有时间来庆祝这一最有意义的圣事。

显然，在教皇看来，耶稣受难日的前夜不适宜定作宗教庆典，因此，庆祝活动就被推迟到复活节之后，一般在 5 月 21 日到 6 月 24 日之间。1311 年，这个节日第一次写进了教会的年历。基督圣体节真可谓是中世纪的“艺术节”，主要形式是由神职人员带领的游行。在这一覆盖全城的庆祝行列中就有各同业公会组织的戏剧演出，规模之大在当时是空前的。究竟从哪一年起戏剧演出成了基督圣体节庆典的一个组成部分现在已经无从考证，但根据现存的记载，英国从 1318 年起就开始庆祝基督教的这一重要节日了。

圣体节上演出的都是以《圣经》中的主要事件为题材的小型戏剧，常常几个或十几个，甚至几十个连成一个组剧，从上帝创造世界一直延伸到上帝的最后审判日，这类剧种在英文中有两个名称 mystery plays（神秘剧）和 miracle plays（奇迹剧）。在一般情况下，这两个词组都可以用来指 13 世纪起在英国非常流行的组剧，但是，有的学者却把奇迹剧的范围缩小至以《圣经·新约》中圣徒的生平为主的戏剧，而神秘剧则泛指取材于《圣经·旧约》《圣经·新约》和民间传说的剧目。虽然欧洲诸国共有一百多个奇迹剧，但在英国保存至今的仅有三个：《从良妓女马利亚》（*Mary Magdalene*）、《圣保罗的皈依》（*The Conversion of St. Paul*）和《圣礼剧》（The Play of the Sacrament）。在克里斯蒂娜·理查森（Christine Richardson）和杰姬·约翰斯顿（Jackie Johnston）合著的《中世纪戏剧》（*Medieval*

Drama）中有一段话简明扼要地总结了神秘剧的主要特点：

> 在 14、15 世纪英国正规舞台上占主导地位的剧种是神秘组剧。在许多较大的城市，《圣经》中的片断被改写成一组短剧，在户外连续演出。演出的时间选在初夏的某一天，演员由同业公会的成员担任，目的是为百姓提供娱乐，并给他们带来一定的教益，同时，也为了提高该同业公会和它的成员在百姓中的声望。由于没有正规的剧院，同时也不收取任何门票，因此，观众可以随意走动。"演员"中的许多人对观众来说是很熟悉的，他们是私人的朋友、邻居、亲戚，而从职业上来讲，他们是屠夫、裁缝、建筑工人等等。演出在假日那天举行，因为日常的工作和商业活动都中止了，而演出则是假日活动的一个组成部分。剧中的情节对观众并不陌生，而全剧的结尾也不会在观众心中产生任何悬念。许多如果不是全部现代戏剧的惯例和现代人对观看戏剧的期待根本不存在或被彻底颠倒了。这并不是当时唯一的剧种，却是当时在财力上得到的资助最多、参加演出的人员在创造力上最投入的剧种。市政官员和教会的领袖都给予了最充分的肯定和认可，为这一剧种的演出提供了物质的、时间的和精神的空间，并支持它颂扬的主题。这一剧种延续了起码两百年的时间。

现存的中世纪神秘剧主要有四个组剧，即约克组剧、韦克菲尔德组剧、切斯特组剧和 N-城组剧。每个组剧中所含的剧目数各不相同，其中约克组剧最多，有 48 个剧，其余的三个分别为：N-城组剧 41 个、韦克菲尔德组剧 32 个、切斯特组剧 25 个。

13—14 世纪的英国并没有固定的剧场，中世纪的神秘剧通常是在可以移动的木制舞台上演出的。那种舞台比较接近现代游行庆典中常用的彩车，只不过那时的舞台基本没有布景，台子的边沿有时垂挂着棉织的帷帐，用以遮盖下面的支架和轮子。舞台常用马匹拖拉，以便从城镇的一角及时地移到另一个地点。为了方便当时的观众，十几个或几十个《圣经》故事组成的组剧往往在不同的移动舞台上演出，分别由一个同业公会负责其中的一个或几个剧目。演出时只要移动这些舞台，站在城镇任何一个演出地点的观众都可以看到整套组剧的表演。当时每个剧目的演出时间大约为15—30分钟，因此，完整的一套组剧要延续近十个甚至十几个小时。根据保存下来的有关约克组剧的演出记录来看，组剧往往从清晨便开始，等到上演最后一个剧目——《最后审判日》时，夜幕已经降临，这种气氛大概与剧情比较相符。对于现代的观众来说，连续十几个小时看戏简直是不可思议的。但是，对于中世纪的平民百姓来说，这种机会每年只有一次，辛苦一点大概也是值得的。

留传下来的四个组剧虽然数目各异，但都取材于《圣经》中的主要情节。以韦克菲尔德组剧为例，不难看出中世纪的观众的兴趣所在：

1. 创世记（The Creation）
2. 亚伯被害（The Killing of Abel）
3. 挪亚（Noah）
4. 亚伯拉罕（Abraham）
5. 以撒（Isaac）
6. 雅各（Jacob）
7. 法老（Pharaoh）
8. 预言家（The Procession of the Prophets）
9. 凯撒·奥古斯都（Caesar Augustus）
10. 天使传报（The Annunciation）
11. 圣母访问（The Salutation of Elizabeth）
12. 牧羊人剧一（The First Shepherds' Play）
13. 牧羊人剧二（The Second Shepherds' Play）
14. 东方三贤人的礼物（The Offering of the Magi）
15. 埃及之行（The Flight into Egypt）
16. 希律大帝（Herod the Great）
17. 圣母洁净（The Purification of Mary）
18. 医生剧（The Play of the Doctors）
19. 施洗者约翰（John the Baptist）
20. 穷人（Lazarus）

21. 密谋（The Conspiracy）
22. 殴打（The Buffeting）
23. 鞭笞（The Scourging）
24. 犹大自尽（The Hanging of Judas）
25. 耶稣被钉死在十字架上（The Crucifixion）
26. 刽子手（The Talents）
27. 灵魂的解救（The Deliverance of Souls）
28. 复活（The Resurrection）
29. 朝圣者（The Pilgrims）
30. 圣多马（Thomas of India）
31. 耶稣升天（The Ascension of the Lord）
32. 上帝的最后审判（The Judgement）

与韦克菲尔德组剧相比，约克组剧似乎更侧重耶稣降生这一主题，除了名为《耶稣诞生》的一出短剧外，还有其他六出相关的剧目。而 N-城组剧则包含了在其他几个组剧中没有出现的《圣经》故事和其他民间传说的片断，如谋害弟弟亚伯的该隐被拉麦所杀、审判马利亚和约瑟、升天的耶稣在天堂和圣母马利亚会面等等。

在这些神秘剧中，除了主要的情节仍取材于《圣经》和其他传说外，剧中的对白和表现形式已与它们的原始素材没有太多的相似之处了。为了吸引渴望娱乐活动的平民百姓，剧中增添了不少喜剧的特色，其中最有代表性的例子要数韦克菲尔德组剧中的《挪亚》一剧了。在《圣经·旧约》中上帝选择挪亚作为洪水后人类的新始祖仅占了《创世记》50 个章节中的 4 章，除了对情节的叙述外，仅有的简短对话只是在上帝和挪亚之间进行。而在神秘剧《挪亚》中，全剧含有 558 行诗句，有对白的人物除上帝和挪亚外，还有挪亚夫人、他们的三个儿子和三个儿媳，共九个人物。在剧中，我们看到的不再是《圣经》中的人物，而是传说中人物的形象和中世纪观众熟悉的现实人物的一种奇妙的结合。

中世纪的神秘剧似乎有三项功能：传播某种伦理的启示，以便最终达到拯救灵魂的目的；为平民百姓提供一种娱乐放松的机会；使各同业公会有机会展示各自的实力。虽然剧中的故事均取材于《圣经》和其他远古的传说，但是组剧的演出则着眼于故事的现实意义和对于中世纪的观众来说这些故事所具有的永恒的含义。正是这种现实主义的表现手法为神秘剧留下了隐患。16 世纪上半叶，英国新教崛起。在新教教徒的眼中，由真人来扮演耶稣、圣母马利亚和其他圣人是一种明显的亵渎神明的举动。于是，组剧不得不按照新教的教义进行改编，最后，赫顿主教于 1575 年借各剧团将组剧的剧本送他本人审查的机会扣住了所有的脚本。这一早期剧种就这样最终从英国舞台上消失了。

14 世纪下半叶，英国又出现了一个新的剧种——道德剧。虽然道德剧同样有着强烈的宗教色彩，并以道德劝诫为目的，但是与神秘剧相比，这一新的剧种有许多新的特点：(1) 道德剧不取材于《圣经》故事，它的素材往往来自布道。云游四方的修道士——特别是天主教方济会和道明会的修道士——规劝人们弃恶从善，这在当时的英国是很常见的景象。在布道中修道士反复强调的信息就是：耶稣并不只是在教堂里，出现在星期天的礼拜中；他与每个人的生活息息相关，他每时每刻都在影响着我们每一个人；罪恶是要受到惩罚的，而人的灵魂只有在耶稣的帮助下才能获得拯救。这些熟悉的说教后来也成了道德剧的主题。(2) 虽然道德剧有着很强的说教性，但是剧作家对于宗教、政治、社会、道德的个人看法在创作过程中也被糅进剧中，因此，很难找到所谓典型的道德剧。(3) 如果说在神秘剧中的核心人物是上帝的话，那么在道德剧中占主导地位的角色就是人。英文中常把剧中的主角命名为 everyman，mankind、humanity，而这些人物所代表的恰恰就是这些英文词的含义：凡人，一个有血有肉、七情六欲俱全的普通人。(4) 道德剧中的主导情节是善恶之争，是代表善和恶的两股势力争夺人的灵魂的一场争斗。邪恶势力的代表常常是应该罚入地狱的七大重罪和魔鬼，而代表真善美的则是上帝的四个女儿——真理、正义、节制和宽恕，以及三项基本美德——信任、希望和博爱，全剧经常以善战胜恶而告终。(5) 道德剧不以组剧的形式出现，而且也与任何宗教节日无关，因此，任何剧团在全年的任何时候都可以选择上演任何道德剧，只要有观众就可以连续上演。这就为英国戏剧最终进入剧场创造了一个基本的条件。从这个意义上讲，道德剧比起神秘剧向现代戏剧的方向迈出了很大的一步。

现存的主要道德剧有《坚忍的堡垒》（*The Castle of Perseverance*，1405年）、《人类》（*Mankind*，1450年左右）和《凡人》（*Everyman*，1495年左右）。《坚忍的堡垒》是其中最早，同时也是最长的一个剧目。全剧共有3650行诗句，比伊丽莎白时期通常的剧本还要长一半；剧中共有35个讲话的角色，这在英国戏剧的发展史上也是很少见的。剧中的主角是人类的化身，在他的一边是“肉体”“世俗”“魔鬼”和“七大重罪”，另一边是“天使”“忏悔”“宽恕”和“上帝的六种恩典”。剧中采用了多种寓意的手法来规劝人们弃恶从善。剧名中的“堡垒”就是中世纪寓意的一个很好的例子：“堡垒”用来保护剧中的主人公，特别是他的灵魂不受到七种不可宽恕的罪行的侵蚀。剧中的善恶之争采用了邪恶势力从外面围困城堡的形式，而剧中上帝的四个女儿之间的争论和具有象征意义的穿越“伦理之国”最终抵达“永恒”的行程则更是寓意手法的明证。

在道德剧《人类》中，除了主人公“人类”外，另一个重要的角色就是“宽恕”。然而，在这个剧中“宽恕”并不是上帝的女儿之一，而是“人类”的忏悔神父。当神父规劝“人类”的时候，“祸根”走上台来嘲笑神父的说教；接着“伪装”“及时行乐”和“虚荣”也加入了“祸根”的行列。在这些邪恶势力的代表被赶下台后，“人类”表达了他悔改的决心，并在神父的帮助下，用铁锹打退了“肉体”和“世俗”的进攻。凯旋的“人类”走下舞台去取种子，准备耕地播种。被击败的邪恶势力乞求“魔鬼”的援助，在玩弄了一整套鬼花招之后，“人类”竟然听信了“魔鬼”的谎言，把他一向敬重的神父看成是一个盗马贼，逃犯，定了罪的犯人和背叛教义、私自通婚的牧师。离开神父的指导之后，“人类”就落入了邪恶势力的圈套，他们让他去找个妓女，向被打的“肉体”和“世俗”道歉，甚至强迫他去偷、去抢、去杀人。陷入绝境的“人类”几乎要自寻短见，多亏神父又一次解救了他，和“忏悔”“和解”一起重新把“人类”引上了正路。在这个剧中，剧作家用戏剧的形式生动地体现了基督教教义中的几个要点：魔鬼无处不在，总是企图把人们拉进地狱；人一定要极力抑制肉欲，以免被引入歧途；游手好闲、无所事事常常给魔鬼以可乘之机；评判一个人不是听他说什么，而是看他的行动；只要人们真诚忏悔，上帝的仁慈是无边的。与传教士的说教相比，这种采用寓意的手法来对人们进行的道德的规劝，就显得更轻松生动一些，也更容易为中世纪的观众所接受。遗憾的是，《人类》这个剧是用当时并不普及的英国中部方言写成的，因此，在英国戏剧史上几乎找不到有关这个剧演出的记载。

道德剧中最有名的要数于1495年左右上演的《凡人》，那是在亨利七世登上英国王位（1485）、开始都铎王朝之后。这部剧描写的是主人公“凡人”在浑浑噩噩地度过一生之后，直到临终时才幡然悔悟的经历。

与《人类》不同，道德剧《凡人》并没有试图笼统地规劝人们弃恶从善，它的侧重点是人生的最后一刻，即在教会的眼中，人们究竟应该如何告别这个世界。以死亡为主题是中世纪欧洲文化的一个特点，对于现代人来说，这点可能显得有些不可思议。但是，对于长年生活在战乱和瘟疫中的人们来说，死亡很可能是最好的一种解脱，而在死亡面前人人都是“平等”的。在《圣经·新约》的《启示录》第14章13节，有这样一段话，可以算作是这个剧的理论依据：“我听见天堂里传来一个声音，说：‘记下来，从今以后为主而去死的人都将升入天堂。’圣灵说：‘他们确实是有福之人，他们不必再劳作了，因为他们的善行将伴随着他们。’”由此可见，《凡人》的宗教寓意是很明显的，即“美貌”“力量”“财富”，包括“知识”“智慧”等世俗之物都是人的身外之物，当人离开这个世界的时候，只有他一生的“善行”才能伴他而去，并拯救他的灵魂。

1485年亨利七世登上英国王位，开创了英国历史上的一个新时期，宣告了中世纪的结束。然而，在英国戏剧发展史上，1485年并不是一个明显的分水岭。神秘剧和道德剧仍在很长一段时间里占据着英国的舞台。

第二章 文艺复兴时期

第一节 文艺复兴时期的诗与诗剧

一、诗歌的繁荣

十分繁荣的诗歌写作就体现了英国式的改造和创新。以十四行诗为例，众多的英国诗人是从模仿配屈拉克的意大利原型开始的，但不久他们就把这个诗体英国化了，韵脚的排列变了，内容上也自有新意。可举下列一首为例：

爱情小唱

第 54 首

我们演出在这世界的舞台，
我的爱人悠闲地看着戏，
她观赏我演出各种题材，
用不同形式排遣我不安的心意，
一时的兴会令我欢喜，
于是我戴上了喜剧的假面；
一时我转欢笑为唏嘘，于是我又把悲剧扮演。
她却用不变的眼睛看我幻变，

不因我喜而喜，不因我悲而悲；
我笑她讥讽，等我泪流满脸，她却大笑而心如冰块。
什么能感动她？哭笑都不是，那么她非女人，而是顽石。

作者是艾德蒙·斯宾塞（1552？—1599）。他把十四行诗从意大利原型的三段结构变成了四段，脚韵安排相应地由 abba abba cdecde 改为 abab bcbc cdcd ee（上面的译文照此），其好处之一是可以在三段的陈述和引申之后，用互韵的两行作结，压住阵脚（后来的所谓英国式十四行，如莎士比亚所写的，就是根据斯宾塞的格局而略作变动而来的）。从内容上说，这首诗提到世界如舞台，演出各种类型的剧本，包括喜剧、悲剧、假面剧，足证当时舞台演出已是人们所习见，而这后者又是对英国文学的兴盛和发展有极大关系的事情。

斯宾塞的长处，远不限于写十四行诗。他还写过有名的婚曲和许多其他作品，而其最主要的作品则是长诗《仙后》（1596），它为歌颂颇有作为的伊丽莎白女王而作，表现了民族主义的自豪。他在诗律上多所创造，如建立了优美流畅的九行诗段（人称斯宾塞体），影响深远，后世拜伦、雪莱、济慈、丁尼生等人都曾用它写出佳作，因此人们称他为“诗人的诗人”。

二、诗剧的兴起

这个时期最重要的文学事件是诗剧的出现与成熟，上面说到斯宾塞注意了舞台演出。但演出的不是一般话剧，而是主要用韵文写的剧本，即诗剧。写诗剧的有各种人，有马洛、查普曼、格林等“大学才子”，也有琼森、戴克等浪迹江湖的风尘客，后来又出现了波蒙、弗莱彻等宫廷文人和韦勃斯特、特纳等专写恐怖剧的怪才，而全面驾驭了诗剧的各种写法，使之达到艺术最高峰的则是演员兼剧团股东莎士比亚。

这些人的剧本主要用“白体诗”（blank verse）写成，白体诗是不押脚韵然而富有节奏感的诗体，每行五音步，每音步有一轻一重两个音节，即所谓抑扬格，但实际上作家们常常变化它，使它成为扬抑格、抑抑格、扬扬格，而且他们的考虑并不限于一个音步或一行，而白体诗的特点正在于能够跨行，往往一跨就是三四行或更多，形成一种诗段。它是一种灵活多变的诗体，比一般说话高昂，比一般的诗则又更近口语，既能作帝王的堂皇、庄严之言，又能作亲切的小儿女语，因此特别适宜用在剧本里，因为演剧不比作文，需要一种能够担任各种戏剧任务——叙述、咏叹、问答、开玩笑等等——又在风格上能上能下，能文能白的诗体。

这些剧作家寻到这一诗体，又使它迅速发展、成熟，变得更加锋利，更加伸缩自如，用它写出了几百个剧本，表达了人世间各种感情，其中至少有五十个至今还能使世界各地的观众和读者震撼、感动、高兴、又悲又喜，将来还要继续存在下去——这就是16世纪下半叶到17世纪上半叶之间英国诗剧对于世界文学的伟大贡献。

三、马洛的历史想象力

第一个成功地使白体诗变成戏剧媒介的是克利斯多弗·马洛（1564—1593）。他是皮匠的儿子，但上过剑桥大学，为政府执行过秘密使命，喜欢同一批离经叛道的无神论者往来，最后在酒店里被人用匕首刺死，年仅29岁。他留下了许多诗和六个诗剧，其特色是：（1）喜写扩张型的大人物，如《帖木儿》（1590）中的中亚大帝国的建立者、《浮士德博士的悲剧》（1604）中的追求无限知识的德国博士；（2）风格瑰奇，人们赞他所写为“壮丽的诗行”；（3）表现了丰富的历史想象力。

这三者都在下面这段不同寻常的台词里有所反映：

就是这张脸使千帆齐发，
把伊利安的巍巍城楼烧成灰的么？
甜蜜的海伦，你一吻就使我永生。
看，她的嘴唇吸走了我的灵魂！
来，海伦，还我的灵魂来！
我住下了，天堂就在你的唇上！
凡不是海伦身上的，全是粪土。

（《浮士德博士的悲剧》第5幕第1场）

马洛的想象力是无限扩张的，拿来写追求一切知识、想要尝试一切经验的浮士德真是恰好。在这里，浮士德靠魔鬼的帮助，一下子从中世纪回到了古希腊时期，居然想尝到海伦这位挑起了希腊与特洛伊的十年战争、千古闻名的美人的爱情，真可谓异想天开！然而这一段咏叹却又真是写得高明，无论所想到的情节，所用的形象、调子、措辞都是高昂的，然而又是温柔的，甚至是甜蜜的，不愧是“壮丽的诗行”。而这里所突出的，是人：人的力量，人的征服，能超越时空、驾驭一切的人的想象力的伟绩。我们之所以称这个时期为标志着人文主义的胜利的英国文艺复兴时期，这就是例证之一。

马洛的另一功绩是写出了《爱德华二世》（1594）。这是英国最早的历史剧之一。他同莎士比亚是这一新剧种的创始人。

四、琼森的现实主义

如果说马洛是英国诗剧的奠基者，那么它的后期的大家就是班·琼森。琼森（1572？—1637）做过泥水匠，当过兵，演过戏，杀过人，几乎被处绞刑；同时，他上过有名的中学，受过正规古典教育，懂得希腊、拉丁文学，很有学问。这一个结合——丰富的社会经验和在古典文学的熏陶下获得的诗才——使他在从事戏剧创作的时候有一套理论，同时又有卓越的实践。理论是：戏剧应“将时代的病态解剖清楚……事情和语言都要真像常人”。这可以说是现实主义的理论，是针对时弊而提出的。他虽也写过悲剧和假面舞剧，其长处则在喜剧，特别是《伏尔蓬尼》（1607）和《炼金术士》（1612）两剧是他的杰作，至今还常上演。

他的艺术是一种突出和放大的艺术，即为了解剖时代的病态，他集中来写某些典型的“气质”，而所谓气质，实际上是一个人身上的主要精神状态，如上述两剧都是集中写了贪婪：伏尔蓬尼的遗产吸引了有强烈的贪婪心的男男女女，而炼金术士则用骗术引来了一批贪婪的财迷。这样，琼森不仅将贪婪这一气质放在强光灯下解剖，而且让我们看清了当时的社会风气和诸色人等，展开了 17 世纪初年的伦敦市井百态图。

他还有足够的诗才来把剧本写得生动活泼。伏尔蓬尼在出场时的一段独白就把他的贪欲写得淋漓尽致：

> 我要叫人把所有的床垫打上气，连羽绒我也觉得不够软了；我的大圆房要四面挂上名画，完全不亚罗马皇帝取自海外的珍品，更不论亚列丁粗劣的仿作。我的镜子各有刁钻角度，反映出处处有人，一人多面，而我全身赤裸让镜子照着，穿行在一群妖妇之间。我将用香水作雾，叫它弥漫全屋，我们就隐身其中。我的浴盆大如池塘，浴后出来不用擦身，只消在薄纱和玫瑰花上一滚就干。
>
> （《炼金术士》第2幕第1场）

这位财神爷不只是摆阔，连他的色情狂也自我暴露了。琼森对马洛的堂皇悲剧是加以嘲笑的，但是他的人物却同马洛的人物一样，也有极为丰富的想象力。这也说明，这个时期的剧作家又是有共同倾向的。

琼森还写了另一个重要喜剧，叫作《巴塞罗缪节集市》（1614）。这个剧写伦敦下层社会形形色色的人，包括当时已很引人注目的清教徒，在一处集市上跑来跑去，有许多生动的情节，有趣的对话。作者仍然写得笔酣墨饱，只不过这里已不见韵文，全剧是用散文写的，而这也给了我们一个消息，即白体诗活跃在舞台上的日子已经不多了。

五、集大成的莎士比亚

在时间上，站在马洛与琼森之间的，是莎士比亚。

威廉·莎士比亚（1564—1616）一生从事演剧和写剧，对舞台情况最熟悉，在诗剧艺术的提高和发展上走在最前面。

但是他不是一个通常意义的“作家”。他写剧主要不是为了建立文名，而是为了自己所属的戏班能有新戏上演，着眼于舞台效果，希望能打动观众。当时的戏院是简陋的，只有楼座是有屋顶遮盖的，戏院中间的池子则是露天的。舞台伸入池子中间，形如一张围裙，故后人称为“裙形舞台气台上只有很原始的布景和道具，剧的情节、地点、时间之类靠角色自己宣告，因此台词特别重要，演员的口才也得到高度发挥，而演技则是程式化的，来看戏的观众也各色各样，既有坐在楼座或舞台两边夸耀地位和衣饰的贵族子弟，又有大量的挤在露天池子里站着看戏的小市民和学徒之类，各有不同的爱好和趣味。莎士比亚及其同伴的任务就是写出能在这样的戏院里上演、使这样的观众满意的剧本，因此他必然要走群众性、娱乐性的一路。16 世纪英国诗剧首先是大众娱乐，犹如今天的电影、电视一样。

它是充分入世的，芜杂的，甚至粗糙的，洋溢着这个活动频繁、思想活跃的文艺复兴时代的精神。它比任何其他文学形式更接近民间，更能反映社会现实，因而也就能在内容上不断更新，具有强大的生命力。

而同时，它又为剧作家们提供了一个广大的场地，任凭他们的天才在当时当地的条件之下任意驰骋。各种题材，各种情节，各种演技，各种语言效果，各种奇思怪想，凡能放上舞台的都得到了试验的机会。最简陋的戏院，最重实际的观众，却能允许最大胆的戏剧创新就在他们之间进行。而剧作家们也充分利用了这个历史性的机会。我们已经看到了马洛和琼森的作为，但是莎士比亚比他们更懂戏，更能发掘这一戏剧的各种可能性，在白体诗和戏剧语言的运用上也更有想象力和创造精神；他把这两者结合起来，表现了人生各种处境各种感情，塑造了几百个人物，探索了人生和社会的根本问题，在历史剧、喜剧、悲剧、传奇剧各方面都写出了大量杰作，和他的伙伴们一起把英国诗剧推到了世界文学的高峰。

六、舞台上的历史和历史观

莎士比亚在写剧之始，首先搬上舞台的是英国历史。写英国历史剧是莎士比亚和马洛的创举。但马洛只写了一个，而莎士比亚从 1589 年到 1599 年的十年中，一共写了九个，不仅数量大，而且连贯起来展示了从 13 世纪到 15 世纪的 300 年的英国大事，包括英法之间的百年战争和英国国内的玫瑰之战。挑选这一时期来写，显示出莎士比亚的历史见地，因为它正是英格兰走向统一的民族国家的关键时期。这一系列的连台好戏的主题是爱国主义。1588 年英国打败西班牙无敌舰队以后开始向外扩张，海外贸易发达，一个世界规模的殖民帝国正在形成。莎士比亚表现了这一时期英国人的自豪感。通过剧中人物之口，他这样地歌颂自己的国家：

这国君的御座，这树着王节的岛，
这华贵的大地，这战神的故乡，
这另一个伊甸园，这小天堂，
大自然替自己造了这个堡垒，
为了不遭污染和战争的袭击；
这一群快乐的人，这个小世界，
这颗嵌在银色海洋里的宝石，
海水起了护墙的作用，
就像家宅有外濠防卫，
抵住了命苦的其他国家的妒忌，
这福地，这宝壤，这国家，这英格兰……

（《理查德二世》，2 幕 1 场 40—50 行）

另一个角色这样地宣告：

英格兰从来没有，永远也不会，
倒在征服者骄傲的脚下，
除非它先伤害了自己。

（《约翰王》，5 幕 7 场 112—114 行）

而等到 1599 年莎士比亚来写《亨利五世》，他不仅写了英军如何在阿祥古大败法军，而且写了他们的统帅亨利五世是怎样贤明的一个国君。他在未登基的时候是一个不务正业的纨绔子弟，与之来往的尽是偷鸡摸狗之徒，但是一旦登上大位，他同昨天和昨天的伙伴决绝，变成了一个英明有为的君主。这个转变有点突然，批评家认为他对以前的朋友们太薄情了，但是莎士比亚显然认为一个坐在王位上的人对国家负有特别的责任，不该沉溺在欢娱之中，因此着力写的是他怎样坚毅果敢，甚至近于残酷（如下令杀掉俘虏过来的法军），但却又能与士卒同甘苦，不辞辛苦地深夜巡视营房，做好战前的动员工作，终于取得了阿祥古的大胜。至今人们还记得他的激励人心的号召：

再一次冲进缺口，亲爱的朋友们，再一次！
否则用我们英国人的尸体封住城墙！

（3幕1场1—2行）

这样的民族英雄赢得了莎士比亚的尊敬，而残暴的阴谋家如理查德三世则只受到他的谴责。近来的研究者还注意莎士比亚对于政治和权力结构的看法，另有一些人则认为莎士比亚不一定在剧中歌颂或谴责什么，他照例是看到了问题的复杂性，心情是矛盾的，甚至对人对事有所讽刺。尽管如此，把这些历史剧连贯起来看，莎士比亚对于这一段英国历史是有一个总的看法的。这是一个身处伊丽莎白朝盛世的英国人的看法，即厌乱思治，拥护一个能平定诸侯的强有力的中央政权，以昔日之乱为镜子对照今天之治而庆幸自豪。因此，展现在舞台上的，不只是英国300年的历史，还有剧作家的历史观。

作为剧本，这些历史剧大多是莎士比亚的前期作品，结构上较为松散，程式化的台词较多，素体诗也显得拘谨。但是人物已经写得出色，除了战场上的英雄之外，下层社会里的普通人也写得真实、活跃。人们认为写得特别好的是《亨利四世》上下部（1596—1598）。亨利五世在这里是以王太子的身份出现的，他的一批酒肉朋友中有一个约翰·福斯泰夫爵士，这位酗酒、贪色、好吹牛而胆小怕死的大胖子是剧中最放荡的人物，然而莎士比亚又把他写得很有生气，说话充满了机智。通过他和一伙流氓的活动，我们从朝廷和战场进入了伦敦的街巷和酒店，看到了市井百态。这里不仅有两条情节线索交织，而且有两个剧种并存，即历史剧与喜剧。莎士比亚从来不追求纯粹和单一，他的艺术是混合的艺术。

七、喜剧：丰富与奇幻的结合

福斯泰夫重新出现在《温莎的风流娘儿们》（1597）一剧里，然而神态大不如前了，他的光彩随着他所代表的没落中古武士阶层而消失了，我们也离开了历史舞台而进入莎士比亚的喜剧世界。

这是一个异常丰富多彩的世界，充满了欢笑、戏谑、爱情的逗引、机智的对答，然而不是没有阴影——正因有阴影而使剧本更有深度，而且越到后来阴影越浓。如果说《错误的喜剧》（1592—1594）、《驯悍记》（1593—1594）、《维洛那二绅士》（1594）等初期作品是欢快的喜剧，用的是女扮男装、孪生兄弟等手法，闹出了各种笑话，那么到了《仲夏夜之梦》（1595—1596）、《威尼斯商人》（1596—1597）、《皆大欢喜》（1599），就出现了其他因素，大自然进来了，哲学沉思进来了，人世的现实露出了残酷的一面，连海外贸易和重利盘剥也跟着出现；而更后的《特洛伊罗斯与克瑞西达》（1601—1602）和《一报还一报》（即《请君入瓮》，1604）则只有背信弃义和滥用权力之类的令人不快的情节了，喜剧变成了“阴沉的”问题剧——正因如此，它们也就成为20世纪后半一些批评家的宠物：存在主义者喜欢前者的“荒淫加战争”的主题，新历史主义者发掘了后者所包含的权力结构的意识形态。

这期间他还写了《第十二夜》（1601—1602），一个仍然欢快的喜剧，只是增加了对于清教徒的嘲弄。这个戏结构匀称，几条情节线发展得既平行又交叉，有一种小步舞式的典雅，而人物中女扮男装的维奥拉异常动人，清教徒型的马尔伏里奥则提供了必要的对照和笑料，所以向来为演员和观众所喜，上座率极高。1986年上海越剧团将它改编演出，也取得了很大的成功。

莎士比亚的喜剧是能打动全世界的观众的，然而它们的艺术仍然是混合的艺术。《威尼斯商人》混合了喜剧和悲剧，正像后来的《哈姆雷特》《李尔王》等剧混合了悲剧和喜剧。就喜剧本身而论，《仲夏夜之梦》和《皆大欢喜》又有一种混合，即奇幻的想象与英国现实的混合。在仲夏夜月光下的树林里，有两对情人在追逐，有精灵之王在同他的王后口角，又有一群工匠在忙忙碌碌地排戏。这群工匠是土生土长的英国佬（虽说故事发生在遥远的雅典），他们的排演过程又透露了16世纪英国舞台和演技的实况，这就增加了观众的现实感，然而主要情节却是属于贵族圈子和精灵世界的，弥漫于月夜树林的是一片诗情，在那里：

恋人和疯人都头脑发烧，
充满了幻想，想出了
冷静的理智不能接受的东西。
疯人、恋人、诗人
都是幻想的化身，
疯人看到的魔鬼多得连地狱也装不下，
恋人也同样的疯狂，
把埃及的黑女看成了美人海伦。

(5 幕 1 场 4—11 行)

而能把这一切糅合在一起，形之于笔的，则只有诗人，在这里则是有戏剧天才的大诗人。

《皆大欢喜》的主要情节也发生在林子里，即有名的阿登森林（这是英国的森林，虽说故事似乎发生在意大利，莎士比亚照例是不顾地点和时间的一致的)，人们也在林子里漫游，唱歌作乐，但是那里并不是世外桃源，也有忧郁和沉思，畸零人杰奎斯发了这样一番感慨：

整个世界是一大舞台，
所有男人女人都是演员，各有上场和下场的时间，扮演许多角色，
一生的演出可分七个时期。……

(2 幕 7 场 139—143 行)

这是莎剧中有名片断之一，虽然这“人生如戏”的看法颇为平常，我们在前面已引过斯宾塞的表达同样看法的十四行诗，但是这种谈吐却把哲学思辨带进了喜剧，增加了剧本的深度。同时莎士比亚又在罗莎兰德的性格构造上下了大力，使她出落得美丽、机智、勇敢、能干，成为莎剧中最可爱也最有风趣的青年女性。然而另一方面，世道的险恶和人情的刻薄却也一直在威胁这座森林，弟夺兄位，兄剥弟产，才使得森林里充满了不幸者，最后是篡位的公爵率领一支大军杀来，只不过到了森林边上遇见一位

修行老人，听了他几句话，忽然改悔，把大位还给长兄，而自己遁入了空门，于是才有皆大欢喜的结局。此剧的情节原有所本，当初的结局是篡位的公爵被人杀死，莎士比亚这样一改，使得气氛融洽起来，但也显得有点奇幻——幻想与现实的混合依然是这个喜剧杰作的特色之一。

在别人的作品里，也常有现实与幻想的结合。莎士比亚的与众不同之处在于，他写的现实更实在，那群质朴的工匠就是明证；而他的幻想也更奇特，更富于浪漫色彩，仲夏夜精灵的活动和阿登森林里的周旋都说明了这一点。

八、悲剧的试笔

就在他把主要精力用在历史剧和喜剧的时期，莎士比亚就已经写了几个悲剧，当中有《罗密欧与朱丽叶》（1595—1596）。

这个剧本歌颂自由恋爱，通过一对纯真青年的死对封建门第的残酷做了有力的控诉。它是年青人的剧本，台词明丽，情节发展快速，恋人们在星光下的花园中隔着阳台对谈的一景（2 幕 2 场）写得太美了，赢得了所有钟情男女的心，虽说最后是死亡的黑夜吞没了青年人，但在他们身上还流溢着热血的时候，人生又是何等美好！它像朝露一样新鲜，为后来的西欧乃至世界文学以及其他艺术形式（例如音乐、芭蕾）提供了一个有长远吸引力的主题。

另一个早期悲剧《裘力斯·凯撒》（1599）写的是古罗马的政治斗争。当时罗马正面临一个重大的历史转折，元老院的寡头民主制度即将为皇帝的绝对统治所代替。代表前者的是勃鲁托斯，一个重道德原则的理想主义者，认为凯撒的独裁不利于人民而聚集一批人把他刺死了，却无力收拾后来的紊乱局面而很快在内战中败亡。代表后者的是凯撒，他虽然被刺却已树立了帝国的基础，因此他的侄子才能踏着他的血迹夺取帝位。然而莎士比亚笔下的凯撒却并不引起人们多大的同情或爱怜——他大言不惭，喜听别人吹捧自己，倒有点像后世的墨索里尼之流。结果，在戏中大出风头的是玛克-安东尼。他忠于朋友，又能言善辩，利用了勃鲁托斯允许他说话的机会，在凯撒尸旁面对罗马市民群众，说了这样一番话：

朋友们，罗马人，同胞们，听我一言。
我是为埋葬凯撒而来，不是来赞美他。
人做了恶事，死后恶名长留；
人做了好事，一死好名也随着埋葬。
但愿凯撒也这样吧。尊贵的勃鲁托斯
告诉你们凯撒怀有野心，
如果确实，那是一桩大罪，
凯撒为它付出了惨重的代价也罪有应得。
承蒙勃鲁托斯和别位的允许
勃鲁托斯是正大光明的人，
别位也是，都是正大光明的人
让我在凯撒的葬礼上说几句话。
我要说他是我的朋友，对我忠诚公正，
可是勃鲁托斯说他怀有野心，
而勃鲁托斯是正大光明的人。
凯撒把许多俘虏押回罗马，
用他们的赎金来充实公家的财库，
这能说是怀有野心么？
听见穷人哭，凯撒也流泪，
有野心的人能有这样的软心肠么？
可是勃鲁托斯说他有野心，
而勃鲁托斯是正大光明的人。
你们大家都看见在卢柏克节那天，
我三次献给他一顶王冠，
而他三次都拒绝了，这能说有野心么？
可是勃鲁托斯说他有，
而勃鲁托斯确是正大光明的人。
我现在不是要推翻勃鲁托斯的话，

我只想说说我知道的事实。
你们过去也爱过凯撒，而且爱得有理，
那么现在又有什么东西不许你们哀悼他呢？
唉，理性呵！野兽倒还有理性，
而人已无是非之心了！——原谅我，
我的心已随凯撒飞进了棺材，
让我喘口气等它飞回来吧！

（3 幕 2 场）

这是莎剧中另一个有名的片断。在那个紧要关头，安东尼沉住气，巧妙地列举事实来说明凯撒没有野心，反证勃鲁托斯和他的一伙并非“正大光明的人”，于是激动了原来倾向这批刺客的罗马市民，使他们改变态度。这里面有演讲术的作用。莎士比亚和他的同行都善于运用演讲术，而当时来看戏的人也欣赏演讲术。但是真会运用演讲术的高手，又能把它与剧情化为一体，推进剧情而不露“术”的痕迹。莎士比亚在这里运用得很成功，但还未臻化境，最后两句话——“我的心随凯撒飞进了棺材，让我喘口气等它飞回来吧”——给了演员一个绝好的摆弄姿势的机会，然而过分戏剧化了，反而成了缺点。

九、悲剧艺术的顶峰

一年之后莎士比亚写了《哈姆雷特》（1600—1601）。他的艺术的成熟期开始了。

《哈姆雷特》是戏剧史上的一个奇迹，奇在剧作家把一个原来充满血腥气的中古式报仇故事写成了一个不仅情节生动而且思想深刻的近代戏剧。在这里，第一个现代知识分子型的英雄人物登场了。

自然，剧本仍然是莎士比亚所处的英国文艺复兴时期的产物。1600 年左右的英国，伊丽莎白朝的统治已到强弩之末，女王年老了，王位继承权问题变得日益尖锐；经济上，圈地的发展使得乞丐遍地，抢面包的事不时发生，而统治阶级内部则有专利权的争夺。莎士比亚是在这样的现实和这样的思想中写作的，他的喜剧中越来越加深的阴影是时代的阴影，而到了这个悲剧阶段，阴影变成了笼罩一切的黑夜。

当哈姆雷特在台上说："丹麦是一座监狱……一座最坏的监狱！"台下的观众是有同样的感慨的，而且心里明白：何止彼岸的"丹麦"！

然而黑夜里还有人世屋宇里的灯光和天空的星光。哈姆雷特又给人希望。是的，他曾沉痛地诅咒：

时代脱节了；呵，可咒的命运！
怎么偏要生我来重整这乾坤！

（1幕5场）

然而诅咒中有壮志，有理想——毕竟乾坤是可以重整的。而他也确是一个令人爱慕的人物：既是"风流时尚的镜子"，爱好哲学和艺术，重友谊，忠于爱情；又是能干的实践者，在紧急关头能够挺身而出，坚决果敢地行动。作为一个政治人物，他有道德有原则，虽居高位而关心民间疾苦，因此才能十分感慨地说道：

谁甘心忍受人世的鞭挞和嘲弄，
让恶霸欺凌，受豪门白眼，
忍受失恋的痛苦，法庭的拖延，
衙门的粗暴……

（3幕1场）

毫无疑问，莎士比亚是把当时人文主义者理想中的英雄人物的优秀品质集中到了哈姆雷特身上。

然而他却有他的困惑。面对丑恶的凶险的现实，面对一个具体的问题——他的父王是怎样死的？——他犹豫、怀疑，而行动起来又操之过急，杀错了人，误了事，而周围的人，包括最亲爱的人，在紧要关头几乎都不能信任，或者早被邪恶势力收买了。这一切，非一个刚从大学里出来的青年知识分子所能应付。他从自己想到了别人，想到了整个人类的处境，因此他对于生和死的感喟就跳脱出个人的荣辱而有了普遍意义：

生或死，这就是问题所在。
什么更高贵？是在心里承受
恶劣命运的矢石镖枪，
还是拿起武器面对难题的大海，
用斗争去消灭它们？

（3幕1场）

为什么这段独白，这整个剧本，吸引了一代又一代的观众和读者，直到今天？

因为哈姆雷特的困惑是我们所有人的困惑。这种困惑是所有处于矛盾之中的人都会感到的，但在一个变动剧烈的时刻更加突出，英国文艺复兴的年代是那样一个时刻；19世纪资本主义工业化紧张进行的年代是另一个时刻；今天这个经历了两次世界大战，至今许多根本矛盾未决，而科技开辟了崭新局面，到处吹拂着变革之风的20世纪又是一个，不仅困惑，而且焦灼，不安，问题也越来越复杂。对于这种困惑，感触最深的是知识分子。哈姆雷特有当时和以后的知识分子的许多优点：敏感，深思，对人对事采取开明的、人文主义的态度；他的弱点，例如上面提到的犹豫，怀疑，也是知识分子的，而且正是由于知识分子总想凡事想得周详、公平等等——也就是他们的优点——所引起的。这就是为什么知识分子特别强烈地被哈姆雷特所吸引：他们完全可以说："哈姆雷特——他就是我们！"

换言之，这剧本不仅有普遍意义，而且有现代性。

现代性还见于剧本结构的复杂。它有几个层次，除了丹麦朝廷内部的权力之争，还有丹麦与挪威以及英国的外交往来；除了哈姆雷特一家，还有波乐纽斯一家，两家的儿子既有联系，又形成对照，最后两人决斗身亡；结构上的戏中戏不同一般，不是一种插曲，而与主要情节密切有关；哈姆雷特本人出入于几个世界之间：他的亡父的鬼魂世界，他与叔父周旋的政治世界，他与贺雷修谈心的知识世界，还有他同戏班子里的人讨论演技的艺术世界，姑不论他同莪菲丽雅之间的情欲世界——他的接触面十分广泛，他的内心世界也更加丰富而深刻，剧本用的是多重旋律的复调艺术。

这些不同层次、不同世界各有相应的不同的戏剧语言。单从语言风格来讲，《哈姆雷特》也是最为丰富最多变化的。不仅是上中下三体并存，而且体与体之间的差别和对照起了戏剧作用：波乐纽斯的咬文嚼字更显出哈姆雷特的直截了当，两位同学的躲躲闪闪更衬出哈姆雷特的真诚和失望，而在哈姆雷特自己，也是在不同场合不同对象前面变化了语言，甚至在同一对象面前，他也随着心情的起伏而变，例如在写给莪菲丽雅的情书里，他先是用了公子哥儿们常用的华丽诗体：

你可以怀疑星辰的发光，
你可以怀疑日月的运行，
你可以疑心真理会说谎，
你可别怀疑我的爱情。

而等到信的最后，则突然迸发出了真心的呼喊：

呵，亲爱的莪菲丽雅，我不会搞这写诗的一套，我没本领说出我的痛苦，可是相信我吧，我最爱你，我最爱你！

（2幕2场）

这里就不再是白体诗，而是散文了。而同样是散文，也是有几种文体并存：这里的呼喊是一体，另一处关于人生的谈论又是一体：

……这个覆盖众生的苍穹，这一顶壮丽的帐幕，这个金黄色的火球点缀着的庄严的屋宇，只是一大堆污浊的瘴气的集合！……

（2幕2场）

富于想象力的散文达到了俗套诗体所达不到的抒情境界，这又是一个对照！这些对照，这些变化，形成一种新的丰富，语言本身成为剧情即内容的一个重要方面。在这里，莎士比亚像后世现代主义作家那样注意传达工具本身，这样又从根本上构筑了人物性格：对语言的异常敏感正是历来知识分子的一个特征，正是复杂多变的语言烘托了哈姆雷特的知识分子气质。在整个剧里，最会运用语言的是哈姆雷特：语言的解决实际问题的能力和语言的游戏作用都体现在他的台词里。

这样的语言给观众以愉快，如同整个剧的形式上的匀称给读者以美学上的享受。哈姆雷特的死使人惋惜，然而剧本却不以悲调结束：恶人除掉了，原则伸张了，悲壮的模范行动给后世以鼓励，阴雾拨开了一些，光明增加了一分，卓越的语言艺术证明了人的想象力的丰满和锐利，在一定程度上乾坤是重整了。一代一代的观众被吸引着来看这个戏，当他们离开的时候，会有许多人扬起头来看灿烂的天空，感到一种震撼之后的清醒和安慰。

震撼和清醒——这也是其他的几个主要悲剧所产生的效果。它们是《奥赛罗》（1604）、《李尔王》（1605）和《麦克白》（1606），同《哈姆雷特》合称四大悲剧。

它们各有特点，显示了莎士比亚戏剧天才的广阔。

《奥赛罗》从所表现的爱情来说，是一曲长恨歌。黑人大将奥赛罗娶了最为纯洁的白人妻子，却因中了小人的奸计，怀疑她不贞而亲手扼杀了她，造成永恒的悲剧。剧本涉及了种族问题，虽说威尼斯不比美国，摩尔武将也不是乔治亚田奴，然而黑白通婚还是触犯了白人社会的一大禁忌，因而不得善终。不过莎士比亚笔下的奥赛罗不只是一个黑色皮肤的赳赳武夫，他有非凡的勇敢，同时又有敏锐的想象力。当一群威尼斯人拿了刀剑来责问他为何拐骗了白人姑娘的时候，他迎上前去，冷冷地说：

收起你们闪亮的剑吧，
当心沾了露水要生锈的。

诗行表现了他的无畏，镇定，对这群乌合之众的鄙视，也表现了他的色彩感和对于水城威尼斯美丽的夜晚的感应。一个简单的形象照亮了他的整个性格。

同样，杀妻一场的独白也是用形象的语言把剧情推向高潮：

先灭这盏灯，再灭这一盏！
灭了你这光明的使节，
还可以重新点亮，
如果我后悔——但是灭了你，
你这大自然最精巧的制品，

我就不知到哪儿去寻普鲁米修斯的天火
来把你重新燃起！

（5幕2场）

光明同黑暗在奥赛罗的胸中交战，黑暗终于战胜，奥赛罗亲手熄灭了那“最精巧的制品”的生命之火，而他是逆普鲁米修斯的义行而为，扼杀了无辜的爱妻，自己受了骗而反以为是免得世人再受她骗！莎士比亚震撼了我们，又使我们清醒过来。

《李尔王》的主角李尔经历了一个巨大的变化——从至高无上、刚愎自用的国王变成流浪荒野、衣食无着的可怜老人，而在这过程里，通过血的教训体会到了真正的世情、人情，也认识了他自己。在荒野中，他的身体遭受风暴的袭击，他的内心里也有一场风暴在翻腾，这就给了他的悲鸣以异样的沉痛：

轰个痛快！火，喷吧！雨，淋吧！
风雨雷电都不是我的女儿，
我不能责备你们不孝，
我没给你们国土，没称你们为孩子，
你们对我没有义务。尽量发作吧，
在我的头上！我站在这里，你们的一个奴隶，
一个可怜、衰弱、站不稳、被鄙视的老头！

（3幕2场）

沉痛里有智慧。他似乎是疯了，但他说的是这样奇怪的疯话：

……一个人不用眼睛，也可以看出世道。可以用耳朵来看。瞧，那里有个法官，在大骂那个乞丐，看见了吧？来，靠近我，听我说：假使把他们换一个位置，那么你猜得出谁是法官，谁是小偷？你见过地主的狗对着乞丐吠叫么？……见过人见狗就逃么？这就是威权的神气。哪怕是一条狗，只要有权就有人听它的。

混账的法警，停住你的狗手！

你凭什么鞭打这婊子？先抽你自己吧！
你想搞她而搞不成，
现在倒怪她同别人搞了！放高利贷的绞死了小骗子！
衣服穿得破，小疙瘩也遮不住；
绸缎上了身，什么肮脏也包住了。
罪行有金子裹着，法律的长矛刺不进，
只有破布遮着，一根小小的稻草也戳穿！

（4幕6场）

真是慨乎言之！如果李尔还养尊处优，能说得出这样的话来么？位置的转变使他能从老百姓的角度看事物，苦难的锻炼则恢复了他的善良。

《麦克白》另有一种混合。一方面，这是一个古老的苏格兰故事。一个大将杀了国王，篡了位。国王对他奖励有加，然而他趁国王巡幸他的古堡、深夜熟睡之际把他刺死了。以后他又连续杀了多人。另一方面，这个名叫麦克白的篡位者又不同于莎士比亚以前写过的理查三世之类，他喜欢反思，想象力丰富，因此这剧里许多血淋淋的景象，总是伴随有一种思辨的空气，例如在动手杀人之前，麦克白有一番独白：

我眼前所见是一把匕首么？
它的柄朝着我的手。来，让我抓住你——
没抓住，但我还看得见你。
难道你只是眼所能见，要命的形象，
而不是手所能触？或者你不过是
心里的匕首，一种虚假的构想，
出自热昏了的头脑？

（2幕1场）

而在杀了国王之后，他又总感到自己沾满鲜血的手怎样洗也洗不干净了：

这是什么样的手？呵，

一看它们我的眼珠都要崩出了！
海神的全部海洋能把这手上的血
洗掉么？不，洗不掉！倒是
我这手会把五洋七海一起染红，
把绿的染成一片大红！

（2幕2场）

“洗手”变成了此剧的一个突出形象，出现在台词中，也出现在动作中，连麦克白夫人在深夜梦游的时候也不断做着洗手的动作。虽则平时她是一个比麦克白更坚决无情的人，为了实现丈夫的野心甚至喊道：“来吧，改变我的性别吧！”并说她只要决心一下，“就连婴儿也敢从奶头摘脱，扔他一个脑浆开花！”然而后来她变成了一个神经错乱的梦游人，终于郁郁死去。

在17世纪初年的英国，写谋杀罪行的剧作家大有人在——他们构成了一个所谓“血与雷”剧派——但是没有谁让剧中人物把犯罪前后的心理活动交代得如此细微，做了如此深刻的自我剖析！麦克白本是一个在迷信的黑雾里出现的中古将军，然而他的想象力的敏锐和思想感情的复杂却使他带上现代文学中的某些人物的品质。在这里，莎士比亚又开辟了一个新的境界。

十、传奇剧的得失

在四大悲剧之后，莎士比亚还有发展。一方面，他写了更多的悲剧，如《安东尼与克莉奥配特拉》（1607）。这个以古代跨越欧非两洲的战争和爱情为主题的剧本气魄大、格调高，女主角埃及女皇克莉奥配特拉成为后来西方舞台和电影里风流女皇的原型，但无数的后来者没有一个能有她那样的魅力和尊严。又如《科利奥兰纳斯》（1608）提出了一个人对国家是否忠诚的政治主题，而在主人公对群众的咒骂上透露了一种新的戒惧之心，也许是因为1607年中部诸郡农民起义震撼了剧作家本人；但是同时，善于看清事情另一面的莎士比亚又把这位罗马大将写得十分可憎，在全部莎剧中没有另一个主要人物比他更不得人心了。《雅典的泰门》（1608）题材集中，专写黄金怎样腐蚀了人性。主人公泰门在有钱无钱之间，饱尝了世态的炎凉，发了这样的感慨：

金子？黄黄的，发亮的，宝贵的金子？……
只要这么一点儿，就变黑为白，变丑为美，
错误变成正确，卑贱成为高贵，老变少，怯变勇……

（4 幕 3 场）

一个资产者深知金钱的作用的自白吸引了后世的观众和读者，其中包括马克思，他在《资本论》里引用了这段台词。

另一方面，莎士比亚又转而创作传奇剧，写出了《佩力克利斯》（1607—1608）、《辛白林》（1609—1610）、《冬天的故事》（1610—1611）和《暴风雨》（1611）。当时写传奇剧的能手是比他年轻的鲍茫和弗莱契，莎士比亚多少受了这两位宫廷宠儿的影响，在这几个剧本里着力于情节，结果情节写得复杂、离奇，勉强凑成大团圆的结局，而人物刻画则深度不足，白体诗也出现了僵硬、不自然的现象。当时另有琼森在写颇有生气的讽刺性社会喜剧，莎士比亚的前期喜剧如《温莎的风流娘儿们》里也有生动有趣的描绘市井人物的场面，写起社会喜剧来不会比琼森差，然而他却没有朝这方面发展，留下了英国戏剧史上一个耐人寻味的问题。

传奇剧虽有不少缺点，但是《暴风雨》却仍是佳作。它充满非尘世的音乐，包括几支有名歌曲。它正面写海上航行，写沉船和小岛上的栖息；它有类似《皆大欢喜》中的弟篡兄位的情节，只不过兄长被放逐到小岛之后掌握了呼风唤雨、支使精灵的能力，制服了当地原来的居民凯列班，犹如后世殖民主义分子奴役所谓“当地土著”。他在女儿米兰达的成长上获得了晚年的安慰。米兰达是莎翁所写的最后一个天真美丽的姑娘。她的一段台词：

啊，真是奇迹！
这儿有多少美好的生物！
人类是多么美丽！呵，灿烂的新世界，

里面有这样的人活着！

（5幕1场）

表现了年轻人发现了新的景象的兴奋和喜悦，而她的注意中心则是人。而对此，她的父亲只冷冷地说道："只对你才是新的。"这是一个饱经沧桑的老人对一切都显得新鲜的青年的回答：智慧与天真，幻灭之感与赤诚之心在进行着对话，两者互相衬托，使世界丰富，使人深刻——我们伟大的剧作家也在写完这样一个完美的剧本之后搁下了笔。

莎士比亚于1616年去世。诗剧还有多人继续创作，但是败象已逐渐显露，内容猥琐，追求刺激性效果，道德格调低落，韵文也虚浮，固然投合宫廷所好，却为信仰清教主义的资产阶级所厌恶。后者在政治上日益强大，他们所控制的国会于1642年通过法令，封闭了所有戏院，从16世纪兴起的英国诗剧，在经历了60年的光辉灿烂的成长过程之后，至此乃告衰竭。

然而衰竭的只是这一特殊戏剧形式，而且主要是针对剧本创作而言。后世英国多少代诗人想要复兴诗剧，包括拜伦、雪莱那样的天才，尽管诗才出众，也写出了剧本，甚至剧本得到了上演的机会，获得了掌声，却没有一个能够站稳舞台。20世纪现代主义诗人艾略特对十六七世纪的诗剧做了深入研究，花了许多时间和精力来创作现代诗剧，有几个剧本也曾盛大演出，到头来仍然昙花一现，未能重振诗剧。

这就更加使我们感到莎士比亚和他的同时代剧作家的伟大。他们做到了几件最难的事：诗与剧的结合，创新与传统的结合，个人天才与群众艺术的结合，而在他们的作品内部，还有浪漫主义与现实主义、悲剧与喜剧、文雅与通俗等等的结合——不是勉强、生硬地凑在一起，而是有生气、有创造性的结合，不是一个人、几件孤零作品问世，而是有100多个剧作家带着500个剧本在一个不长的时间内一齐涌向前来，其中有20个作家和50个剧本是至今我们还在欣赏的。这盛况，这声势，这成就，以后没有再现。

在这群剧作家之中，莎士比亚又确实高出一头。他留下的剧本最多，还写了十四行诗等其他作品，他的天才最广，他在戏剧艺术上探索得最远。

在20世纪80年代，我们回头来看他，仗着时间所给的优势，至少看清了下列几点：

1. 他描绘了几百个人物，许多有典型意义，每个人又各有个性。

2. 他不只让我们看到人物的外貌，还使我们看到他们的内心——复杂、多变、充满感情的内心。

3. 他深通世情，写得出事情的因果和意义，历史的发展和趋势，社会上各种力量的冲突和消长。

4. 他沉思人的命运，关心思想上的事物，把握得住时代的精神。

5. 他写得实际，具体，使我们熟悉现实世界的角角落落；同时他又最善于运用隐喻，象征，神话，幻想，于是我们又看得见山外有山，天上有天。

6. 他发挥了语言的各种功能，包括游戏功能；他用语言进行各种试验，包括让传达工具起一种总体性的戏剧作用。

7. 他的艺术是繁复的、混合的艺术，从不单调、贫乏，而是立足于民间传统的深厚基础，又如饥如渴地吸收古典和外国的一切有用因素，而且不断刷新，不断突进。

8. 而最后，他仍是一个谜。他是古老的，又是现代的；他似乎不偏向任何方面，但我们又隐约看得出他的爱憎和同情所在；他写尽了人间的悲惨和不幸，给我们震撼，但最后又给我们安慰，因为在他的想象世界里希望之光不灭。他从未声言要感化或教育我们，但是我们看他的剧、读他的诗，却在过程里变成了更多一点真纯情感和高尚灵魂的人。

因此，我们对他的了解也难有止境。

第二节　文艺复兴时期的散文

在英国文艺复兴时期，散文作品也是丰富多彩的。

求知欲与好奇心席卷了学术思想领域，出现了一个大规模的翻译运动。希腊罗马的古典文学、哲学著作、传记、政论，欧洲大陆上的卡斯提里翁涅、拉伯雷、蒙田等人的作品都纷纷译成英文，并且产生了重大影响。到了17世纪初年，54位学者合力译出了英文《圣经》，由国王詹姆斯一世钦命印行，更是影响深远，直到今天。

这个翻译运动之所以能够取得巨大成功，也有语言上的原因。16世纪的英国文学语言有两大特点，一是吸收性强，对外来的和民间下层的词汇说法大量采用；二是表达力强，叙事、状物、写景、辩难，无所不能。语言处于这样开放的状况，翻译才能顺利进行；而反过来，大量的翻译又给了语言以多方面的锻炼，使它有更大的伸缩性，更胜任各种繁难的具体工作，同时又更富于探索和创造精神。

因此这是一个伟大的翻译家时期，到现在人们一谈英文翻译，总要回忆这个伊丽莎白朝盛世，提到诺斯、弗洛里欧、欧克特、霍兰德等名译手。这又是一个新的散文风格和品种纷纷涌现的时期，重要的作家作品在16世纪后半有黎里的《尤弗伊斯》，纳什的《不幸的旅人》，胡克的《论教会政策的法则》，培根的《随笔》，17世纪前半又出现了勃顿的《忧郁的解剖》，汤玛斯-勃朗的《医生的宗教》和《瓮葬》，密尔顿的《论出版自由》，沃尔顿的《垂钓全书》，以及无数的人物特写，传记，历史书，地方志，海外旅行记，席间谈话，无数的布道文，无数有关宗教、政治、社会问题的小册子。

英国散文从未有过这样兴旺发达的局面。在风格上，千姿百态；在内容上，几乎什么都谈，现实人生之外，还有人探究隐秘心理，涉猎外国古俗；既有沃尔顿的水边的凝思，也有密尔顿的当朝抗言；在小册子之战中，不仅有绅士们的说教，还传来了“平均派”“掘地派”的群众呼声，一场人民革命的雷鸣已隐约可闻。高雅文化在这里，下层文化和边缘文化也在这里，二者的对立和冲突使得这个时期的散文更充实，也更有光彩。

一、两种风格的争论；科学家的介入

冲突也见于关于散文风格的争论。在16世纪，古罗马的拉丁散文风格还有重大影响，虽然英国本土的散文传统也日益壮大；但同样是古典风格模式，西塞罗式与色尼加式显著不同：前者讲究修辞术，用大量的明喻、暗喻、拟人、夸张等手段铺陈一事，句子是长的，丰满的，音调是铿锵的；后者则相反，着重论点的鲜明与表达的有力，句子是短的，不求堂皇的韵律而接近口语的节奏。起初，英国散文家中大多学习西塞罗式，而黎里的《尤弗伊斯》讲究用典、对仗和音韵上的铿锵和谐，雕琢更过于西塞罗风格，创立了类似中国骈文的“尤弗伊体”，略举一例如下：

> 曰：否，此大不然也，盖唯心所指则变物之性。日照粪壤，不损其明；钻石入火，不损其坚；水有蟾蛉，不染其毒；鹤鹳栖鳄吻，不为所吞；贤者不涉遐想，不动绮思。冬青耸出掬林；薜荔罩笼磐石；柔菌能当利刃；此非物之常乎？
>
> （周珏良译文）

这类美文自有爱好者，当时的贵族夫人小姐还竞相仿效，却为一些真要用散文把事情说清楚的务实之士所忌。他们不仅反对“尤弗伊体”，就连一般的修辞术也不以为然。有一位写蒙田式即培根式随笔的康华利斯把西塞罗式的修辞术比作“翻文字跟斗……明明一个字能说清的事却硬要用三个字”，而培根本人更是认为整个16世纪的主导风格是“追求词语过于内容”，是讲究修辞手段而不问内容是否重要，必须加以改革。

这些人推崇的是色尼加风格。当时另一位散文家霍尔主教因其文章的朴实被称为“英国的色尼加”，他特别称赞色尼加风格的简短，曾说：“简短使得文章内容更便记忆，更易应用。”就连写得并不简短的勃顿也在《忧郁的解剖》第六版（1651）的前言里说：“我有啥说啥。我尊重内容而不是词语。……我不注意妙句，只尽全力使读者理解，而不是取悦他的耳朵。”

但是色尼加风格也有它的毛病，有时太突兀，有时太散漫，靠许多联结词松散地串成一片。这时知识界出现一股新的力量，干脆要求把事情说清楚，而不问什么风格不风格。提出这种主张的是科学家们。他们是时代的宠儿，在1660年成立了皇家学会。他们早已讨厌修辞术之类了，学会一成立，就共同约定，要用一种紧凑、朴素、自然的说话方式，正面表达，意思清楚，自然流利，一切尽量接近数学般的清楚，宁用工匠、乡下人、商贩的语言，不用才子、学者的语言。

这一空前革命性的主张，又表达得空前彻底，完全不留余地，是斯普拉特写在1667年出版的《皇家学会史》里的。它至少表示：散文能否写得清楚不是一件小事，关系到思想文化的全局，关系到将来社会的发展，因此自然科学家们当仁不让，要从外面来解决才子和学者们争论不休的问题了。

二、英文《圣经》的文学成就

我们且来通过具体篇章，略窥这时散文的风貌。

首先，英文《圣经》。它本身是翻译过来的，我们引的则是翻译的翻译后的版本。

《圣经》由《旧约》《新约》两大部分构成。《旧约》主要是希伯来人最早的传说、历史、先知的言行、格言、哲理书等等，一上来就是《创世记》：

> 起初，神创造天地。地是空虚混沌，渊面黑暗。神的灵运行在水面上。神说：要有光。就有了光。神看光是好的，就把光暗分开了。神称光为昼，称暗为夜。有晚上，有早晨，这是头一日。……

以后就是上帝创造亚当、夏娃两位人类始祖的故事，他们如何因吃了禁果而被逐出伊甸园；摩西的故事，他如何率领以色列人逃出埃及，后来又如何在巴勒斯坦重建家园；接着是以色列人历代君主和族长的史传……

但是《旧约》也包括了美丽的《雅歌》，如所罗门的歌：

> 听呵，是我良人的声音。看哪，他穿山越岭而来。我的良人好像羚羊，或像小鹿。他站在我们的墙壁后，从窗户往里观看，从窗外往里窥探。

> 我良人对我说：我的佳偶，我的美人，起来，与我同去。因为冬天已往，雨水止住过去了。地上百花开放、百鸟鸣叫的时候已经来到，斑鸠的声音，在我们境内也听见了。无花果树的果子渐渐成熟，葡萄树开花放香。我的佳偶，我的美人，起来，与我同去。
>
> ……
>
> 王女呵，你的脚在鞋中何其美好。你的大腿圆润好像美玉，是巧匠的手做成的。你的肚脐如圆杯，不缺调和的酒。你的腰如一堆麦子，周围有百合花。你的两乳好像一对小鹿，就是母鹿双生的。……

雅歌也不尽是这类愉快的吟唱，还有更深更强烈的感情流露：

> 求你将我放在你心上如印记，带在你臂上如戳记，因为爱情如死之坚强，嫉恨如阴间之残忍，所发的电光是火焰的电光，是耶和华的烈焰。
>
> 爱情，众水不能熄灭，大水也不能淹没。若有人拿家中所有的财宝要换爱情，就全被藐视。

而在《约伯记》里，还有震撼灵魂的人天对话，涉及如何看待命运和苦难，深刻地揭示了悲剧性的人的处境，连文字也带上了激动、焦灼的节奏：

> 人在世上岂无争战么？他的日子不像雇工人的日子么？像奴仆切慕黑影、像雇工人盼望工价，我也照样，经过困苦的日月，夜间的疲乏为我而定。我躺卧的时候，便说：我何时起来，黑夜就过去呢？我尽是翻来覆去，直到天亮。我的肉体以虫子和尘土为衣。我的皮肤才收了口，又重新破裂。我的日子比梭更快，都消耗在无指望之中。……
>
> 全能者既定期罚恶，如何不使认识他的人看见那日子呢？有人挪移地界，抢夺群畜而牧养，他们拉去孤儿的驴，强取寡妇的牛为当头。他们使穷人离开正道，世上的贫民尽都隐藏。这些贫穷人，如同野驴出到旷野，殷勤寻找食物。他们靠着野地给儿女糊口，收

割别人的禾稼，摘取恶人余剩的葡萄，终夜赤身无衣，天气寒冷毫无遮盖，在山上被大雨淋湿，因没有避身之处就挨近磐石。又有人从母怀中抢夺孤儿，强取穷人的衣服为当头，使人赤身无衣，到处流行，且因饥饿扛抬禾捆，在那些人的围墙内造油、酿酒，自己还口渴。在多民的城内有人唉哼，受伤的人哀号。神却不理会那恶人的愚妄。

而最后神的回答是轰轰的雷声：

那时耶和华从旋风中回答约伯说：谁用无知的言语，使我的旨意暗昧不明！你要如勇士束腰。我问你，你可以指示我。我立大地根基的时候，你在哪里呢？你若有聪明只管说罢。你若晓得，就说是谁定地的尺度，是谁把准绳拉在其上？地的根基安置在何处？地的界石是谁安放的？那时晨星一同歌唱，神的众子也都欢呼。海水冲出，如出胎胞，那时谁将他关闭呢？是我用云彩当海的衣服，用幽暗当包裹他的布，为他定界限，又安门和闩，说：你只可到这里，不可越过，你狂傲的浪要到此止住。……

一阵阵的雷声，一连串的问和答，上帝在上天入地，收集各种事实，来表自己的功绩，用以证明自己的“全能”。故事以约伯认罪、受到上帝加倍赐福而结束，然而深印人心的却是约伯所受的各种苦难，而他所提的问题和诅咒更是不断震响，比雷声更持久，更为可怕。

《新约》另是一番景象。它讲的主要是耶稣的生平和言行，而耶稣是一个穷人的儿子，站在平民百姓一边，说了许多对异族统治者和本地的文士伪善者之流不利的话，最后被钉死在十字架上。这里可以举有名的“登山训众”为例，来看看耶稣说了些什么：

耶稣看见这许多的人，就上了山。既已坐下，门徒到他跟前来，他就开口教训他们说：

虚心的人有福了，因为天国是他们的。哀恸的人有福了，因为他们必得安慰。温柔的人有福了，……因为他们必得见神。使人和

> 睦的人有福了，因为他们必称为神的儿子。为义受逼迫的人有福了，因为天国是他们的。人若因我辱骂你们、逼迫你们、捏造各样坏话毁谤你们，你们就有福了，应当欢喜快乐，因为你们在天上的赏赐是大的。在你们以前的先知，人也是这样逼迫他们。
>
> 你们是世上的盐。盐若失了味，怎能叫他再成呢？以后无用，不过丢在外面，被人践踏了。你们是世上的光。城造在山上，是不能隐藏的。人点灯，不放在斗底下，是放在灯台上，就照亮一家的人。你们的光也当这样照在人前，叫他们看见你们的好行为，便将荣耀归给你们在天上的父。

耶稣所赞扬的是虚心的人、哀恸的人、温柔的人、使人和睦的人、受辱骂和遭逼迫的人，也就是下等人，而不是那些骄傲的、暴虐的、得意扬扬的上等人。前者是世上的盐，世上的光，也就是一个简朴的社会里最重要、最不可缺的人。一直到今天，说英语的还在用“世上的盐”来称高尚的人，真正的社会中坚。

当然，耶稣并不号召下等人起来斗争，而是还说了一些希望人们和睦相处、彼此宽恕的话：

> 你们听见有话说：以眼还眼，以牙还牙。只是我告诉你们：不要与恶人作对。有人打你的右脸，连左脸也转过来由他打。有人想要告你，要拿你的里衣，连外衣也由他拿去。有人强逼你走一里路，你就同他走二里。有求你的，你就给他。有向你借贷的，不可推辞。
>
> 你们听见有话说：当爱你的邻舍，恨你的仇敌。只是我告诉你们：要爱你们的仇敌，为那逼迫你们的祷告。这样就可以作你们天父的儿子，因为他叫日头照好人，也照歹人，降雨给义人，也给不义的人。

这些话也是很有影响，成为基督教义里一大要点，甚至影响了后世殖民地人民的“不抵抗运动”之类。但是耶稣全部言行的倾向却富于颠覆精神，颠覆旧的宗教，颠覆不义的人的统治。这一点统治者是看得清楚的，所以把他钉死在十字架上。但就是耶稣之死，《新约》也并不把它写得轰轰烈烈；同以前的古典史诗不一样，这里并无英雄主义的光彩。耶稣一生是朴实无华的，记录他这一生的《新约》的文字也采取了朴素的风格，同《旧约》的雄迈、瑰丽形成了对照。

总的说来，《旧约》更富文学情调，《新约》更多宗教精神。而两者共有的则是对尘世生活的苦难感，对理想天国的憧憬，还掺杂有对民族兴亡的历史感，对压迫和奴役的反抗精神。

英文《圣经》对英国的语言、文学都有深刻的影响：它为后来无数的英文作家提供了题材，弥尔顿的《失乐园》、班扬的《天路历程》就是例子。后世又有无数作家模仿纯朴的“圣经体”风格，班扬、笛福、斯威夫特、科贝特、萧伯纳等散文大家都得益于此。它的无数说法、典故、格言、比喻等等至今仍是核心英语的一部分。它的散文节奏——这是外国人所不注意的一面——也随着将近400年在教堂里周复一周的朗读而融入每个基督教徒的意识之中。因此，虽然这部1611年出版的译本有不少误译，所用文字在当年就已有点陈旧，译法也有过分希伯来化的毛病，但是后来几次大规模的修正与改译，直到1970年出版的《英文新圣经》，尽管有众多学者的参加，提出了更准确的译文，却始终无法取而代之。

三、培根的《随笔》：小作品，大作用

我们再来看看培根的《随笔》（1597，1625）。

培根是大哲学家，英国唯物主义的始祖，自称“以天下全部学问为己任”；他又是大官僚，登上了大理院院长的高位，却又以受贿罪而被弹劾去职，从此绝望仕途。后世诗人蒲伯称他为“最聪明、最出色、最卑鄙的人”。他的主要著作是用拉丁文写的，《随笔》只是一些摘记式的短文，所以才用英文来写，却不料他的文学声誉就建立在这本薄薄的小书上。从文学史来看，他是第一个把法国蒙田创立的随笔这一文学形式移植到英国来的人，后来它变成英国散文中最令人爱读的品种之一，培根之功不可没。而他自己所作，也确实出色，篇幅很短，而充满深刻的

见解，表达方式则力求扼要而又周到。读者可以看出他的智慧像医生手里锐利的手术刀，在一层一层地解剖着人生和社会里的各种问题：真理、死亡、宗教、爱、逆遇、高位、友谊、父母与子女、读书、利己的聪明等等；同时，他也谈美，谈旅行、娱乐、庭园、营造，笔下出现诗情，以至于雪莱称他为一个“诗人”。

培根的随笔往往起句就不凡，立时吸引读者的注意，例如：

人怕死犹如儿童怕入暗室。

有妻儿者实已向命运押了人质，从此难成大事，无论善恶。

真理何物？彼拉多笑而问曰，不待人答而去。

文章当中，也是闪耀着名言妙语，例如：

善择时即省时。

道德犹如宝石，朴素最美。

顺境易见劣性，逆境易见德性。

一切腾达，无不须循小梯盘旋而上。……须做尽不光荣之事，方能达光荣之位。

声名犹如大河，空虚无物者浮，实学有才者沉。

下面再拿一个长段，来看看培根的思想脉络和风格特色：

读书足以怡情，足以傅彩，足以长才。其怡情也，最见于独处幽居之时；其傅彩也，最见于高谈阔论之中；其长才也，最见于处世判事之际。练达之士虽能分别处理细事或判别枝节，然纵观统筹、全局策划，则舍好学深思者莫属，读书费时过多易惰，文采藻饰太盛则矫，全凭条文断事乃学究故态。读书补天然之不足，经验又补读书之不足，盖天生才干犹如自然花草，读书然后知如何修剪移接；而书中所示，如不以经验范之，则又大而无当。有一技之长者鄙读书，无知者羡读书，唯明智之士用读书，然书并不以用处告人，用书之智不在书中，而在书外，全凭观察得之。读书时不可存心诘难作者，不可尽信书上所言，亦不可只为寻章摘句，而应推敲细思。书有可浅尝者，有可吞食者，少数则须咀嚼消化。换言之，有只须读其部分者，有只须大体涉猎者，少数则须全读，读时须全神贯注，孜孜不倦。书亦可请人代读，取其所作摘要，但只限题材较次或价值不高者，否则书经提炼犹如水经蒸馏，淡而无味矣。

《谈读书》

使人惊讶的是作者思想的周密，什么可能情况都想到了，什么问题都有答案，很自信，但也很实际，就是时至今日，他的话对读书人也是有帮助的。而同时，作者一句废话也不讲，文章紧凑，脉络清楚，步骤分明。他的比喻也通俗易懂：修剪花草、饮食消化之类，到段末则用蒸倒水来比拟经过别人提炼的书之索然无味，十分确切。

总之，这是务实的散文。但并不是培根的唯一风格，他还用不同的风格写了许多他自己认为更重要的其他作品。《随笔》的风格当然不是西塞罗式，但也不是色尼加式，培根对于两者都不满意；他虽然写得紧凑，有时也略略放松，正是在放松时露出他的人情味和诗情。但他确实实现了自己的主张，即内容重于词语，写得准确、清楚，而这正是新的时代精神所要求的。皇家学会的科学家们从培根得到的启发是多方面的，不仅有实验主义的哲学和所罗门宫的蓝图，还有“一切尽量接近数学般的清楚”的风格范例。

四、巴洛克和其他风格

同培根的简约明晰的《随笔》相对照的，是一类繁复、华美，甚至带点神秘色彩的文章，代表作如汤玛斯-勃朗的《医生的宗教》（1642）和《瓮葬》（1658）。现在从这两本书各引一小部分：

学者是爱和平的人，他们不携带武器，但他们的舌头却比阿克提乌斯的剃刀还锋利；他们的笔更厉害，比雷声还响；我宁肯忍受大炮的震撼，也不愿忍受一支无情的笔的怒袭。聪明的君主奖掖文学，不仅仅是因为他们热衷学术或敬重诗神，才以宽容的脸色对待学者，而是因为想借学者们的著作垂名千古，并防后人的直笔，因为当他们演完了他们的戏，下台去了，就轮到学者出来，讲述一下从这出戏中人们应得到什么教训，给后人开一张清单，哪些是善，哪些是恶。可以肯定地说，历史的编纂，很大一部分是个良心问题；在历史里进行污蔑，并不被人认为是过错；讹误变成了真实，而且以权威的姿态丑化我们的美名，散播到万国和后代。

（《医生的宗教》，II. 3，杨周翰译文）

生命是纯净的火焰，我们是靠内心的一个看不见的太阳生活着。为满足生命，微小的火就足够了，但死后一片大火还似乎太小，人们为虚荣所驱使，专爱华贵的柴堆，像萨尔达那帕罗斯那样燃烧。但后人认为这样疯狂地焚烧是愚蠢的，订立了明智的葬律，削减了这种毁灭性的焚烧，举行清醒的葬礼，当然也没有人吝啬到连木柴、沥青、一个哭丧人、一只瓮也不准备。

（《瓮葬》第5章）

金字塔、拱门、纪念柱，不过是古人过分虚荣和狂妄自大的表现。而最宏伟的心胸则存在于基督教中，它把骄傲踏在脚下，把野心骑在胯下，怀着谦卑的心追求确实可靠的永恒，与此相比，其他的所谓永恒只得缩小它们的直径，从最小的角度去看，显得十分寒碜。

（《瓮葬》第5章）

以上几段都值得细细咀嚼。我们看出这位医生不仅知识渊博，很有见地，而且有极丰富的想象力，奇特的形象一个接一个而过，加上大量的典故，文章如富丽的锦缎。这就是所谓巴洛克风格。

此外，还有一些17世纪的特殊品种可提。

其一是人物或性格特写，如欧佛伯里所写的“官廷侍臣”：

他散发香气，他的脑筋大部分用在衣服之是否适体上。他认识的都是名人。像金盏花一样，随着太阳开，因此十点钟以前，他是不起来的。他对字眼把握大些，对意义把握不大；对吐音有把握，对字眼把握不大。机会是他的小爱神，他只有一张求爱的处方。他只遵循反复无常，只赞扬漂亮，只尊崇财富，什么都不爱。他谈话的素材是新闻，他对人对事的品评像一颗炮弹，火力视火药多寡而定。在宫廷之外他不存在，就像一条出水的鱼，呼气死掉。他的运行，他的方位都没有规律，但他却在高空层运行，折射着更高物体的光。如果在那里你找不到他，你定会在保罗教堂里找到他，帽子里插一根牙签，穿一件斗篷，穿着长袜子。

（杨周翰译文）

另一种是教士的布道文。

多恩以写“玄学派诗”出名，但他的布道文也是传世之作，形象新奇，雄辩滔滔，例如这样一段：

没有谁是个独立的岛屿；每个人都是大陆的一片土，整体的一部分。大海如把一个土块冲走，欧洲就小了一块，就像海岬缺了一块，就像你朋友或你自己的田庄缺了一块一样。每个人的死等于减去了我的一部分，因为我是包括在人类之中的，因此不必派人打听丧钟为谁而敲，它是为你敲的。

（杨周翰译文）

20 世纪 30 年代美国作家海明威写了一本以西班牙内战为内容的长篇小说，就用了《丧钟为谁而敲》的题名，可见多恩此文的影响。

又有一种书叫“闲谈录”。约翰-赛尔顿写过一本，其中有这样一段：

我们总是拿自鸣得意的本身长处去衡量别人。有诗人名纳西，穷甚（诗人总是穷的），走到街上见一市议员佩金链、骑高马迎面而来，就对身边同伴不屑地说：“看见那家伙么？多神气，多伟大！可是，他连一行白体诗也写不出来！”

多么像《世说新语》里的某些文章！附带说，这位纳西不仅写诗和诗剧，也是一位散文能手，所作《不幸的旅人》一书用民间的语言写漫游城乡的见闻，是英国第一部流浪汉小说。

沃尔顿的《垂钓全书》（1653）用的是对话体，写得随便、亲切，但并不全写水边风光，而是常常由鱼而想到人和人的社会，例如有这样一段：

狗鱼都活得很长，养鱼人却吃不消，因为这种鱼是以其他许多鱼的死来维持生命的，它甚至吃它的同类，有的作者称之为河霸，或淡水狼，因为它有胆大、贪婪、吞食的性格。盖斯纳讲过一件事，说有一个人牵了一头驴到池边饮驴，池里有一条狗鱼，看来已经把其他的鱼都吃光了，那狗鱼一口把驴子咬住，驴子把狗鱼拽出水面，就这样驴子的主人用驴把狗鱼钓了出来。

（杨周翰译文）

写的是狗鱼，指的是靠别人的死来维持自己生命的社会恶霸，因此此书还带有寓言性质。

沃尔顿也以人物传记著称，所记人物中有邓约翰和沃顿，都写得传神。有一句名言——使节是一个派往国外为了国家的利益而扯谎的好人——便出自他的沃顿传。

五、政治斗争的武器

以上的散文，风格或庄重，或简约，或华丽，或闲适，都是写个人观察、思索、想象所得的。

但这是一个剧烈变革的时期，充满了争论，17 世纪 40 年代起还充满了火药味，散文还常被用作斗争的武器。

武器式的散文当中，也有各种风格。

大致说来，可分上、中、下三格。

上格如弥尔顿的论战文。以下两段摘自他的《论出版自由》（1644）：

夫为国献言，大夫条陈于明堂，议政于国会，一介之士则撰文章。文章，大业也。执笔之际，情为之移，神为之奋，或忧其败，或虑其祸，或切盼成功，或信其说必行。余作此文，各种心情悉有之，于此卷首，宜以主要动机，为读者述之。然今既脱稿，不日将见于公

> 众，激越澎湃，不能自已，殊非卷首数语可毕其辞。虽然，余纵不作序，谅世人亦不余责。此文之作无他，为国之爱慕自由之人，为国之提倡自由之人，为与彼等共雀跃同欢庆耳。全篇文字，可作争取自由之实证，甚或可作赢得自由之丰碑。
>
> 教会与国家，于书之为好书坏书，公民之为好人坏人，不能不表极大关注。地点余亦承认。治坏人，或予禁闭，或投牢中，或处以极刑。然则书非可以致死者也。书之生命力，乃作者灵魂所赋予。书，作家智慧之精华，如炼金丹，升华净化，臻于至纯，乃纳玉壶，以为珍藏。谚言，龙之齿，植地生幼龙。书之孳衍，与龙似。植书于野，异日或生持矛武士。人可以错杀，好书亦可以错毁。是不可不慎也。杀一人，杀一有理性之生命，杀一上帝之子孙耳。若毁一好书，实毁理性本身，无异毁上帝之目。
>
> （许国璋译文）

弥尔顿是大诗人，但也以雄迈的散文风格著称。这两段调子高昂，文字庄严，句子结构繁复，是高度拉丁化的风格：他有崇高的使命感，谈到一个关系到自由人命运的大问题，情感激动，因此拿出来他从古典文学里学到的全部雄辩术，侃侃而谈。主题、说话人的身份、场合三者都要求高昂、庄严的语言风格。弥尔顿没有辜负人们的期望：他提供了这样一种风格。

只不过这已不是一般平民百姓所能理解，更谈不上欣赏的风格，他们另有代言人，那就是从“平等派”“掘地派”里出来的群众领袖。他们的演讲和政论小册子用了完全不同的风格，即我们所称的下格。

请看下列两例：

> 呵，如果国会和市政府能听见我们肚子里的饥叫就好了！能把我们挨饿的孩子的眼泪装在瓶子里就好了！能把他们善心的母亲要求拿面包去喂他们的哭声刻在铜牌上就好了！……
>
> 呵，你们这些国会议员，市政府的阔人，过得舒舒服服，喝着大碗酒，睡着鸭绒床，你们削我们的脸，剥我们的皮，却没有一个留心

一下，看一看我们的脸因愁苦和饥饿而变黑了呀？没有任何人值得怜悯么？海怪还会拉出奶头给它的孩子喂奶，而我们的统治者却变得像荒野里的鸵鸟一样残酷了么？

呵，英格兰的大人物，你们以为正义的上帝不会注意到你们像吃面包那样吃我们的肉么？你们大多数不就是国会议员、海关关员、税局局员、司库、城镇和堡垒的长官、军队里的司令、法庭那贼窝里的法警么？你们的亲戚和盟兄弟不就是替国王收税、替主教收租、执行扣押的那些人么？你们的绸缎呢绒，你们的金线银线编的花边又是什么呢？不就是我们额上的汗水，我们的瘦脊梁和空肚子么？

（《几千由于商业凋零即将死亡的穷苦商贩的悲惨呼声》，1648）

这个小册子的作者没有署名，有人说是“掘地派”领袖约翰·利尔本。这样的散文完全不同于弥尔顿的或前面引过的任何别人的，没有修辞术，也没有闲适情调，只有呼声和骂声。

过去，我们受不了国王的压迫和专制，把他的王袍剥掉了，现在如果国会议员以为只要穿上国会的袍子就一样可以压迫我们，那是妄想！不，不，那离我们想的太远了！不管来自国王或国会，我们一概不会允许；他们都不公平，哪儿出现不公平，我们就在哪儿反抗。

一切官职、称号，无论来自帝国、王国、国会或别的什么，都得服从于大众的安全，都以这个为根据，都只是为这个而制定，因为没有这个就没有人类社会，没有群居和生存，因此必须保持安全，这是人类最大的好事。东西可毁，人可死，但必须在地球上保存人类，人人有保存之权，除敌人外，任何人的这个权利不能被剥夺。这是上帝在自然界立下的规矩，适用于一切官吏、政府，一切法律、行政、管理，而与此相反的官吏与政府都是反上帝、反自然、信魔鬼的，都是叛逆，人们可以用一切方式、一切办法去憎恨、谴责、抵抗。

这本小册子用了一个挖苦的标题，明明是人民的告示，却说成《在威思敏斯特聚会的腐败的英格兰下议院向代表一般自由人民的机构的呼吁》（1647）。作者理查德·峨弗顿又是一个“掘地派”。他除了大喊，还说出了一个大道理，即一切服从大众的安全。散文在这里不仅谴责，还讲政治理论，这就接近我们所谓的中格了。

中格的代表者是托马斯·霍布斯。他是一个保皇党，又是一个政治哲学家，写了一本名著，叫《利维坦》（1651）。下面一节出自该书：

> 明显的是，当人们生活在没有一个共同的力量足以震慑他们的时候，他们可称为处于战争状态，而且是一场每人把别人都当作敌人的战争。

在人感到除自己力量外别无安全保障、一切靠自己想办法的时候，情况就同人各自为敌的战争时候一样。在这种情况下，不可能有工业，因为没有把握出产品；也就没有耕作，没有航行，对海运来的商品没有用处，没有宽敞的建筑，没有工具足以输送需要大力才能移动的物件，没有关于地球表面的知识，没有时间的计算，没有工艺，没有文艺，没有社交；而最坏的是，只有对于暴死的经常恐惧和实际危险，于是人的生命变得孤寂，穷困，肮脏，野兽不如，而且短促。

这里的主要思想是：国家必须有威力强大足以震慑一切臣民的中央政权，才能秩序井然，百业兴盛。文章写得清楚，逻辑性强，句子安排得井然有序。但霍布斯的笔锋也常带情感，例如引文最后一句就露出了这位政治哲学家对人生的悲剧感，五个形容词一个比一个厉害，最后则归结到“短促”——短促的生，永恒的死。

六、世纪中叶的回顾与展望

1660 年左右，西塞罗与色尼加之争已经过去，英国散文呈现出这样一种局面，即说理性、辩论性的散文与随意性、抒情性的散文两类并存，各有佳作，而很多文章则融合两者之长，同时不论何类，都受到科学家的实用风格的冲击。

形成这一局面，是变的结果。我们永远得记住，这是一个剧烈变化的时代。从 16 世纪到 17 世纪前半，整整 100 多年，散文诸家竞起，两种风格之争，小册子之战，文胜于质还是质重于文的辩论，都反映了英国文艺复兴时期经济、政治、宗教上的重大动荡，举凡原始积累、海外扩张、王位继承、清教主义的兴起、大革命的逼近与爆发，科学上的突破与发展……都影响了散文，也都有求于散文，因此在散文家的文句后面有着意识形态的风云变幻，连巴洛克式的华丽怪诞也代表着一种思想情态。

这些变化给了英国散文以莫大的好处。散文能从书斋走到自然界，走到激烈争论的街头或者炮火纷飞的战场，总是能磨炼得更加坚强而灵活的。这100多年的大运动量给了英国散文以蓬勃的生气和无穷的活力，英语也变得更加壮健而又敏锐，才有可能在以后的时间里担当起新的任务。人皆称道英国18世纪散文，然而如果没有17世纪的锻炼和实验，就不会有以后的局面。

这是一个关键时期。到了17世纪中叶，革命和内战解决了一批政治、宗教的矛盾，资产阶级和地主贵族联合专政了，大局平稳下来，英国散文也在继续变化。

怎样变化？

简单地说，不同类型的散文各奔前程，但又有一个主导方向，那就是平易——于平易中见思想，见艺术。

这平易是一种文明的品质。英国散文在扔掉过去的芜杂、粗鲁、怪僻、土气、岛国的狭隘性等等，正同英国语言在改掉不规则和不雅洁而走向规范化。这两者是同时并进，互为补益的。

这平易蕴藏着许多深刻影响后世的重大发展。说理文从霍布斯发展到洛克，而洛克抚育了美国《独立宣言》的起草者。随意性抒情性散文发展为英国式的小品文。特莱顿融合说理和抒情而写出了《论戏剧诗》那样的英国式文论。笛福则继续“平等派”“掘地派”的小册子传统，运用捕捉具体细节和说故事的本领，创建了近代现实主义小说。混合了这一切，面对广大的新的读者群，又出现了越来越繁荣的期刊文学。……

17世纪的散文为这些变化准备了条件。等这些变化逐一实现的时候，英国散文也从文艺复兴的黄昏进入了启蒙主义的黎明。

第三章　英国 18 世纪文学

第一节　王朝复辟时期的风俗喜剧

王朝复辟时期在英国舞台上最有影响，同时也是最有争议的剧种是风俗喜剧。虽然，风俗喜剧早在 17 世纪 20 年代末 30 年代初就已被搬上了伦敦的舞台，但是直到王朝复辟时期，这一剧种才达到了它发展的全盛时期。这一时期的主要剧作家有艾特利吉（Sir George Etherege，1636？—1692?）、威彻利（William Wycherley，1641—1716）和康格里夫（William Congreve，1670—1729）。

和德莱顿不同，艾特利吉称不上是一位职业剧作家。他的创作生涯只延续了十几年，一共只写了三个剧本和几组小诗。他出任过外交官，但绝大多数时间他的身份只是一名宫廷才子。他的前两部剧作《喜剧性的复仇》（*The Comical Revenge*，1644）和《她但愿能如意》（*She Would If She Could*，1668）虽然很有意思，但使他成名的还是他的最后一部剧作《风流人物》（*The Man of Mode*，1676）。

《喜剧性的复仇》于 1664 年在伦敦首次上演，当年就出版了两种四开本，到 17 世纪末又有五种不同的版本出现。由此可见，这个剧在王朝复辟时期相当受欢迎。虽然剧名中有“复仇”两个字，但剧情中却不存在一般意义上的复仇。只是在第四幕第六场女仆贝蒂把过去曾装出爱她的迪弗依塞进一个木桶，在桶的上盖和下底掏了几个洞，让迪弗依把头和腿伸出桶外，然后贝蒂当众宣布迪弗依染上瘟疫，也算给自己出了一口气。或许剧本的副标题《木桶中的爱情》（*Love in a Tub*）更贴切地概括了这一富有戏剧色彩的插曲。全剧由四个交叉重叠的情节组成，反映了三个来自不同社会阶层的人士对爱情和婚姻的看法：上层社会、中产阶级和社会下层。剧中这三个不同社会层次人物的最明显的分界线就是他们各自使用的语言：上层社会使用王朝复辟时期英雄诗剧中常见的双韵诗体，中产阶级和社会下层都用散文体，只是下层人士的对白中常常加进英文的破句。剧中涉及了爱情和荣誉、爱情和友谊等观众熟悉的主题，只是这些主题已带上鲜明的时代特色，与文艺复兴时期的戏剧对这些主题的处理有很大的区别。在剧中，艾特利吉还加进了音乐和舞蹈，以烘托气氛。而四个部分之间近乎平行发展的剧情和语言也增强了全剧主题的统一性。

艾特利吉的第二部剧作《她但愿能如意》于1668年2月6日被搬上舞台，查理国王出席了该剧的首演式。一位同代人在日记里描述了首演式上人山人海的热闹场面：

> ……虽然我两点钟就到了剧场，但是，还有1000人被堵在门外，因为剧场中已无位子。我就是多亏了夫人已先抵达剧场，想方设法才挤进了门票为18便士的包厢。上帝啊，剧场里挤得那么满，……国王也在那里。但我坐得太靠后，看不见多少表演，什么也听不见。……

在这个剧中，艾特利吉没有采用交互重叠的多层情节，单一的情节、统一的散文体反而使全剧显得更加紧凑。《她但愿能如意》集中描写了上层社会人士之间的一种争斗——性别之战。在剧中，爱情和性被比喻为狩猎、赌博和战争；而音乐、舞蹈等舞台艺术则与主题更加紧密地联系到了一起。剧中人物在处理个人欲望与社会制约作用之间的矛盾时，在满足个人短期欲望和建立一种稳定生活这两者之间作抉择时，都不得不做出一定的妥协和牺牲，而这一点很可能就是剧作家希望传达给观众的一个信息。

这两部剧作使艾特利吉在宫廷中站住了脚。在一批贵族朋友的帮助下，他被任命为英国驻土耳其大使的秘书，并于1668年至1671年间随同大使在君士坦丁堡驻扎了三年。他的第三个，也是最后一个剧于1676年推出。显然，艾特利吉吸取了前两个剧演出时的教训，做了比较充分的准备工作。宫廷诗人卡·斯克罗普爵士为《风流人物》写了开场白，德莱顿写了收场白。查理国王又一次出席了3月1日的首演式。

《风流人物》的主人公是一位名叫多里曼特的年轻人。他漂亮、潇洒，得到不少女士的青睐。当大幕拉开的时候，多里曼特正和一个拉皮条的在交谈。他的朋友梅德利走了进来，多里曼特告诉他，他已经开始讨厌他的情人洛维特夫人，正准备找个机会和她吵一架后再把她甩开。梅德利告诉他，伍德维尔太太和她漂亮绝顶的女儿哈丽雅特刚从乡下来到伦敦。这时，小贝莱尔找上门来，想和几位朋友聊聊天，但他的父亲老贝莱尔很快就派人来把他叫了回去。老贝莱尔命令他的儿子马上向刚到的哈丽雅特求婚，但小贝莱尔心中的姑娘是伊米莉亚。他早已立下了“非伊米莉亚不娶”的誓言，哪怕激怒父亲，自己落个被取消继承权的下场。老贝莱尔暂住在他妹妹的寓所，而伊米莉亚恰恰也借住在这里。丧妻多年的老贝莱尔鬼使神差地爱上了年轻的伊米莉亚。

多里曼特的另一个情人贝琳达去拜访洛维特夫人，假装神秘地告诉她，前一天晚上多里曼特和一位戴着面具的女士在一起，想借此激起洛维特夫人的嫉妒心（而那位戴面具的女士恰恰是她自己）。贝琳达的这一招果然奏效。多里曼特刚进来，一场激烈的争吵就开始了。站在一旁的贝琳达开始为自己的手腕感到得意，但看到多里曼特对洛维特绝情的样子又感到有些害怕。善于察言观色的多里曼特找机会与贝琳达耳语了一番，约她晚上见面，一句话就把她又争取了过来。

迫于父亲的压力，小贝莱尔不得不来找哈丽雅特。姑娘很同情他的境遇，两个人商定共演一出求婚戏，以蒙骗他们的父母，但发誓绝不和对方结婚。在与洛维特夫人争吵时，多里曼特指责她与弗伯林爵士幽会。那是个刚从巴黎返回伦敦的傻瓜，自认为属于上流社会。他与洛维特夫人根本没有联系，多里曼特的指控纯粹是凭空捏造的。而多里曼特此时却带话给弗伯林，说洛维特夫人爱上了他，以便安排他们之间的一次幽会，给他下一步的计划制造一种口实。

第三幕第三场，多里曼特第一次见到了哈丽雅特，马上就被她的美貌吸引住了。这时，洛维特夫人、贝琳达和弗伯林爵士也来了。为了引起多里曼特的嫉妒，洛维特夫人故意装出和弗伯林很亲密的样子，没曾想反而中了多里曼特的圈套。在舞会上，多里曼特见到了哈丽雅特的母亲，他在自我介绍时说他叫“库提琪”，因为害怕有关的传闻会给伍德维尔太太留下一个很坏的印象。果然，多里曼特幽默的谈吐使伍德维尔太太对他产生了好感，而她的女儿也爱上了多里曼特，却不露声色。深夜，多里曼特与贝琳达幽会，并向她发誓从今以后再也不见洛维特夫人。第二天早晨，由于贝琳达忘了告诉她的车夫究竟要去什么地方，无意中被拉到洛维特夫人的寓所。洛维特夫人开始怀疑贝琳达与多里曼特有染，但被贝琳达的几句好话蒙骗了过去。正在这时，多里曼特走了进来，马上他就成了两个女人攻击的目标。

小贝莱尔和伊米莉亚秘密结婚，但他的父亲一直被蒙在鼓里，直到老贝莱尔鼓足勇气向伊米莉亚求婚时才知道了实情。在他妹妹的劝说下，老贝莱尔接受了这一现实，并向这对新人表示祝贺。气急败坏的洛维特夫人在伍德维尔太太面前揭露了“库提琪”的真面目。此时的多里曼特已下定决心甩掉他过去的两个情人，跟随哈丽雅特回到乡下去，做一个安分守己的好丈夫，永远不再返回伦敦。

和前两个剧相比，《风流人物》有很大的区别。原因之一是从《她但愿能如意》到《风流人物》的八年间，伦敦的戏剧界发生了不小的变化，观众的口味也大有改变。而更重要的原因则是艾特利吉的戏剧艺术日趋成熟，难怪有些评论家把他的前两个剧称为“学徒期”的作品。在《风流人物》中，全剧的中心是多里曼特，即剧名所指的“风流人物”。剧中所有情节的发展都是围绕着他进行的。同前两个剧和同期许多喜剧中的人物相比，多里曼特，包括钟情于他的三位女子，被描绘得栩栩如生。他们不再是喜剧中常见的、代表社会上某种类型的人物，而是各有明显的个性，每个人的举止言谈和他特定的身份相互吻合。连剧中的一些次要角色也被剧作家刻画得活灵活现。在第一幕第一场，我们听到鞋匠的一段话：

> 我敢说，这个城里没有一个男人和他太太相处得比我更像一位绅士了。我从来不过问她的行踪，她也不打听我的。我们两个讲起话来客客气气，但打心眼里讨厌对方。因为夫妻俩睡在一起、在一起喝酒太粗俗，太没有档次了，所以，我们各自有各自的高靠背床。

短短的几句话就勾画出一个粗俗无比、却又总想高攀的酒鬼的嘴脸。像这样的例子在这个剧中真是不胜枚举。

当然，如果单纯用道德标准来衡量，《风流人物》则比前两个剧更难为现代观众所接受，因为和前两个剧相比，这个剧更露骨地描写了性和不道德的婚外恋情。在第四幕第二场开头的舞台指示中，甚至出现了多里曼特和贝琳达一夜温存之后仆人进来整理弄皱了的床单的安排。这个变化恰恰反映了这几年间英国社会风尚的变化，同时也是观众口味变化的一种体现。

艾特利吉常被称作王朝复辟时期风俗喜剧的奠基人。应该承认，他的成名作《风流人物》在喜剧语言和结构上都为他的同代剧作家树立了一个榜样，而这恰恰是《风流人物》在英国戏剧发展史中占有一个重要位置的主要原因。

比艾特利吉年轻五岁的威彻利出生在英格兰一个属于保皇党的贵族家庭。对于他早年的生活我们几乎没有掌握任何可靠的资料。据说他年轻时曾被送到法国读书，王朝复辟前几个月返回英国，进入牛津大学的女王学院。他在牛津就读的时间很短，几个月后就进了内殿律师学院，但他是否完成了他的法学学业，至今仍是一个谜，而且他似乎从未从事过律师这一工作。他可能参加了 1665 年英国与荷兰的海战，但直到 1669 年他的第一首诗歌匿名发表，我们才开始拥有关于剧作家创作生涯的资料。

威彻利的第一个剧《林中之恋》（*Love in a Wood*）于 1671 年首次上演。他的处女作使威彻利一举成名，并使他在一种非常独特的条件下结识了英王查理的情妇。

威彻利的第二部作品是《绅士舞蹈教师》（*The Gentleman Dancing Master*，1672），于 1672 年 2 月 6 日首演，并上演了三个不同的版本。虽然剧情很简单，剧中人物也缺乏个性，但《绅士舞蹈教师》是一出比较典型的喜剧，因此评论家在讨论王朝复辟时期的喜剧时常提到它。

威彻利最重要的剧作是他的后两个剧：《乡下女人》（*The Country Wife*，1675）和《光明磊落者》（*The Plain Dealer*，1676）。《乡下女人》的中心人物是公子哥霍纳。为了改变他在伦敦社交界的恶名，霍纳请他的朋友夸克医生到处散布谣言，说因为在巴黎所做的一次手术的影响他已丧失了性功能。贾斯珀·菲捷特爵士带着他的夫人来探听虚实，当看见霍纳对女人全然没有兴趣，贾斯珀非常高兴，放心地委托霍纳在他有公务时陪伴他的夫人和其他贵妇人。

乡村绅士品其怀夫为了他妹妹阿丽西尔的婚事来到伦敦，还带来了新婚不久的漂亮妻子玛格瑞特。妻子不明白为什么丈夫不让她独自外出散步，或外出时穿上鲜艳的裙子，连看戏时也不允许她接近伦敦的男士。阿丽西尔告诉玛格瑞特，那是因为她的丈夫太多疑，嫉妒心太强，特别是听说霍纳和他的朋友已在剧场里看见过他的妻子。

玛格瑞特：别理我，我不舒服。

品其怀夫：噢，如果就是这个原因的话。亲爱的，什么事让你难过了？

玛格瑞特：说实话，我真不知道。自从你告诉我看剧时有个时髦的小伙子爱上了我，我就一直感到不舒服。

品其怀夫：哈！——

阿丽西尔：我的情况也是这样！

品其怀夫：不，如果你就因为一个下流的家伙碰巧说了一个谎，说他喜欢你，你就感到不舒服，就变得这么关心这件事，你会让我感到恶心的。

玛格瑞特：为什么感到恶心？

品其怀夫：那比瘟疫还要可怕，那是妒忌。

玛格瑞特：呸，你在开玩笑！我敢打保票在家里的账簿上没有这种病。

品其怀夫：不，你从没得过这种病，天真可怜的家伙。［旁白］

如果你让我戴了绿帽子，那会是我自己的过错，因为奸妇的丈夫和私生子的命运是由他们自己造成的。

在《乡下女人》中共有四组平行的情节：霍纳散布谣言以期更自由地接近那些贵妇人；品其怀夫和玛格瑞特之间的控制和反控制之战；阿丽西尔摒弃旧友，另选哈克特作自己的郎君；贾斯珀爵士和那一群自称"恪守贞节的女士"。在这四组情节中，除了阿丽西尔在自己的婚事中所作的抉择还有一点积极意义外，其余的人都是在某种面具的遮盖之下干着见不得人的勾当的伪君子：霍纳"性无能"的面具与菲捷特夫人的"贞节"一样虚伪；而品其怀夫所捍卫的丈夫的"名誉"也同样没有任何价值。品其怀夫根本称不上是一位丈夫，因为他既不相信、尊重妻子，也不保护妻子。在他眼里，妻子犹如一份私人财产，仅供他一个人享用。从这个意义上讲，他只是一个得到法律认可的"妓女"的保护人。而他的妻子玛格瑞特，起初确实单纯天真，但当她爱上了霍纳，"天真"也成了她的一个面具。显然，威彻利在剧中鞭挞的就是这批伪君子。

和前几个剧相比，威彻利最后一个剧本《光明磊落者》是最成功的一个讽刺剧，也是他对时代最严厉的抨击。剧中的主人公曼力船长是个愤世嫉俗、自称为光明磊落的人。他憎恨惯于阿谀奉承的小人，从不当面夸奖一个人，也从不在背后诋毁任何人。由于在最后一次航海时损失了他所有的货物，他空手回到伦敦，跟随他的仅有船上的大副弗里曼和一位名叫菲戴利亚的青年水手。曼力常常嘲笑菲戴利亚懦弱，殊不知这是一位痴情的女士，因为爱上了曼力船长而女扮男装，随其左右。在最后一次航海之前，曼力托他的朋友弗尼什照顾他的女友奥莉维亚，并把自己所有的钱财交给奥莉维亚保管。没想到弗尼什背弃了朋友的信任，秘密地与奥莉维亚结了婚。曼力返回伦敦后奥莉维亚拒绝见他。当曼力找上门去质问时，奥莉维亚毫不掩饰地告诉他，她已经结婚了。当注意到奥莉维亚对菲戴利亚表现出浓厚的兴趣时，曼力让菲戴利亚去追求她，以便为自己报仇雪恨。在安排好的一次幽会中，曼力听到了奥莉维亚在黑暗中向菲戴利亚令人作呕的求爱。曼力把这一切都告诉了弗尼什。直到这时曼力才意识到菲戴利亚是一位女子，以及她对自己的一片深情。

从她的身上曼力看到了自己的愚蠢。他正式向菲戴利亚求爱，把从奥莉维亚那里夺回的财产交给她，并称她为自己的知心朋友。

在用书信形式为《光明磊落者》所写的献辞中，威彻利嘲笑了当时流行的献题的做法，把它们称作空洞无物、废话连篇的文字。他也攻击了那些企图在前言中向观众解释自己写作意图的作家，并把那些无法接受他的前一个剧《乡下女人》的人称作伪君子，与剧中人物贾斯珀同属一类的伪君子。正是因为威彻利犀利的文笔，他被同代人冠以"曼力·威彻利"的美称。

康格里夫是三位剧作家中最年轻的一位。他于1670年出生于英格兰的巴德西。由于他的父亲是爱尔兰驻军的军官，康格里夫在爱尔兰就读中学，后来又进入都柏林的三一学院。英国著名讽刺作家斯威夫特是他中学和大学的同学。1689年康格里夫返回英国，并开始了他的创作生涯。他的第一个剧《老光棍》（*The Old Bachelor*，1693）使他在伦敦舞台上一举成名。在两部喜剧《两面派》（*The Double Dealer*，1693）和《以爱还爱》（*Love for Love*，1695）之后，他写了一部题名为《悼念的新娘》（*The Mournig Bride*，1697）的悲剧。这几个剧在伦敦产生了轰动效应，不仅得到了公众的好评，还得到他的朋友德莱顿、斯威夫特、亚历山大·蒲柏和理查德·斯梯尔的赞扬。康格里夫最有影响的剧作是《如此世道》（*The Way of the World*），于1700年上演。这个剧在很大程度上代表了风俗喜剧创作的巅峰。

康格里夫于1689年着手创作他的第一个剧本，三年后他把剧本交给他的三一学院的校友、剧作家托马斯·索塞纳（Thomas Southerne，1660—1746），后者又把剧本交给德莱顿。在这两位朋友的帮助下，剧本于次年出版，并于同年3月在伦敦上演。《老光棍》在伦敦一炮打响，并被誉为是"多年来未见过的最好的一个剧"。其实，这个剧仍未脱离王朝复辟时期风俗喜剧的传统，还借用了威彻利的《乡下女人》中化装成牧师主持婚礼这一情节。但是康格里夫巧妙地给这些观众所熟悉的剧中人物注入了新的活力，也为这个剧增加了不少新意。

康格里夫的第二个剧《两面派》却受到不少评论家的抨击，虽然德莱顿在它1693年首次出版时为这个剧写了一段长长的献辞。直到他的第三个剧《以爱还爱》被搬上舞台，康格里夫在伦敦戏剧界受批评的局面才被扭转了过来。在《两面派》中试图突破风俗喜剧传统的努力失败之后，康格里夫又一次回到观众和评论家所熟悉的戏剧世界。

在朋友的鼓励下，康格里夫于1695年第一次试着把他对于喜剧创作的想法写出来。这篇以书信形式出现、题名为《论喜剧中的幽默》的论文是康格里夫对他的喜剧创作经验体会的总结，同时也奠定了他在同时代剧作家中的地位。许多新手希望得到他的帮助和指点，而他也自然而然地成了17世纪末18世纪初伦敦戏剧界争论的一个焦点。1698年4月，杰里米·科利尔（Jeremy Collier，1650—1726）以他的论文《略论英国舞台的不道德和猥亵》（*A Short View of the Immorality and Profaneness of the English Stage*）与康格里夫展开了一场持续十年之久的论战。在这篇文章中，康格里夫的几个喜剧成了科利尔的主要攻击目标。同年7月，康格里夫对这一攻击做出了回答，写出《对科利尔错误的和不完全引证的修正》（*Amendments of Mr. Collier's False and Imperfect Citations*）。然而，对这场争论的最好的回答则是康格里夫的最后一个剧本《如此世道》。

《如此世道》常常被称作是风俗喜剧的最佳代表作。从情节上来说，这个剧确有不少独到之处。剧中人物之间的关系纵横交错，剧情发展扑朔迷离。剧中悬念甚多，有些关键情节直到剧终时才有一个明确的结果，此时再回过头来看剧中人物的一些对白，才明白其实是话中有话。而康格里夫在结构和技巧方面的这一特长是其他同代剧作家所不具备的。

然而，《如此世道》并没有得到同代人的青睐，而康格里夫也因此终止了他的戏剧生涯。在1700年之后，他再也没有推出完整的剧作。但是，在王朝复辟之后的200多年中，被搬上舞台次数最多的风俗喜剧还要数《如此世道》。这大概也就证明了这一剧目在风俗喜剧中的独特地位。

第二节 英国小说的兴起与早期繁荣

一、小说兴起和繁荣的背景

小说的形成和繁荣是18世纪英国文学中最引人注目的成就。从笛福发表《鲁滨孙漂流记》到斯摩莱特的《汉弗莱·克林克》问世的这半个世纪，是英国小说的早期阶段。由于文学发展有连贯性，各文类间既有区别，又相互渗透，因而要具体地指出英国小说出现的年月日，或割断历史地谈小说如何在18世纪兴起，则是既不科学也不可能的。正像中国俗谚说的："冰冻三尺，非一日之寒。"小说这一文类的萌生，也非一日之功，而是社会经济和文化发展的必然。

早在14世纪，乔叟的《坎特伯雷故事集》和爱情故事诗《特罗伊拉斯和克莱西德》中，就已经包含了类似小说的情节结构和人物刻画的因素。但是，现代意义上的小说在英国出现还要晚得多。如果必须相对地划一条起点线的话，英国现代小说的形成大体可以从17世纪初算起。1612年西班牙小说《堂吉诃德》被首次翻译成英文，介绍给英国读者。在这之后的100多年中，英国社会发生了巨大的变化。新生的中产阶级（即市民的中上层、商人、企业主等）及与之相关联的城市生活和市场经济，为现代小说的发展和繁荣提供了良好的环境。这个新的文类得到历代文学的滋养——从戏剧、传奇、寓言和讽刺故事以及各种通俗文学里汲取了营养之后，终于在18世纪羽翼丰满，脱颖而出。理查逊和菲尔丁的小说标志着英国小说的形成。这两位小说巨匠，与在他们先后出现的小说家笛福、斯威夫特、斯特恩和斯摩莱特等一道，造就了英国小说的早期繁荣局面。

小说与先期其他文类的重大区别之一，是它着力描写和反映现实生活。1678年班扬发表的《天路历程》正是在这一点上具备了现代小说的某些特色。尽管该书讲的是基督徒如何寻求上帝拯救的寓言故事，但在形式上却采用了流浪汉小说的格局。不仅于此，它还体现了小说在人物刻画上的现实主义。斯摩莱特曾为小说下过定义，他认为小说必须绘制一幅巨大的、多样又生动的人物画面；它的角色要在一个总体计划内按不同的特点组合，表现不同的生活态度。《天路历程》突出展示了这样一个人物画面。这些贴了标签的寓言人物，不是精灵、神怪或超人，而是班扬同时代的普通百姓。他们关心的是犁田、织布及生老病死，并且通过彼此的对话，一个个变得有血有肉，栩栩如生。他们那些生动的言谈从内容到语言都很自然和通俗，其平民化的程度是英国文学中前所未有的。这部寓言故事发展情节的技巧、刻画人物的写实性及生动自然的对话，对后来小说创作都有极深远的影响。

进入 18 世纪，英国社会经历了巨大而深刻的变革。新的资产阶级正在逐步形成，工业生产推动了商品经济，并促使英国向海外大规模地进行殖民扩张。这个时期，以牛顿为代表的资产阶级科学家，在数学、物理、化学和动植物学等方面，做出了巨大贡献。科学的发展引起了人们对宇宙和自然的好奇心，造成了 18 世纪知识界对理性的推崇。宗教上这时也出现了自然神论者的理性主义神学，它反对传统宗教对人的束缚，不承认有《新约》之外的奇迹，强调人与神有相似的美德。这种自然神论的代表约翰·洛克又是经验主义哲学的创始人，他那人类通过感知和经验来获取知识的认识论，在笛福、理查逊和斯特恩的小说中都有所表现。

由于城市的繁荣和市民阶层的兴起对小说的形成起了关键作用，人们往往把现代小说的出现简单地与中产阶级的诞生联系起来，认为小说是新兴资产阶级特有的文学。这种看法有一定的绝对性。历史的事实是，在小说已进入早期繁荣局面时，英国的中产阶级仍处在形成过程之中；直到 18 世纪中叶，英国贵族和绅士阶级仍有相当的实力和威望。小说大师菲尔丁本人就不属于中产阶层，而且在他描绘的现实中，很重要的一部分内容涉及乡村中的土地贵族和他们的生活。他所代表的是中层绅士阶级的社会态度。

到了 18 世纪下半叶，印刷业变得相当发达。大量的出版物形成了图书市场。伴随这个市场出现的是广大的读者群，他们逐渐成了作家的上帝。从此，文学就从受制于“恩主”或服从政治需要的束缚中解放出来。约翰逊被切斯特菲尔德伯爵拒之门外而走投无路，或斯威夫特寄居邓波尔爵士门下难逃藩篱的日子，一去不复返了。作家成为自由职业者，他们开始通过市场竞争来发展自身。

文学创作的市场化促进了现代小说的发展。首先出现的现象是作家多起来，写作不再是少数受过古典文学熏陶的上层知识界垄断的领域，人人都可以投稿和出版。约翰逊风趣地称这种群众捉笔的现象为“作家的时代”，菲尔丁也曾评论说文学处在了“大民主”和“无政府”状态。由于写作队伍成分发生了变化，诗歌、戏剧等对形式要求较严格、对作家修养要求较高的文学作品数量逐渐减少；散文叙述体的作品，如传记、故事、日记、游记等通俗读物大大增多。它们大都是与小说更接近的文类。

市场调节文学创作，一方面给了作家选择作品内容和形式的自由，但同时也把他们置于经济效益的压力之下。为了赢得最多的读者，作家不但要努力写得通俗明了，以迎合广大市民的口味；还要缩短创作时间，在速度和数量上取胜。这样，经济效益又进一步促使文学通俗化，迫使作者选写群众喜闻乐见的内容，并采用他们能接受的语言和形式。在这种不断地追求和探索中，现代小说迅速兴起，并日臻完善。笛福就是典型的商业型多产作家。《鲁滨孙漂流记》从形式到内容都是一次大胆的尝试。受到读者欢迎后，笛福立即用四个月写出续篇。他不但采用不同形式写作、涉猎各种内容，而且同时进行好几个项目。他的小说选的都是当时最吸引读者的题材，如海上冒险，征服和开发殖民地，小偷、妓女这些城市下层百姓的曲折经历。在一定意义上说，笛福的创作生涯就是小说兴起的活历史。

读者增多之后，流动图书馆应运而生。这些图书馆出借的书中大部分为通俗读物，其中故事和小说占很重要的地位，因此大大地推进了小说的普及。“寻求消遣”比以前任何时代都明确地成为一个独立的、有自身价值的读书目的。由于妇女的闲暇时间较多，读物的通俗化又为她们敞开了步入文学领域的大门，因此 18 世纪的女读者数量不断增多。中后期还出现了许多女作家，有的女作家，像伊莱扎·海伍德夫人（Eliza Haywood，1693—1765），成了当时颇受欢迎的职业作家。她的作品虽然比较幼稚粗糙，但在数量上和多样化上，几乎可以与笛福抗衡。女作家增多的现象引起了推崇古典主义的作家斯威夫特和蒲柏的批评，他们称这类女作家为“愚蠢又可耻的涂鸦女人”。

尽管早期英国小说家都致力于改善社会和培养读者情操的大目标，他们在写作手法、技巧和风格上，却是八仙过海，各显神通。这种百花开放的局面带来了英国小说的首次繁荣。他们所表现的勇于尝试和大胆创新，也是那个时代精神的产物。笛福取材于时事和新闻。他采用第一人称日记或回忆录的叙述手法，在流浪汉小说的框架里开创了传记纪实式小说。斯威夫特写的是讽刺寓言，他文笔考究，引经据典，才气横溢。菲尔丁宣称自己的小说是一种全新的形式，叫作“喜剧性的散文史诗”。理查逊用书信体编出了情感细腻又深入人物内心世界的故事。而斯特恩的《商第传》貌似杂乱无章、实为精心构建，是小说史上的奇品。此外，以理查逊的《克拉丽莎》和斯特恩的《商第传》及《感伤之旅》为主所引发的感伤主义潮流，对 18 世纪末、19 世纪初欧洲大陆作家产生了巨大的影响。

这一时期比较次要的小说家还有许多。他们中知名度较高的有：

对社会进行辛辣抨击、擅长粗线条描绘漫画式人物的斯摩莱特及追求理想化田园家庭生活的哥尔德斯密。弗朗西丝·伯尼是这个时期最优秀的女作家。她追随理查逊用书信体写妇女的婚恋生活，其小说对简·奥斯丁（Jane Austen，1775—1817）有直接影响。一些过去被忽略的女作家的小说，如夏洛特·琳诺克斯的《女吉诃德传》、萨拉·菲尔丁的《叫嚣》《大卫·辛普尔》和萨拉·司各特（Sarah Scott，1723—1795）的乌托邦小说《千禧堂》（*Millennium Hall*）都正在引起当代越来越多的读者关注。

二、笛福：现代小说的先驱

第一个把流行于16、17世纪的流浪汉小说推向现代小说，使其有了一定思想深度，并反映资产阶级价值观念的是丹尼尔·笛福。他也因此成为现代小说的先驱。流浪汉小说是传奇小说演变来的。传奇在中世纪达到高峰，到了伊丽莎白时代，逐渐演化为流浪汉小说。它的内容仍旧是描写冒险经历，但主人公从骑士变成了社会下层的小偷、强盗或流浪汉。这种小说形式松散，主要靠主人公的流浪路线把无数事件和人物串联在一起。它一般以情节惊险和多变取胜，不大注重刻画人物的技巧和精心安排小说的结构。流浪汉都是些冒险的个人，没有什么整体阶级意识，更谈不上通过故事进行资产阶级的道德教育。笛福对流浪汉小说主要做了两方面的改进，使其带上了现代小说的色彩。

其一，他采用了日记或回忆录的形式让主人公自己讲述漂泊的往事。这样，他的故事就不再是单纯的情节累积，而是围绕着一个中心人物的命运来展开。通过主人公对待逆境或厄运的抗争手段和自强态度，笛福在英国文学中首次强调了个人奋斗及个人在社会中的作用及地位。因此，他的小说不再着重热闹的流浪格式，而是朝着现代小说反映环境与人物的复杂关系的方向转移。

其二，与内容转化相应的是笛福对现实描写逼真性的追求。笛福在多年撰写时政文章中养成了类似新闻记者的文风，加上他信奉的18世纪清教对一切虚构和想象的反感，就造成了他在从事小说创作时着力于描写环境和生活细节。这种详尽的、累积式的，并且几乎不加修饰的事实记叙，一方面给读者造成类似新闻报道的真实感，另一方面也使英国小说完成了一个重要的突破，即从描写作者想象和杜撰的内容走向了反映人们在不利生存的社会条件下的生活现实。虽然在情节构造和人物刻画上笛福的作品离发展成熟的小说尚有相当距离，但它们已向现代小说迈出了关键的一步。不论是《鲁滨孙漂流记》还是《茉尔·弗兰德丝》，都采用了通俗的语言来表现中下层人物与恶劣环境的斗争，宣传了新兴资产阶级独立自主、百折不挠的个人奋斗精神。

《鲁滨孙漂流记》之所以如此成功，除了有曲折惊险的情节，主要还因为它生动地塑造了一个上升时期的资产阶级开拓者形象。小说一开始，笛福就突出渲染了鲁滨孙身上所体现的那种新兴资产阶级积极进取和勇于献身的精神。

三、书信体小说巨匠理查逊

塞缪尔·理查逊（Samuel Richardson，1689—1761）出生于一个木工家庭。他的父亲与笛福一样是个坚定的清教信徒，曾参加1685年蒙茅斯公爵叛乱。虽然理查逊生活在宗教情绪基本平息后的年代，但他深受家庭给予的清教道德观影响。这在他的小说中反映为人物对新教信仰的坚贞和对美德至高无上的追求。

理查逊本人是个很典型的艰苦创业的中产阶级代表。从十五六岁起，他就在伦敦出版商约翰·魏尔德处学徒。他不但勤奋工作，并利用闲暇自学，读了各种该店印刷的书刊。老板因赏识他的品德和能力，把女儿许配给他。1721年，理查逊自行开办印刷厂。他兢兢业业，不久生意就兴隆起来，成为18世纪30年代伦敦很有名望和实力的印刷业主，并被指定为下议院的专职印刷出版商。

理查逊虽然没有受过多少教育，但却一生酷爱舞文弄墨，特别善于写信。从年幼时他就经常为太太、小姐们读书，并替她们代笔写信。进入中年之后，经营买卖之余，他着手编写尺牍和操行手册，加入了当时致力规范社会行为的文人队伍。理查逊写小说是很偶然的。1739年他受邀写一本指导年轻人，特别是年轻姑娘，如何写信的手册。为了使信件更有趣味，他就利用了以前听到的一个关于女仆拒绝男主人的无礼要求而最后得以嫁给他的故事把信件串联起来。这就是他的第一部小说《帕美勒》（又名《美德有报》（*Pamela or Virtue Rewarded*），于1740年出版。

《帕美勒》一出版就轰动了伦敦，成为畅销书。全书基本上是帕美勒一个人写信向父母报告她每天，甚至每时每刻的处境和险情，以及她抵制引诱的决心。小说故事生动，情节细腻、紧张，富于戏剧性，既有许多言情的插曲，又有严肃的道德主题，很符合18世纪中产阶级读者的口味，被后来某些评论家誉为第一部英国现代小说。

四、菲尔丁和“喜剧散文史诗”

亨利·菲尔丁（Henry Fielding，1707—1754）出生在索姆塞特郡夏普汉帕克一个败落的贵族世家里。他的母亲是亨利·葛尔德男爵的后裔，父亲曾在军队中征战，官至陆军中将。菲尔丁从小就接受了良好的教育，像他小说中主人公汤姆·琼斯一样，幼年时父亲就聘请了一位牧师在家指点他学习，后来进入伊顿公学。1728年2月菲尔丁的第一部剧作《戴着各种假面具的爱情》在伦敦公演。同年3月他去荷兰莱顿大学求学，在大学生活中他热衷文学写作，继续编写剧本。

1729年菲尔丁辍学，在此后的10年中他编写了11出喜剧和15出短小的笑剧，置身在伦敦演艺界，以编剧和办剧院谋生。他写的戏剧都有较强的时政性，比如讽刺英国选举制度的《堂吉诃德在英国》（*Don Quixote in England*，1734），揭露英政府贪污腐败的《巴斯昆》（*Pasquin*，1736）和《1736年的历史纪事》（*The Historical Register for* 1736，1736）。由于当时上演的戏剧不断对政府做辛辣的讽刺，特别是菲尔丁的《1736年的历史纪事》，激怒了当权者，1737年议会通过了戏剧检查法令，限制剧院数目，并严禁在公开场合嘲笑国王和政府要人。菲尔丁被迫放弃了他热爱的事业，改学法律，1740年他获得了律师资格。在以后的14年内，除了积极投入执法、立法的本职工作外，菲尔丁还创作小说，写政论文章，并创办了《真爱国者》（*The True Patriot*）杂志双周刊和《考文特花园》（*The Covent-Garden Journal*）杂志。他做律师后致力于减少伦敦犯罪现象，推动社会改革，并且以极大的同情去挽救在贫困和饥饿中挣扎的穷苦百姓。由于他在法制方面做出的显著成绩，1748—1749年，菲尔丁先后被任命为伦敦威斯敏斯特区和密得尔塞斯郡的治安法官。多年忘我、超负荷的工作损害了菲尔丁的健康，1754 年他不得不辞去工作到里斯本去疗养，于同年 10 月在异乡去世。

菲尔丁从事戏剧创作虽有 10 年之久，并且在他的喜剧中显露出讽刺及幽默的才华，比如他的力作《悲剧中的悲剧：或伟人汤姆·塔姆传》(又名《大拇指汤姆》，1731) 就比较成功，据说曾引得斯威夫特开怀大笑，但在笑闹剧之外，菲尔丁的戏剧始终没有获得理想的效果。其主要原因恐怕是菲尔丁的视野远不是狭小的舞台所能包容的；他的幽默和讽刺从内容到力度和广度上都需要一个更开阔的形式，一个能让他的思想和唇舌自由驰骋的形式，这个形式就是后来他创造的喜剧性散文史诗。可以说，早年写戏剧的经历在他的写作生涯里只起了练笔作用。在对话自如、人物栩栩如生、结构巧妙和情节发展明快等方面，菲尔丁的戏剧创作经验都对他后来的小说产生了明显的影响。

第三节　浪漫诗歌端倪和哥特小说

18 世纪上半叶文学界盛行的以理性为纲的新古典主义到中期之后逐渐衰落，在小说和诗歌创作中感伤主义和浪漫主义已见端倪。文学把注意力从关心人和社会的命运转向了思索生和死的意义，从探讨人性及认知等哲学问题转向了对大自然的体味和赞叹。最明显的表现就是出现了以蒲柏为代表的早期诗歌截然不同的许多“自然诗人”，他们之中以汤姆逊、科林斯和格雷成就最为卓越。蒲柏本人也注意到了诗坛上兴起的浪漫主义倾向，并预示诗技会更成熟并出现富有激情的诗作。从汤姆逊 1726 年完成他的四季诗中最后一章《冬》到 1751 年格雷发表他的墓园悼亡诗，这中间的 25 年，蒲柏预言的新诗逐渐形成。这些抒情诗不仅态度严肃、庄重，而且内容浪漫，其共同之处都是从大自然中获取灵感，不再使用新古典主义诗歌习惯的英雄双韵体。诗人们有的采用弥尔顿喜爱的无韵体诗，有的选择斯宾塞诗节，也有的同莎士比亚一样写十四行诗。这些诗歌追求形式新颖多样，以抒发情怀为主，特别是格雷的几首颂歌体诗，可以说是19世纪浪漫主义诗歌大潮到来的先声。

詹姆斯·汤姆逊（James Thomson，1700—1748）是蒲柏和格雷之间最重要的英国诗人。汤姆逊生在苏格兰边界线上的艾德纳姆，童年在罗克斯堡郡的乡间度过，那是个充满了迷信和神秘传说的地方。汤姆逊在爱丁堡受教育，攻读神学，但喜爱接近大自然和农牧民的生活，很早就关心着他们的命运。1725年他赴伦敦去寻求出路，在经济很困难的状况下写了诗歌《冬》。他的天才没有被埋没，不久就找到了提携人（恩主），于翌年发表了这首诗，立即获得极佳的社会反响。在紧接下去的三四年里，他写了《夏》（1727）、《春》（1728）和《秋》（1730），并把它们合在一起，加了一个“自然颂”的结尾，于1730年发表。这就是他最有代表性的诗作《四季》（*The Seasons*）。初发表时，这首诗并不太长，但直到他去世之时为止汤姆逊不断地修改和添加内容，最后留给世人的《四季》总共是5500行，用无韵素体诗结构写成。《四季》各有特色，《冬》展示了作者对日常细琐事件富于想象的一幅幅记忆的画面，读起来令人愉悦。《春》的喜气稍差，但更富想象，其中垂钓鳟鱼的描写活泼轻快，而赞美婚姻欢爱的诗行比《冬》要显得更成熟凝练。《夏》比其他三章都长，显得情节堆砌过多。但除了对热带夏天给人带来炎热之苦的长段描绘略显臃肿和勉强，其他情节仍不失诗文的优雅，特别是其中描写剪羊毛、洗羊毛的诗句，非常优美生动。《秋》呈现了打猎和收获的画面，而最后的颂歌则赞美了创造山峦丛林，赐予人类花鸟鱼兽的造物主。结尾将天地融为一体，气势恢宏，效果和谐。

汤姆逊在23岁时就因此诗名声大噪，成为年轻一代诗人的领头人。他的另一首有分量的诗是《懒散城堡》（*The Castle of Indolence*，1748），用斯宾塞诗节写成，包括两个诗章。全诗用寓言手法描写“艺术和勤劳”骑士（Knight of Arts and Industry）如何攻下由“懒散”这个魔头盘踞的城堡。这首诗的格调浪漫而忧郁，但不时又出现十分滑稽的漫画式人物描绘，令人忍俊不禁。《懒散城堡》对雪莱的诗作曾有过影响。

在汤姆逊的追随者中最出色的要算威廉·科林斯（William Collins，1721—1759），一个帽商的儿子。科林斯受教于牛津的莫德林学院，念书时就开始写诗。初到伦敦时他跃跃欲试，想做出一番事业。但后来身体每况愈下，到1754年精神失常进了疯人院，最后死在他姐姐家中。由于早逝，科林斯的诗作不多，加起来不到1500行，但是其中起码有三分之二可无愧地列入当时最优秀的诗作之中。他主要写颂诗（odes），像个雕塑家，科林斯的诗歌有棱有角，线条清晰，直接简明。有评论说他的诗像大理石一样纯净，也像大理石一样冰冷。他喜爱写短诗，比较长的两首是《自由颂》（*To Liberty*）和《论高地流行的迷信》（*On Popular Superstitions of the Highlands*，1788），但最知名的是《致夜晚》（*Ode to the Evening*）和《情欲》（*The Passions*）。他曾在1746年出版过诗集《关于一些描写性的和寓言内容的颂歌》（*Odes on Several Descriptive and Allegoric Subjects*），他去世后在1765年又有人为他出了第一部诗歌集，他的诗篇在这两个集子里就都包含了。科林斯的语言能力强于思维，诗中描绘了许多美如田园风景的画面，许多诗技巧熟谙到炉火纯青的程度。

1764年圣诞节前后，一部名为《奥特朗托堡》（*The Castle of Otranto*）的怪诞小说在伦敦"翻译"出版，匿名撰写的《译者前言》声称："这部小说是在英格兰北部一个古老天主教家庭的书房里发现的，1529年在那不勒斯黑体印行，至于写作年代则无从考证。主要故事发生在通常所说的黑暗时代，但语言行为则绝无野蛮迹象，行文是纯粹意大利风格。假如该书写于所叙述故事发生不久，那么它大约成书于第一次十字军出征的1095年至最后一次的1243年之间，或稍后一点。"这部匿名翻译小说一经问世就很流行。次年再版时翻译小说的伪装就被摒弃，取而代之的是一篇匿名的《作者序言》，后来人们了解到作者就是大名鼎鼎的霍拉斯·沃尔波尔。虽然哥特小说的大繁荣出现在18世纪90年代，沃尔波尔作为这种小说创始人的地位却因这样一部篇幅不长、艺术成就也不太高的小说而确定无疑。哥特小说的基本特征，如哥特式古堡，怪诞事件，恐怖神秘的气氛，恶魔般的男主角与天使般女主角的对立，远古或异国的故事背景，在《奥特朗托堡》中已大致具备。

随着时间推移，18世纪有不少学者开始关注所谓的黑暗的中世纪。艾狄生在《旁观者》系列散文中曾表现出对中古民谣的浓厚兴趣，而到了世纪中期《奥特朗托堡》问世前后，更出现了两部研究中古文学的重要著作，即理查德·赫德（Richard Hurd，1720—1808）的《关于骑士和传奇的信札》（*Letters on Chivalry and Romance*，1762）和托马斯·珀西（Thomas Percy，1729—1811）的《英国古诗遗存》（*Reliques of Ancient English Poetry*，1765）。赫德在他的著作中对“传奇”的文学范围进行了初步探索，又对斯宾塞和莎士比亚著作中的“哥特”因素做了较深入的分析。他把“哥特”描述成为人的心理活动中的“隐蔽动机”，并认为 18 世纪的理性时代失去了“美好的寓言世界”。珀西不仅对英国古诗有浓厚兴趣，而且十分关注异国文学。他于 1761 年从葡萄牙文转译出版了中国小说《好逑传》，两年以后又出版了《从冰岛语翻译的北欧诗五种》（*Five Pieces of Runic Poetry Translated from the Islandic Language*，1763）。他的《英国古诗遗存》虽然因学术方面的缺陷遭到过责难，却对英国古诗的理解阐释及对崇尚古诗的热情高涨起了重要作用。此后，詹姆斯·麦克弗森谎称发现并翻译了早期苏格兰盖尔特人芬格尔之子莪相的诗；托马斯·查特顿出版了所谓中世纪神父托马斯·罗雷的诗，更把一股“中古热”推向高潮，对哥特小说在 18 世纪 90 年代的大繁荣和浪漫主义文学的兴起产生了重要作用。

学者们对中古文化感兴趣的同时，也对异国文化，尤其是东方文化感兴趣。阿拉伯民间故事集《一千零一夜》在 1704 年至 1715 年间译成法文，据此转译的英文本 1705 年便开始问世，广为流传。另外，自 18 世纪开始，由于来华传教士的宣传，欧洲对中国的了解逐渐增多，一些启蒙运动思想家甚至从中国千百年的稳定发展现象中获得启迪。伏尔泰改编的《赵氏孤儿》和珀西转译的《好逑传》就表现了这种倾向。如果说中古热为哥特小说的发展提供了时间上的异己载体，那么异国文化热，尤其是东方热，则为哥特小说提供了空间的异己载体。两者或同时或分别，为哥特小说读者提供了摆脱现实束缚，流连想象世界的机会。

从 18 世纪英国文学发展的总趋势来看，哥特小说的兴起还有另外几方面的原因。第一是“墓园派”诗歌的发展。正如上文所述，这派诗人或触景生情，或凭空想象，热衷于描写墓园、黑夜、死亡和恐怖。这种诗歌的流行无疑给哥特小说准备了读者。第二是对“感伤”（sentimentalism）的推崇使作家开始深入探讨人的感情世界。受沙夫茨伯里“好人”哲学观念的影响，从理查逊开始，经过斯特恩和哥尔德斯密到麦肯济（Henry Mackenzie，1745—1831）的《有情人》（*The Man of Feeling*，1771），一大批感伤主义小说问世，成为18世纪中后期小说的一个突出特点，而感伤小说表现的人物多愁善感，想象丰富，与哥特小说人物相似。“墓园派”诗人对恐怖的青睐和“感伤派”小说对情感的关注形成哥特小说的两大影响源流。第三是关于“崇高”（sublime）的美学观念的发展。从朗吉努斯的经典著作《论崇高》在17世纪后期译成英文开始，许多作家和批评家都探讨过崇高美的来源，认为巨大而可怕的事物可以引起壮美（即崇高美）的感觉，而这种观点集大成于伯克的论著《对崇高美和秀丽美概念来源的哲学探讨》。伯克指出：“任何可以使人感觉痛苦和危险的东西，也就是说任何可以使人感觉可怕，或与可怕产生联想，或以近似可怕形式出现的东西，都可为崇高美之源；换言之，任何可以产生人们所能感受的最强烈感情的东西都是崇高美之源。”痛苦、危险、可怕和恐怖等强烈感情正是哥特小说致力要获取的，伯克的“崇高美”理论对哥特小说的兴起也产生了影响。

哥特小说到18世纪90年代成为英国最流行的小说，“并在批评家的怒号声中流行到下个世纪。它像神奇的豆蔓，一夜之间生长成熟，大胆的小说家趋之若鹜”。在18世纪末哥特小说集大成者是安·拉德克利夫（Ann Radcliffe，1764—1823），尤其是她的《尤道弗的秘密》（*The Mysteries of Udolpho*，1794）和《意大利人》（*The Italian*，1797）。她本名安·沃德，是个伦敦商人的女儿，1786年嫁给后来成为《英国新闻》主编的威廉·拉德克利夫为妻。她写小说是婚后开始的，很可能受到丈夫的鼓励或影响。从1789年到1791年，她每年推出一部小说。虽然这些小说大部分已被忘却，它们在当时一定十分受欢迎，并确立了作者的畅销小说家地位。否则很难想象出版商会为《尤道弗的秘密》预付在文学史上创纪录的500英镑版税。1797年拉德克利夫出版了《意大利人》，然后就从文坛上神秘地消失了，以致有人推测她进了疯人院或是很快就去世了。

与沃尔波尔小说相比，拉德克利夫小说的突出特点是所有貌似神神鬼鬼的现象后来都有恰当的解释，小说强调的是特殊环境下人物的心理反应。如上面提到的黑幔后面的东西原来是一个裹着寿衣，活像腐尸的蜡像，但艾米丽未及细看，早已魂飞魄散，因而产生了很强的恐怖效果。读者在明白了实情和真相时，已经通过阅读过程获取了深切的心理感受。因此，《尤道弗的秘密》出版后大受欢迎，柯尔律治在书评中称其为“最引人入胜的英语小说”。刘易斯在次年出版的《僧人》直接受到这本书的影响。

马修·格雷戈里·刘易斯（Matthew Gregory Lewis，1775—1818）出身名门，父亲曾任副陆军大臣，但父母早年分居。他主要由母亲抚养长大，15 岁遵照父亲旨意进入牛津大学，为外交官生涯作准备。刘易斯自幼喜爱戏剧，曾写过滑稽剧和感伤恐怖小说。父母的分离给他精神和心理造成很大压力。他曾在给母亲的信中写道：“你把我置于世上最痛苦、最难堪的境地：你把我逼得几乎成了双亲的仲裁人。我不知道怎样能摆脱这种境地。我只能使自己相信你们都没有错，却不会决定谁是对的。”19 岁时父亲给他谋得英国驻海牙大使馆随员之职，但他觉得在海牙生活毫无乐趣。在百无聊赖中他受到《尤道弗的秘密》启发，开始写小说。

他在给母亲的信中描述了当时的心情：“我告诉你，我用了十个星期，写了一本三四百页的传奇故事，你信不信？我已经誊好了一半，书名叫《僧人》。我觉得很好，书商若不要，我就自己出版。”不久他离开海牙回伦敦联系出版事宜。小说在 1796 年 3 月问世，此前一年间刘易斯可能做了不少修改。即使这样，作为一部 19 岁时写成，20 岁时出版的哥特小说，《僧人》取得的效果仍是可观的，它为作者赢得了“僧人刘易斯”的雅号，以致很多人误以为作者是位职业牧师。

除了已经谈到的几部代表性哥特小说，著名激进主义政论家威廉·葛德汶（William Godwin，1756—1836）1794 年发表的《凯勒布·威廉斯》（*Caleb Williams*）也值得一提。这主要是一部政治宣传小说，表现在不平等的阶级社会里富人作恶但逍遥法外，穷人却无辜地被处以极刑。

在对道貌岸然的凶手福克兰的刻画和对威廉斯所受折磨的描写中，它显而易见有哥特小说的影响。我们还应提到葛德汶之女，雪莱的妻子玛丽·雪莱（Mary Shelley，1797—1851）创作的《佛兰肯斯坦》（*Frankenstein*，1818）。该小说融哥特小说与科幻小说于一体，是玛丽与丈夫和拜伦客居日内瓦时创作的。当时她借读了不少哥特小说来消磨时光，并构思了自己的哥特式故事。葛德汶和玛丽父女两代的小说都生动地说明了哥特小说与浪漫主义文学运动的亲缘关系。浪漫主义诗歌中对超自然现象，对傲慢无畏的拜伦式英雄的关注，对强烈感情和悲剧气氛的追求都隐含着哥特小说的影响。但是哥特小说的影响远不止于浪漫主义诗歌和小说，许多维多利亚时代小说家，包括狄更斯，都时而使用哥特小说笔法。夏洛特和爱米莉·勃朗特姐妹的《简·爱》和《呼啸山庄》为维多利亚小说中受影响最突出的代表。在爱伦·坡、霍桑和亨利·詹姆斯等 19 世纪美国小说家的作品中也显见哥特小说的成分。因此，在重写文学史，重读经典作品的今天，我们应该给曾经风行一时，并对后世文学产生重要影响的英国哥特小说以应有的评价。

第四章　英国 19 世纪文学

第一节　浪漫主义文学

一、浪漫主义诗歌

18 世纪中叶以后感伤主义出现于英国文坛，但它只是一个前奏。接踵而来的浪漫主义才是英国文学中少见的几次大变之一，而其影响则及于全球。

它是在法国革命的思想、情感氛围里形成和发展的。文学与政治，诗歌与革命，从来没有这样紧密结合，而同时，诗艺的精湛、诗歌语言的革新也开辟了一个新的时期。

从 1786 年《苏格兰方言诗集》出版起，到 1824 年《唐璜》最后两章（15、16）发表，不到 40 年内，英国出现了一群诗人，其中有七八个是头等重要的，全写下了不朽作品，对后人，对英国以外的读者，全留下了至今还能感受到的影响。他们在许多具体主张上，在题材和诗艺上各有不同，有时还彼此对立，然而在主要倾向和探索精神上却又惊人地一致。他们的持续努力把英国诗歌再度推上世纪文学的高峰。

这七人中，一个是苏格兰农民，一个是伦敦雕刻匠，各干各的，与后来者并无明显联系。后来者又可分两代，早一代是两个大学生，他们紧密合作，写诗又发宣言，行径已近现代文人集团；但是他们的理想之光不久就熄灭了，是后一代诗人——一个贵族，一个富家子，一个外科医生的小助手——继续探索。如此一浪紧接一浪，后浪又高过前浪，不仅写出了在意境和诗艺上更锐进的作品，使得英国浪漫主义内容更加丰富，而且积累起更大力量，像命运之神般向全欧洲扑去。

（一）彭斯

上面说的苏格兰农民就是罗伯特·彭斯（RobertBums，1759—1796）。他一生未离苏格兰一步，干着农活儿，后来成了税务局小职员，贫穷和劳累使他在37岁的英年就一病不起。然而他却敏锐地感到外面世界的风云变幻，为美国革命和法国革命的社会思想所强烈吸引，加上原有的苏格兰民族主义情绪，便写出了这样的诗句：

国王可以封官：
公侯伯子男一大套。
光明正大的人不受他管——
他也别梦想弄圈套！
管他们这一套那一套，
什么贵人的威仪那一套，
实实在在的真理，顶天立地的品格，
才比什么爵位都高！
好吧，让我们来为明天祈祷，
不管怎样变化，明天一定会来到，
那时候真理和品格
将成为整个地球的荣耀！
管他们这一套那一套，总有一天会来到：
那时候全世界所有的人
都成了兄弟，不管他们那一套！

（《不管那一套》）

彭斯在这里表达的是对现存秩序的鄙视和对未来平等社会的向往，并且明确提出真正可贵的品质是“实实在在的真理，顶天立地的品格”，而“世界上所有的人应该都是兄弟”的思想则正合乎法国革命所标揭的口号之一——博爱。

这在当时是颠覆分子的语言，当权者和贵人们是不会喜欢的；使他们更难忍受的，则是诗还有一种嘲弄口气和一种天不怕地不怕的挑战气概。后者之所以能传达出来，彭斯是受惠于他所用的民歌形式和韵律的，正是那复句“不管那一套”的不断回响，才使得上层人士感到他特别刺耳，特别放肆。

彭斯同苏格兰古民歌的关系不同一般。他不只是收集、保存了约300首旧民歌，而且做了或大或小的加工，给了它们新生命。这样他就不仅发展了民歌传统，而且在关键的一点上为英国的浪漫主义做出了贡献，因为民歌的复兴正是这个新的文学潮流的特点之一。

彭斯的民歌并不都涉及政治，绝大多数是歌唱爱情的。然而在这方面他也有特色。爱情的各种表现他都写到了，从精神到肉体，从初恋到养儿育女，从相见欢到离别恨，从男人的自信和忏悔到女人的娇羞、无私和做了母亲的骄傲，各种情景和心绪都有。

然而彭斯不仅仅是一个歌唱自由和爱情的民歌手，他的诗路广，范围大。除了民歌型的抒情歌，他还擅长讽刺诗（如《威利长老的祷词》（*Holy Willies Prayer*）、咏动物诗（如《挽梅莉》（*Lament of Mary*）、《老农向母马麦琪拜年》（*The Auld Farmers New-Year-Moming Salutation To His Auld Mare, Maggie*）、诗札（如《致拉布雷克书》（*Epistle To J. Lapraik*）、叙事诗（如《汤姆·奥·桑特》（*Tum o' Shanter*），还有那首包罗万象的大合唱——《爱情与自由》（又名《快乐的乞丐》（*The Jolly Beggars*）。

无论哪类诗，也无论长诗或短诗，彭斯的作品总有一种独特的口气，例如：

呵，费格生！你灿烂的不世之才，用在枯燥的法典上岂不浪费！诅咒爱丁堡的绅士之辈，你们真是铁石心肠！分半点你们赌输的钱财，诗人就不会断粮！

（《致威廉·辛卜孙》）

这是他的诗札中的一段，谈到的费格生是18世纪苏格兰的杰出诗人，因贫困以抄写法律文书为生，后精神失常，死于疯人院中，年仅34岁。彭斯佩服其诗才，又感叹其身世，多次提到他，还特别写了一首挽诗。

还有一类诗是彭斯特别擅长的，即写农村习俗的一类。可以举一首中等长度（243行）的叙事诗《圣集》（*The Holy Fair*，1785）为例。所谓“圣集”类似我国农村的庙会，不过在长老会统治的苏格兰，总有教会中人在这种场合大讲上帝之道。彭斯也写这些长老们，并且写得生动，但口气充满了嘲讽。

彭斯的优点是说不完的，除了诗路广和现实性，还有音乐性（他的短诗都能歌）、戏剧性（他总写运动中的事物，诗行有速度，而且善于对比）等等。他是一个自然之子，天授的诗人，不是后世那种自我意识很强的艺术家。但他又不是没有他的诗歌观和文学主张的。这些主张也表现在诗里，只不过又用了他特有的强烈方式。

彭斯虽身处偏僻的苏格兰乡村，却是英国浪漫主义诗歌的真正前驱。这也正是浪漫主义诗歌之幸。它不是庙堂、学院和客厅的产物，而是在法国大革命风云激荡的历史时刻由几种从不同方面要求解放人性的思想趋势形成的，彭斯在这当中提供了浓厚的土地气息，提供了古苏格兰民间文学的深长根底，使得这个新的诗歌运动不至于过分智理化、抽象化，不至于轻飘飘，而有坚实性、强韧性，而同时又有朴素、生动而持久的美。

（二）布莱克

同样，能有布莱克作为另一个开路人也是英国浪漫主义诗歌之幸。他也提供了浪漫主义所需而别人所缺的某些思想和艺术品质。

正如彭斯是深知大地脾气的农民，威廉·布莱克（William Blake，1757—1827）是一个用手干活儿的工匠。他的工具是雕刻刀和画笔，他用它们制作版画，画彩色插图，刻印图书，除了接别人的活儿，也刻印自己的书——因为这位匠人还颇会写诗，《天真之歌》（*Songs of Innocence*，

1789）就是他第一本自写自刻的诗集。

他的画、他的诗同样受后世推崇。而在当时，欣赏这两者的人不多。

是什么样的画，又是什么样的诗呢？

先说画。一幅以《古时》为题的铜版画，着了色，画的是混沌初开，一个裸体老人白发白须飞扬，伏在一个黄边红里的圆形物内，伸出左手，在用一个巨大的圆规测量下面的一片沉沉黑暗。这是他为自己的诗篇《欧罗巴：一个预言》（1794）所作的插图。这个老头显然是《圣经》里的上帝，《箴言》（《圣经·旧约》）里有段话：

> 耶和华还没有创造大地，田野，并世上的土质，我已生出。他立高天，我在那里。他在渊面的周围，画出圆圈，上使穹苍坚硬，下使渊源稳固，为沧海定出界限，使人不能越过他的命令，立定大地的根基。

这也是米开朗琪罗画过的创世的上帝，但是虽然布莱克也喜欢这位文艺复兴时期大师的作品，他自己的画却有很大不同：不仅构图和色彩都带一种梦般的神秘感，而且用意也不是写上帝的伟大，而是表达他的邪恶——因为他创造了一个黑暗世界，所以他只能是邪恶之神。或者说，他不是真正的上帝，而是布莱克自己神话系统里叫作尤力申的“天上的鬼”。

另一幅画可以做这幅的注脚。它画的是科学家牛顿，也是裸体，不过侧身坐在一块岩石上，左手也是拿着一个圆规，右手则按着一卷纸，也在测算什么。牛顿身上筋肉隆起，眼睛虽只见侧面，却显得锐利。这是布莱克画他所厌恶的人的形象，而圆规则象征测量和计算，代表着他所恨的理性主义。

布莱克把伏尔泰和卢梭这两位启蒙主义者看成嘲笑真理的人，他们宣扬的理性主义则是沙子，但迷不住别人，却被大自然的风吹回来盖住了他们自己的眼睛，而代表宗教的古以色列更显光彩。最后，他还把理性主义的根子抓住了，即古希腊原子论者德谟克利特和近代物理学家牛顿。

牛顿是罪魁祸首之一，所以布莱克才把他画成那个精明而无情的样子，而圆规在两幅画里起了同一作用，代表计算、智力、科学，最终就是邪恶。

在布莱克以前，既没有这样的画，也没有这样的诗，两者都异常深刻，其形象鲜明，又叫人一看难忘。

事实上，布莱克的诗同画是不可分的。诗往往是他自刻的画页中的一个构成部分，两者互为印证。把诗从画里抽出来读，等于是去掉了图像的美，只剩下苍白的文字了。

当然，布莱克的文字绝不是苍白的，上面这首小诗就是明证。他擅长用最简单的文字以最形象的方式说最深刻的道理。简单得像童言，但也富于乐感如儿歌，而形象则或明亮如金阳，或沉郁如黑夜，但都是来自大自然的所谓原始性根本性形象，如所引诗里的“沙子”“帐篷”，都是在《圣经》里常见的一类。这不是说布莱克没有创新；创新不仅有，而且接触大的根本问题，如良善与邪恶、天真与世故、肉体与灵魂、专制与革命等等。然而形象仍是原始性的一类，如“欲望的箭”“一床猩红的喜悦”“心灵铸成的镣铐”“魔鬼的磨房”“放高利贷的冷手”等等。

《天真之歌》有咏羔羊的诗，现在《经验之歌》里却专门写了老虎。这两者也是对立物：羔羊代表和平、良善、温顺，为上帝所爱抚；老虎呢？正相反，它代表野性、凶恶、暴力。正如布莱克能写良善，他也会写力量。这首诗里的形象，除了“群星投下了它们的投枪”是指统治势力的失败，其余都烘托一点，即老虎是如何“威武堂堂”，他是森林里的烈火，他的身躯和脑筋都是天神在熔炉中炼，又在铁砧上打的——诗的韵律也真如打铁的砧声，一下下有节奏地打着有力的拍子。这砧声是对伦敦夜街上禁令的回答，正如“威武堂堂”的老虎是对一切独占者和统治者的惩罚。总体来说，这首诗是一个身处风声鹤唳的伦敦的手工匠人对于英吉利海峡对岸的法国革命者所拥有的革命暴力的颂歌。

对于法国革命，布莱克不是一般地赞成，而是热烈地拥护。用行动，也用作品。除《老虎》之外，他还有一系列其他作品表达了向往革命的强烈感情。长诗《法国革命》(*The French Revolution*, 1791) 即是其一。此诗的首章——也是迄今所见的唯一一章——有长达十八音节一行的新格律，写出了法国国王与国民议会的尖锐对立，从巴士底大狱里的黑牢、卢浮宫里的御前会议，一直写到国民议会命令全军撤离巴黎，写得气势磅礴，十分戏剧化。尽管贵族们跃跃欲试，想用武力镇压议会，最后的胜利者却是议会：

> 微弱的炉火使得冰凉的卢浮宫略显生气；冻僵的血重流了。国王威严地站起；公侯们紧跟在后；他们眼见宫里的广场空无一人，巴黎不剩一卒，沉默着；人声已随军队远去，议会在平静地开会，清晨的阳光照着他们。

我们还可以看看一部写在 1790—1793 年间的散文作品《天堂与地狱的婚姻》（*The Marriage of Heaven and Hell*）。这里面是一些奇异的格言和小故事，充满了似乎矛盾的讽刺性反语，却包含了十分独特的精辟见解，如：

> 愤怒的老虎比善教诲的马更聪明。
>
> 弥尔顿写天使和上帝时，是戴着镣铐的；写魔鬼与地狱时，却自由了。原因在于：他是一个真正的诗人，属于魔鬼一党而不自知。
>
> 繁茂是美。
>
> 诅咒束缚；祝福放松。
>
> 狮吼，狼嚎，海啸，剑伤人：凡此皆永恒的组成部分，因其伟大而反无人见。

这些和其他写于法国革命初起时的 1790—1793 年间的作品都强调革命者的胜利，国王和“群星”般的贵人们的失败，而在精神上则是从一切方面谴责压制束缚，歌颂自由与人民的力量。不仅如此，布莱克还将革命暴力看作一种极大的精神力量，足以摧毁旧世界，改造人的灵魂，建立世上天国，即他常说的耶路撒冷。他是经常把革命同神魔之争联系起来看的，对革命的热望其实是他的宗教信仰的一部分——只不过在这方面他也是官方教会的叛逆者，而自有他独创的一套神话系统。

随着法国革命形势的起伏，布莱克的思想也有了变化，但没有同时期知识分子如华兹华斯等人的幻灭感，而只是看待事物更深入了。例如他早就认识到法国革命的思想前驱是伏尔泰、卢梭等人，曾在《法国革命》中几次提到过他们，但并无贬词，直到后来他看出这些人的理性主义也是一种精神枷锁，也是违反真正的上帝之道的，他才谴责他们，所以才有前面引过的“嘲笑吧，嘲笑吧”那样的诗。

他更倾向于辩证地看问题。他早就看出人生里充满矛盾，但又认识到矛盾不是坏事，“没有相反就没有进程”。

然而要看出这种联系，必须有想象力。想象力是英国浪漫主义诗人的中心信条，后来华兹华斯、柯勒律治、雪莱、济慈等人还要大加发挥，但是布莱克早就强调了想象力的世界是如何至高无上的：

> 这个想象力的世界是永恒的世界，是我们所有的人肉身死亡之后都要返归的神圣之怀。这个想象力的世界是无限的，永恒的，而繁殖的、生长的世界是有限的，暂时的。

在布莱克的后期作品里，想象力的运用似乎是达到了极致：在《四佐亚》（*The Four Zoos*，1794—1807）、《弥尔顿》（*Milton*，1804—1808）、《耶路撒冷》（*Jerusalem*，1804—1820）等诗里，他致力于构筑一个庞大的、复杂的神话世界，至今学者们还在细读那些长长的诗行，想从那充满神魔和动物的语言丛林中找出一个系统。但想象力不是一切，神话也不是一切，这些诗里还有许多人们熟悉的东西，仍然有羔羊与老虎，天使和魔鬼，纯真的孩子和白发飞扬的先知老人，仍然有成对的相反物：压制与反压制，过分的理性与繁茂的精力，人身上的兽性与神性，等等。

然而在他在世之日，这位卓越的诗人却被看成疯子或堕入魔道的怪人。一直要到19世纪末叶，随着叶芝等人编订他的诗集，他才受到注意；等到人们认真阅读他的作品，他们才惊奇地发现：他的诗美丽而深刻，他的语言朴素而清新，他的韵律音乐性强而又强劲有力，英国浪漫主义的革命热忱在他的身上表现得最充分，而在想象力的运用上他是诗人中的英雄；同时他的神秘性和独特的宗教信仰又增加了他的复杂性，吸引的同时又困惑着深思的学者，他对神奇景象的向往则使他被超现实主义者和处于社会边缘的诗派奉为精神祖先。20世纪后半叶对他的评价更高了，他被列为全部英国文学史上最伟大的六个诗人之一（其余五个是乔叟、斯宾塞、莎士比亚、弥尔顿、华兹华斯），而由于他的画在文艺复兴时期以后开启了不重形似而重精神力量的新路，他又被赞为“英国艺术方面最重要的人物之一”。把这两者合起来，我们才能看出布莱克在整个英国文化史上的地位。

（三）华兹华斯

威廉·华兹华斯（William Wordsworth，1770—1850）是“湖畔诗人”们的领袖人物。人们谈到他的诗，常用“崇高”等字眼形容，但他的文字却似乎极其普通，甚至平庸。他活到 80 岁，然而诗歌上的活跃时期不过青年阶段中十几年光景。他在英国诗史上被看作五六个或三四个最伟大的诗人之一，然而在世界文坛上却似乎影响不大，读者不多——虽说这些不多的读者却又爱之弥深。

与其把这些看成矛盾，不如看成特点。还有一个特点，即他似乎没有像别的作家那样经历过一个漫长的学徒时期。一本薄薄的《抒情歌谣集》（*Lyrical Ballads*）于 1798 年出版，这是他与友人柯勒律治的诗作合集，那时他还不过 28 岁。此前他虽已发表过几首诗，这本集子则标志着他第一次认真登上文坛，而这时他对自己一生中该写什么，怎样写法已经成竹在胸。

而且这位新来者毫不怯场，对于自己的所写完全自信。诗集的第一版上有一条广告就不客气地指摘前人的诗歌用语。到了第二版（1800）出来，他加了一篇长序，这是一篇浪漫主义新诗歌向古典主义旧诗歌的全面宣战书。

他在 1790 年、1791 年两次去到法国，目睹革命初起时的景象，非常兴奋，多年后回想那时心情，还写下了这样的诗行：

幸福啊，活在那个黎明之中，
年轻人更是如进天堂！

（《序曲》第 11 章）

1791 年他再去时住了下来，直到 1793 年 1 月，在这一年多时间里他同一位名叫安耐特·伐隆的法国姑娘恋爱、同居，不久女儿出生；同时法国革命进入了一个激化阶段，革命者内部派别之争日趋尖锐，华兹华斯的朋友们大多属于温和派，即吉伦特派。1793 年 1 月他告别了安耐特和女儿回到英国，一月后法国对英国宣战，他无法再去法国，只得怀着不安的心情在英国住了下来，开始了一个长达五年的苦思时期。起初他对法国革命的热情未减——1793 年他还在写给兰达夫主教的公开信里为革命辩护。但雅各宾专政却使他戒惧，吉伦特派被镇压更增加了他的幻灭感；他思索的中心变成人的本性，越来越相信只有恢复人的单纯和良善，才能革新社会。而回顾自己，由于在政治思想和私人生活里遭遇挫折，心灵有了创伤，能医治自己的只有大自然。

《丁登寺旁》一诗写在 1798 年。在此之前三年，他认识了柯勒律治，另一位对初期的法国革命怀有热望并对写诗有新想法的大学生。两人一谈即合，于是互相鼓励，彼此的诗作都进入丰收时期，《抒情歌谣集》就是在这样的情况下产生的。

对于华兹华斯来说，他所重视的“强烈感情”早已存在，而这苦思的五年是一种冷却时期，让他有了“在宁静中追忆”的机会。所以他这关于诗的有名定义实是经验之谈。

两人在《抒情歌谣集》里有个分工：柯勒律治专写“关于迷信的、至少是浪漫的人物”，其成品是《古水手谣》(*The Rime of rhe Ancient Mariner*)、《夜莺》(*The Nightingale*) 等诗；华兹华斯则致力于“赋予日常事物以新鲜的乐趣”，其成品包括叙事诗《刺树》(*The Thorn*)、《痴儿》(*The Idiot Boy*)、《西门·李》(*Simon Lee*) 等和抒情诗，如《丁登寺旁》(*Tintern Abbey*) 和《写于早春》(*Lines Written in Early Spring*)，1800 年再版时又加上了叙事诗《迈克尔》(*Michael*) 和有关露西的一组爱情诗。

我们可以先来看看《写于早春》：

我躺卧在树林之中，
听着融谐的千万声音，
闲适的情绪，愉快的思想，
却带来了忧心忡忡。

大自然把她的美好事物
通过我联系人的灵魂，
而我痛心万分，想起了
人怎样对待着人。
那边绿荫中的樱草花丛，
有长春花在把花圈编织，
我深信每朵花不论大小，
都能享受它呼吸的空气。

四周的鸟儿跳了又耍，
我不知道它们想些什么，
但它们每个细微的动作，
似乎都激起心头的欢乐。

萌芽的嫩枝张臂如扇，
捕捉那阵阵的清风，
使我没法不深切地感到，
它们也自有欢欣。
如果上天叫我这样相信，
如果这是大自然的用心，
难道我没有理由悲叹
人怎样对待着人？

这诗里有许多华兹华斯独特的东西：朴素清新的文字，对自然的细致观察，对花鸟的亲切感情，但又总同人联系起来——在这里就是人对人的残酷。也许，在写这首诗的时候，华兹华斯想到了正在法国遭受杀害的他的吉伦特派朋友们，也许还想到人虐待人所造成的广泛的人间不幸。诗句背后是有深切的感慨的。

值得注意的是，大自然在这里不是背景，而是一种使人良善和纯净的精神力量，美好事物也不只是好看，而是通过诗人“联系人的灵魂”的，因而诗人更感到“痛心万分”，因为人是如此冥顽不灵，不能吸取大自然的教益。这个意思在集子里另一首诗里写得更清楚，诗人直接点出了大自然施于人的恩泽：

绿色树林里的一个灵感，
会教给你更多道理，
关于人，关于人的恶和善，
超过所有圣人能说的。

大自然带来的学问何等甜美！
我们的理智只会干涉，
歪曲了事物的美丽形态，
解剖成了凶杀。
够了！再不需科学和艺术，
把它们那贫乏的书页封住！
走出来吧，只须带一颗赤心，
让它观看，让它吸取。

（《反其道》）

这就更进一步提出人的理智、学问的危害了，其精神同布莱克反对理性主义是一致的，不过不借助神话和宗教，而是出自诗人特有的自然观罢了。

诗人也知道仅仅通过说理是不行的（虽说以说理为主的《反其道》并不干巴巴，而是颇有诗意的，例如韵律和形象的运用——“歪曲了事物的美丽形态，解剖成了凶杀”就是至今都有人吟咏的名句），所以他又拿自己作例，写出了大自然能在人身上起到什么作用。这就是《抒情歌谣集》最后一首诗《丁登寺旁》的主旨。它是真正的压卷之作，无论在内容和诗意上都是英国浪漫主义诗歌里最重要的作品之一。

诗一开始就是一段重见丁登寺废墟附近怀河两岸景色的感叹：

五年过去了，五个夏天，加上
长长的五个冬天！我终于又听见这水声，这从高山滚流而下的泉水，
带着柔和的内河的潺潺。

亲切而真挚的声音，无韵白体诗的格律给了它自然的乐音，写的又是“美好的形体”，一点不枯燥。

在这种领悟之下，华兹华斯的笔下好诗不断涌现。至今人们都在吟咏着他的一些抒情短诗，如《我好似一朵孤独的流云》(*I wandered lonely as a cloud*)、《每当我看见天上的虹》(*My heart leaps up*)、《给布谷鸟》(*To the Cuckoo*)、《孤独的割麦女》(*The Solitary Reaper*)，以及与一位名叫露西的姑娘有关的一组情诗等。这些诗仍然在抒情之中表达华兹华斯的自然观，但是有更多灵秀之气，更多声韵之美。

还有一类短诗是华兹华斯写得出色的，即十四行诗。

十四行诗在16、17世纪曾经盛行于英国，但在整个18世纪几乎绝迹于诗坛。由于华兹华斯重新利用了这一诗体，雪莱和济慈又继起发掘它的潜力，十四行诗在19世纪初有了一个中兴局面。

1802年正是英国忙于对法作战并且加紧镇压国内民主活动的时候，华兹华斯却写它是“死水一潭”，朝野上下尽是“贪婪”之徒，使他特别怀念弥尔顿，迫切地希望他能来挽救英国社会，“给我们良风，美德，力量，自由！”他也写了弥尔顿的宗教虔诚，但更颂扬后者独立的灵魂，“纯洁如天空，奔放，崇高”——总之是一个雄伟有力的弥尔顿，一个斗士而不仅仅是一个文人。华兹华斯的十四行诗也像弥尔顿的一样，一反过去伊丽莎白王朝盛行的香艳之作，而是黄钟大吕之音。

同样，当1797年威尼斯共和国为拿破仑征服，接着拿破仑又征服了瑞士，华兹华斯都写了十四行诗，慨叹它们失去了自由。当然，这种自由已不是法国革命所标揭的个人自由，而是民族的自由和国家的独立。

在他从法国回来十年之后他还不是一个一味寄情山水的隐士，他还在关心时局，关心民族的命运。因此无论在思想上还是在诗意上，他都是弥尔顿的真正的继承者。

当然，他又是伟大的创新者。他的自然观就是创新，他的诗歌理论也

是创新。他的许多作品都是创新的卓越成果。除了上面已经讨论过的，还有三类诗是华兹华斯的特殊贡献。

一类是中等长度的哲理诗。所谓哲理，仍是华兹华斯的自然观，但是比《反其道》之类的短诗要表达得更有来龙去脉，也就是更完整，比《丁登寺旁》则又少点自传色彩。这类诗最成功的也许是《不朽的兆象》（*Ode*：*Intimations of Immortality*，1802—1804）。在这里，说理并不空洞，一切出之于形象化的诗的语言，而纯净又达到一个新境界。

第二类是较长的叙事诗，如《毁了的村舍》和《迈克尔》。这类诗在18世纪后半叶就已有过，著名的如哥尔德斯密斯的《荒村》和克雷布（George Crabbe，1754—1832）的《村庄》。如果说《荒村》有一定的美化趋势，那么《村庄》则用写实的笔触写出了赤贫的土地和赤贫的人。华兹华斯所作同它们又有什么差别？

可以先从格律说起。《荒村》与《村庄》都用了18世纪流行的双韵体，而华兹华斯所作则用了无韵白体诗。这点格律上的不同也许不必看得过分重要，但白体诗毕竟比双韵体更自然，更近一般口语，写简朴的农村生活也就更为合适。而在华兹华斯手里，白体诗更是写得平淡朴素，有时达到平庸无味的程度。这也正是当时以及后来的人们——包括青年一代的浪漫主义者——揶揄他的一点。但在他写得顺手的时候，他却能做到在平淡中见激情。乍一看，上述两首诗叙述的方式似乎简单，故事本身也无惊人之笔。《毁了的村舍》（*The Ruined Cottage*，1797—1799）讲的是一个乡下女子苦等她从军去了的丈夫而终未等着，郁郁死去了；而原是勤快的庄稼汉的丈夫之所以从军，是为一连两个荒年所逼。故事是由两个旅行人在这家人的村舍前相遇，彼此交谈中吐露出来的；他们曾见过这村舍过去是如何整洁、安静，女主人又是怎样热情地对待过路人，如今却屋毁人亡，情景全非。旅行人是深有感触的，但毕竟是谈别人的事，语气是平静的，而最后把村舍中人的遭遇归结为一个梦，两人又继续上路，去寻找投宿的地方。这样一个平凡的故事，又用这样平淡的语气说出，却使我们读了久久不能放下，原因又在哪里？作者对于这类良善的乡下人的深切的同情是其一，但作者又不亲自出面，而让两位也是乡下人的旅行者做了他的代言人，他们没有一套城里的人的谈吐，也不从知识分子的角度看事物，因而所说的话更朴实可信。另一方面，乡下人对人生的哀乐反应更直接，更深切，所以叙述尽管平淡，下面却有真正的激情。凡此都需要一种恰当的诗歌语言才能表达出来：任何花哨、夸张的写法都只会造成不真实的印象，所以华兹华斯的朴素和平淡在这里恰是他的主题所需要的，起了别的语言所不能起的艺术作用。

《迈克尔》（1800）也写乡下人，写法也朴素，但是叙述的角度却有了变化。诗人直接登场，讲的是一个他儿时所闻的故事。他从山谷里一堆石头谈起。原来这堆石头是一个老羊倌同他的孩子堆在那里，预备用来砌一个羊圈的。羊倌名迈克尔，深爱他的羊群，懂得山的奥秘和风的脾气，自食其力，又有勤劳的妻子相助，日子过得平淡却让他感到满足。他在 70 岁时得子，当然喜欢得很，但不放松对他的教育，从小带他上山，学会放羊，干活儿，在共同劳动中父子变成了亲密的友伴。等到孩子长到 18 岁，忽然灾难来临。迈克尔为了替一个侄子还债，花掉一半积蓄，为了不失去祖传的一点土地，不得不让独生子去城里跟亲戚干活儿。临别之前，他把孩子叫到山谷那堆石头旁边，叫他给羊圈立好一块基石，嘱咐他以后不论碰到什么困难，要回想这时的情景，知道有一个老父亲永在爱他。孩子走了，起初家信很勤，写的都是好事，但不久他就在城里堕落了，终于逃往海外，再无音讯。

又是一个平常的故事。这样的悲剧曾发生在广大乡间无数人家。城市代表罪恶，也早有人写过，所不同的，在于迈克尔没有被写成一个可怜的弱者。他在七八十岁的老年，依然身强力壮。他的力量来自大自然，性格中有大自然的纯净和高贵——这是华兹华斯独到的一笔，也正是他的哲学思想的体现。那圈石头是实物，又是象征：坚硬、耐久、经得起时间的冲蚀，它那自然的本色又是真正朴素的美。羊圈之终未完成，就像父子情谊之终于中断，是近代文明造成的必然悲剧。然而老人并未被压倒，因为他有最深切的爱。

一个写得具体的平常故事，然而因为接触到受大自然养育的人的最根本的情感，所用的语言又是纯净且有力的，因此这首叙事诗就有了过去同类之作所无的思想深度和感染力。

以上把华兹华斯在创作丰收时期的各类作品大致论述了一下。总的来说，他的长处是能用素净的语言表达深刻的思想，短诗清新，十四行诗雄奇，长诗于平淡中见激情。他并未忘却对法国革命的热情，只是在拿破仑的威胁之下，让英国式的民族主义复苏了，但仍然歌颂别的民族为自由而进行的斗争，而对乡下普通人的深切同情更是保持始终。至于他把人的向善的希望都寄托于大自然，则既是他的力量所在，又使他逐渐变得浮泛、空洞，以致他后期的大量诗作简直不堪卒读了。可能这一点也正是他在世界文坛上影响不大的原因之一。

然而当他处于创作高峰的时候，他确是英国浪漫主义诗歌的骄傲，也是全部英国诗史的光荣，只是这个时期不长，大约从 1797 年起到 1807 年止，不过十年光景。以后七八年还有一些集子问世，如 1815 年的全集，但此后就进入一个漫长的衰落时期。

然而就在他的诗才衰落之前，他还完成了一部规模巨大的作品，即《序曲》。这就是我们说的三类诗里的最后一类。

《序曲》最初有一个短稿，分两部分，于 1799 年写成。后来诗人将它扩大，于 1805 年完成，共 13 章，但未发表。在以后的 35 年中，他不断修改此稿，但改的主要是文字细节，总的骨架未动，此稿于 1850 年华兹华斯死后三个月出版，内分 14 章。

《序曲》有一个副标题——一个诗人的心灵的成长。它在英国开创长篇自传诗的新形式。它的内容丰富，从诗人的童年、青年、上大学一直写到参加法国革命以后的岁月，有具体记述，也有说明自己思想变化的哲理篇章。这两点就使它在文学史上有重要价值，但它的意义不只这些，因为华兹华斯在这里写下了一部分他最好的诗。

> 一切排斥性的规定永远废止，浮华的典礼、淫佚的制度、残酷的权力，不论谁建立的，独夫或是寡头，一律取消，而最后，最高最重要的一点是：让人民用他们强有力的手创制自己的法律，全人类的美好日子将从此开始。

那些只知道他是一个寄情山水的闲适诗人的人，读读这些诗会惊讶于他对于人民革命的理解之深和期望之高，而他对于实际政治的观察的具体则又超出一般的乌托邦思想；那小女子街头牵牛求食的一景更是深印我们的心上，使我们知道华兹华斯的革命观是真正的信念，是有对人民的苦难的深刻的感受做基础的。能用诗句明确而又形象地表达这一切，使我们在将近百年后读了还激动，这就是华兹华斯的胜利。

当然，华兹华斯在《序曲》里要表达的不只这一主题，他更致力于写他的“心灵成长”过程，也就是他在思想上的变化，从对革命的热望到对它感到幻灭，又从思想上的深刻危机到逐渐能够解脱，以至于能在大自然中疗治创伤，恢复了想象力和纯正的趣味，这才醒悟到人生中有宝贵的“时间之点”：

> 《序曲》的成功还在乎它包含了自传和哲理；两者的并存使它从几种不同乐曲的交替、对比与融合中取得一种交响乐式的丰富。以感染力而论，多数读者可能会觉得这些哲理段落不及写诗人在巴黎人群中见闻感触的章节动人，实则这类哲理段落也有激情，而且是一种更难表达的激情。写至高的善不易，写纯粹的精神世界也难，华兹华斯常有写得不成功的时候，而且越到后期越差，因为毕竟这种精神世界是个人内省的，虚幻的，但是《序曲》却使我们看到：当一个诗人真有深刻的思考而且善于表达这种思考的时候，他可以达到前人未曾攀越过的诗歌高峰。

（四）柯勒律治

塞缪尔·泰勒·柯勒律治（Samuel Taylor Coleridge，1772—1834）的重要诗篇都写于1797—1798年一年之内。此前有些作品，此后也偶有佳作，但对于一般读者来说，他只是三首诗的作者，这三首是《古水手谣》《忽必烈汗》和《克利斯特贝尔》。

然而这三首却代表了英国浪漫主义的一个重要方面，即“超自然”、神秘主义的一面。三诗本身也都写得瑰奇，不同凡响，似乎好懂而又难解，至今都有一种特殊的吸引力。加上柯勒律治在文学理论上的重大建树，这就使得他在英国诗史上占有突出重要地位。

《古水手谣》（*The Rime of the Ancient Mariner*）是柯勒律治留下的唯一完整的长诗。称为“谣”，是因为它采取了古民谣的格律，用词古朴，也有一个故事。三个青年应约参加婚礼，其中一位在途中被一个老水手拉住，要他听自己的航海经历。青年并不愿意，但被老水手的炯炯目光镇住了：

婚礼客坐在石头上，
没有办法，只好倾听。
于是老水手继续讲述，
闪动着目光炯炯。

老人讲他的船一开始航行顺利，向南行进，直到赤道。但此后遭遇风暴，又碰到浓雾飞雪，天气突冷：

这里是冰，那里是冰，
到处是冰墙重重。
崩裂、咆哮、吼鸣、嚎啸，
真个是震耳欲聋。
接着有一只信天翁穿雪破雾飞来，
受到水手们的欢迎，
而船只也平安了：
霹雳一声，冰山便爆裂开来，
我们便从中间航行。

于是船只掉头向北返航，信天翁每天出现，跟船飞翔。似乎一切顺利了，可是又发生了可怕的事。婚礼客看见老水手说到这里，脸色突变：

上帝拯救你，老水手，
你让魔鬼折磨得苦痛！
看你脸色，你怎么啦？——

我用弩弓射死了信天翁。

这是第一节之末，也是故事的一个转折点。老水手突然射死信天翁，是在一种不可解的冲动之下干的，而信天翁原是吉鸟，现在无辜被杀，大自然替它执行了惩罚，停了风，船只陷入完全的死寂之中，不能动弹了：

和风停止，篷帆落下，
情景极度悲凄。
我们开口说话只是为了
打破海洋的沉寂。
在灼热的，铜色的天空之中，
正午的骄阳血红可怕，
它就停在桅杆顶的上方，
并不比月亮更大。
日复一日，天复一天，
我们困住，风不吹，船也不动，
死呆呆，好像是纸画的船儿，
停留在纸画的海中。
海水，海水，四面是海水，
而船板都在干缩；
海水，海水，四面是海水，
却没有一滴可喝。

水手们极度干渴，他们以为这一切都是老人杀死信天翁所带来的，痛恨之下，也惩罚了他：

我看到了老老少少的面孔，
哎呀，脸色多么凶！
他们挂上我脖颈的，不是十字架，
而是那死的信天翁。

至此第二节告终。

我们也可以略作停留，对此诗作些初步分析。我们看到：第一，这是一个有深刻内容的故事，不仅感情强烈，而且有道德和宗教内容，例如罪与罚的问题。第二，作者的艺术手段适合这个内容，民谣的格律简洁而有力，有的段落有一种咒语式的节奏；语言朴实到近乎童语程度；所用色彩形容词都是鲜明的本色，互相之间对照强烈（例如上面引过的“灼热的铜色天空”“正午的骄阳血红可怕”），这一切都是最基本的，原始性的手段，用以写一个赤诚而又难测的世界，而把文明社会（以钟鼓齐鸣的婚礼为代表）排斥在外。

这些特点在后面几节中还要重现，而故事情节则继续变化。

在极度干渴之中，老水手看见一条船的残骸驶来，上有两个女人，一个是“死亡”，另一个是“死中生”，两人在掷骰子赌输赢，结果“死中生”赢了，她要下了老水手，于是别的水手都死了，唯他独活——但是活也是一种痛苦：

孤独啊，孤独啊，真正的孤独，
大海上孤单单一人！
没有一个圣者施予怜悯，
怜悯我痛苦的灵魂。
那许多人，非常美好的人，
他们都躺倒死去。
而千千万万可憎的东西，
都活下来，包括我自己。
特别可怕的，是死者谴责他的眼光：
孤儿的谴责可以把人
从天堂拉下地狱。
但是，咳，更为可怕的是死者眼里的怨气。
我面对谴责，七天七夜，
自己恨不得死去。

这就开始了赎罪的过程。而因为是真诚的赎罪，事情又有了转机。有生命的活东西出现了，奇幻的色彩也重现了：

在大船遮蔽的阴影以外，
我注视着游动的水蛇，它们拖着白花花的踪迹，
顽皮地从海面闪闪竖起，抖落雪白的水花。
在大船遮蔽的阴影以内，
我注视他们华丽的服装：鲜蓝、紫黑和光泽的绿，
它们盘旋、游移，每一个踪迹，都闪耀着金黄的火花。
啊，快乐的生物，它们的美，难以用言语敷陈。
我心里涌起爱的源泉。
不禁祝福它们；
当然是保护神对我怜悯，
使我祝福它们。
就在我准备祈祷的时刻，信天翁跌落下来。
它从我颈上落下，重似铅块，
径直地跌进大海。

这就是说：因为老水手有了爱心，能为美丽而快乐的生物祝福，他的厄运也开始解除了。

于是在后面几节，出现奇观。老水手终于长长睡了一觉，醒来时发现露水和雨水都降临了，不再干渴了，死去的同伴们忽然能站起来操作，船儿又顺利前进。但是，下面还有一段曲折。船儿又猛然跳动，老水手再度跌倒，昏沉中听见有两人在空中说话，在辩论是否还要延长他赎罪的苦行。老水手醒来，再度看见同伴们的尸体站在甲板上，瞪着呆死的眼睛看他。幸而时间不长，赎罪的过程终于完结。船儿进入港湾后忽然沉没，老水手浮在水上，但已有小艇接近，把他救起。生命是保全了，但是老水手却解不脱心头的痛苦：

从那以后，说不定什么时候，
痛苦就回到心头。
我心中像燃烧一样痛苦，

直到故事讲完方休。
我像夜晚一样穿行四方，
我的口才极有力量。
我一见到这个人的面孔，
就知道他一定会听我的故事，
就把故事对他讲谈。

这就是为什么他一定要拉住婚礼客听他讲自己海上经历的原因。这也是一种继续赎罪的方式。他最后说：

别了，别了，参加婚礼的客人，
但有句话我要告诉你：
只有爱人、爱鸟、爱兽的人
祈祷才有效力。
热爱一切大小生命，
祈祷才有效力，
因为热爱我们的亲爱的上帝，
他创造并热爱一切。

到了这个时候，听他说故事的婚礼客也起了变化，原来那样热切地要去参加婚礼，现在却“撇下婚礼走开”了：

他走了，像受到严重的打击，
呆滞迟钝，感觉不灵，
明早起床时他会变得
更严肃、也更聪明。

这就是第七节，也就是全诗的结束。

通观全诗，有一精心构筑的骨架，首尾相接，语言一贯地纯朴而又美丽，而主题则挖掘深刻：罪行非理智所能解释，罚也不只是法律上的惩处，最痛苦的是良心上的责备，能解决一切的则是爱。这是诗人通过情节形象地逐步表达的，我们读者也是原来想赶路而终于留下听讲的婚礼客，在读完全诗之后也变得“更严肃、也更聪明”了。

最理想的完美诗人能使人的全部灵魂活跃起来，使各种才能互相制约，然而又发挥其各自的价值与作用。他到处散发一种和谐一致的情调和精神，促使各物混合并进而融化为一，所依靠的则是一种善于综合的神奇力量，这就是我们专门称为想象的力量。这力量是由意志和理解力所发动的，而且始终在它们的不懈的但又是温和的、难于觉察的控制之下（即所谓“驶而不紧”）；它能使相反的、不协调的品质平衡与和谐起来，例如同与异，普通与具体，想象与形象，个别的与有代表性的，新奇、新鲜感与旧的熟悉的事物，不寻常的情绪与不寻常的秩序，又例如清醒的判断力和始终如一的冷静的一方面，与热忱和激荡的深情的另一方面。但是它虽调和自然与人工，却仍置自然于人工之上，内容于形式之上，对诗本身的感应于对诗人的赞赏之上。

最后，诗的天才以良知为躯体，幻想为外衣，运动为生命，想象力为灵魂——而这个灵魂到处可见，深入事物，并写一切合为优美而机智的整体。

柯勒律治认为他的诗友华兹华斯也具有这样的想象力，那么他自己呢？《沮丧之歌》里已经说了：他原来也是有的，但是后来失落了。因为有，所以他才能写出那样奇幻而又动人的三首诗；因为有过，他也就觉得曾经沧海难为水，不能满足于任何差一点的作品，所以就少写以至于干脆不写了。于是他变成一个评论者、演讲家，以富于哲学思考和独到见解闻名。年轻的济慈曾以同他散过步和听他谈过话为荣而写信告诉弟弟，这是他的另一种文学生涯，另一种光荣，然而作为诗人的柯勒律治却隐退了。这一急剧的变化也是富于浪漫主义色彩的，但却不是悲剧性的，因为他毕竟留下了量少而质精的优秀作品，而在提出想象力理论这一点上他前抗古典主义，后引现代主义，而他当时则成为几乎全部浪漫主义诗人——从布莱克到济慈——的代言人。

（五）拜伦

华兹华斯和柯勒律治的诗才暗淡之后，不过十年，文坛上就崛起了新一代的诗人，继续推进浪漫主义诗歌。

这一代中有三个各有特长的大诗人：拜伦、雪莱、济慈。

如果用一句话来介绍他们，也许可以说：拜伦的影响最广，雪莱的探索最深，济慈在增进敏感上用力最勤。

三人也都是在法国革命思想的影响下写诗的，都是民主派，都遭受社会的迫害，都在青年死去。

乔治·戈登·拜伦（George Gordon Byron，1788—1824）是没落贵族，入上议院之初就发言为破坏机器的工人们辩护，后来参加意大利、希腊的民族解放斗争，写的诗也多以反抗暴政为内容，最后病死在希腊起义军中。出现于文坛之初，他曾以有文才的青年贵族身份成为伦敦贵妇人客厅中的上客，但不久就因与妻子离婚而受到非议，蜚言流传，于是他愤而出国，以后的岁月就在意大利度过。但是英国上层社会仍然不放过他，攻击之声不断。同时，他的诗作和言行激起了整个欧洲青年志士的崇拜和仿效。

起初，他写的是两类诗，即纪游诗和东方故事诗。

纪游诗集中于《恰尔德·哈罗尔德游记》（*Childe Harold's Pilgrimage*；一、二章，1812 年；三、四章，1816、1818 年）。所游的国家先是西班牙、葡萄牙、阿尔巴尼亚、希腊等国，然后回到比利时、法国、瑞士、意大利，都是当时一些英国人向往的地方，他笔下的东欧各地尤其富于魅力；而漫游各地的主人公哈罗尔德又是一个像拜伦自己那样的青年贵族，潇洒、敏感，然而忧郁，像是有不可告人的悲哀身世，加上谈吐不凡，诗句也铿锵可诵，更增此书的吸引力，于是盛销于世，作者自称："我一夜醒来，发现自己成了名人。"

拜伦并未就此陶醉，而是不断改进诗艺，加上涉世更深，所感更多，于是在后续的三、四两章里，写出了更成熟的诗。前两章的成功在于写异国风光，后两章则以写地方与历史的结合见长。

在叙事诗方面他也成就巨大，不仅增加了他的诗名，而且使得原来也以叙事诗见长的司各特自叹不如，转而去写历史小说。实际上，两人的叙事诗在题材上有很大不同：司各特擅长写苏格兰家族之间的斗争，其吸引力主要是他的中古主义气氛；拜伦则写东欧地中海沿岸各国的海盗、异教徒、叛逆者，一些对人间心怀不满、敢于同命运抗衡的硬汉，也就是所谓的“拜伦式”英雄。加上这些故事中有激烈的打斗场面和爱情的穿插，对于年轻读者至今都有感染力。人们提到英国浪漫主义，往往首先想起的是拜伦的这类作品。

离开英国之后，拜伦又在意大利写了一系列诗剧，其中《马林诺·法里埃罗》（*Marino Faliero*，1821）和《福斯卡里父子》（*The Two Foscari*，1821）探讨意大利城邦共和政体的建立和权力实际掌握在谁手里的问题，冲突不仅戏剧化，而且有深刻意义，显示了拜伦对于民主政治的见解——他反对元老院的寡头政治，认为即使在一个共和国中，人民仍须为自由而斗争。另有《该隐》（1821）一剧，该剧则是反对宗教的，利用了《圣经》中该隐杀弟的故事，但剧中的该隐不仅不感到有罪，反而嘲笑上帝，认为人既有了理智，就应理智到底，为了扩大知识，应去了解死亡。这当中有启蒙思想的彻底的理性主义精神，剧本发表之后立即遭到英国教会人士的猛烈攻击。

这些剧本表明了拜伦在思索着一些重大问题。他在艺术上也利用了自己之长写出了不少有戏剧性的场面和富于雄辩力的台词。拜伦是有心复兴英国诗剧的，但是诗剧却并未在他手里复兴。因为拜伦创造的人物还不够丰满，思想感情单一化，戏和剧也不是密切结合的。拜伦自称他师法古希腊悲剧而不走16、17世纪“那些疯狂的老剧作家”“那些浮夸的江湖贩子”的路，但是浪漫主义时期正值人们重新兴起对莎士比亚等人的诗剧的巨大兴趣之时，相形之下，拜伦的剧作就显得但有言词而缺乏真实人生了。当时的批评家哈兹里特甚至说：老剧作家的“任何一行诗就抵得过拜伦一个剧本的全部说教性和描写性的铺陈”，因为拜伦“写不出处于强烈激动状态的人物的所见所感”（《伦敦》杂志1821年5月号）。

在另一种文学形式里，拜伦却得到了没有争议的成功，即篇幅较长的讽刺诗。这当中有讽刺威尼斯社会风尚的《别波》（*Beppo*，1818），有政治讽刺诗《审判的幻景》（*The Vision of Judgement*，1822），最后还有“讽刺史诗”《唐璜》（*Don Juan*，1819—1824）。

以前写《恰尔德·哈罗尔德游记》等诗，拜伦用的是斯宾塞的九行体。现在写这些讽刺诗，他找到了一种更适合讽刺性题材的新诗体，即意大利八行体（Ottva rima），这一诗体不像斯宾塞九行体那样铿锵高雅，却能混合雅俗，容纳口语入诗，造成俏皮、滑稽的效果，正是讽刺性题材所需要的。同时口语体又是拜伦所长，两者结合，拜伦的诗歌天才得到了新的发展。

几位重要的英国浪漫主义诗人有共同的趋势，但又各有本身特点。拜伦的特点不同一般。一方面，在异域情调和号召民族解放等方面他最有浪漫主义精神；另一方面，在诗艺上他又是同浪漫主义唱对台戏的，如他追随被华兹华斯等人批判过的18世纪诗人，特别是蒲柏。他以口语入诗，但这种口语不同于华兹华斯所提倡的普通人的自然语言，而是有文化教养的上层人士的闲谈语言，在这点上拜伦实际上是开创了以后维多利亚王朝诗人勃朗宁要走的路，而勃朗宁的语言又影响了更后的英美现代派诗人。在英国诗史上，口语体诗构成一个传统，拜伦是其中承先启后的关键的人物。

从所产生的影响来说，拜伦又明显地超过其他浪漫诗人。这影响既是文学的，更是政治的。拜伦的作品在全欧洲广泛流行，不仅在许多国家出现了仿作，而且许多青年在拜伦诗作和为人的激励下变成了果敢的革命者，诚如鲁迅所说：

> 其力如巨涛，直薄旧社会之柱石。余波流行，入俄则起国民诗人普式庚，至波兰则作报复诗人密克威支，入匈牙利则觉爱国诗人裴多飞；其他宗徒，不胜具道。
>
> （《摩罗诗力说》）

我们还可以加上一句：就在我们中国，单是《哀希腊》一歌就激起了巨大的波澜。

拜伦的流行，还因为他的诗不论写什么，都是普通读者——包括外国读者——所能看懂、所能欣赏的。上面提到过《唐璜》的可读性。其实何止《唐璜》！《恰尔德·哈罗尔德游记》，一系列的东方故事、剧本、长篇讽刺诗等无不如此。论可读性，英国古往今来的诗人没有几个能同他比。而同时，他又有足够的诗艺和复杂性使得一些高雅的人们也感到他的特殊魅力。20 世纪现代派诗人中，奥顿就赞他为“潇洒风格的大师”（《致拜伦勋爵书》），而且奥顿还模仿这种风格写出了十分“潇洒”的数首十四行诗。

拜伦身上，也有许多矛盾。如他的诗接近人民，他的性格却又高傲；他的诗歌语言口语化，但同时又有修辞术所产生的堂皇和抽象化。他写得随便，有时就因随便而草率。他有一种别的诗人罕有的英雄气质，但他不是一个深刻的思想家。这些都说明他是有缺点的；也说明他虽已成就巨大，但还在发展。然而他没有时间了，1824 年就在 36 岁的盛年因热病死于希腊起义军中。

（六）雪莱

我们在前面说过，在浪漫诗人之中，雪莱（Percy Bysshe Shelley，1792—1822）的探索最深。现在我们来看看深在哪里？

首先，他对社会上人压迫人的现象深有所感，常作不平之鸣：

嚎啕大哭的粗鲁的风，
悲痛得失去了声音；
横扫阴云的狂野的风，
彻夜把丧钟打个不停；
暴风雨空把泪水流，
树林枯枝摇个不休，
洞深，海冷，处处愁——
号哭吧，来为天下鸣不平！

（《哀歌》）

这是把大自然的风声雨声都当作人间的不平之鸣了！

他是一个所谓的“多情种子”，但是爱情也加深了他的人世苦难感：

离别时我听她的声音发颤，

却不知她的话来自碎了的心。
我径自走了，
未曾留意她当时的叮咛。
苦难呵，苦难，
这广阔的世界里，处处碰到你！

《悼芳妮·戈德温》

这是把一个小女子的不幸身世同全社会的苦难联系起来了。

这两首都是绝好的抒情之作，写法上的特点是都有最后一行的画龙点睛之笔，像是前面的细节都在积累一种力量，到最后才猛然一击，而所击是金石，又引起了不绝余音。试问有谁能读了这最后两行而不深思？

为什么他对不平事如此敏感？他是富家子，但无论在家庭和学校都遭遇过压迫，于是很早就立下誓言：

我定要变得聪明，
公正，自由，温和，只要我能过问，
因为我不愿再看
自私者和有力者仍然横行
而无人制止。

（《伊斯兰的叛乱》，献词）

从此，他“擦干眼泪，沉静下来，变得和善而又勇敢”，勇敢到在1812年他20岁时同两位姑娘跑到都柏林，在街上向路人散发他自撰又自费印刷的《告爱尔兰人民书》，号召受压迫的当地人民起来同英格兰殖民者斗争。

这样的一个青年又生在处处都见不平的19世纪初年的英国，其情感之愤激也就可想而知；然而他不只喊叫几声，而且还要问一问社会有这样多的不平的原因。为此他读当时进步思想家戈德温的《政治正义论》。戈德温影响了当时一大批人，包括青年时代的华兹华斯和柯勒律治，但是接受他的主张最多最彻底的却是雪莱。雪莱的第一首长诗《麦布女王》（*Queen Mab*，1813）就是明证。不仅诗的主题——反暴政、反宗教、追求自由、追求真纯的爱——正是戈德温的主张，就连诗后注解里大段大段地引用戈德温的文章也说明这一点。例如在注解诗里“雇用的暴徒”一语，雪莱就引了戈德温的名言：“在各类的人当中，兵士是最完全的机器。”

他从个别不平事追索到社会制度，而且不只于感叹“这个坏制度”。感叹，甚至诅咒，是别的诗人也做的，雪莱却进一步触到了这制度的中心人物：

> 国王，僧侣，政客，摧毁了人的花朵，甚至嫩苞也不留。

（七）济慈

现在轮到我们来讨论济慈了。

济慈（John Keats，1795—1821）比雪莱死得更早，整个写诗的时期不过六年（1814—1820），但在这短短的时间内诗艺的进展是惊人的迅速，最后虽被肺病夺去年轻的生命，却已留下了足以使他不朽的卓越作品。

他是在困难条件下从事诗作的。一个经营马厩人的儿子，15岁做了外科医生的学徒，20岁通过药剂师考试，在最敏感的少年时期就同手术室、病人、伤口、药膏之类接触，长年住在肮脏的伦敦闹市区，因此也就特别喜爱难得一见的大自然，喜爱艺术、文学、诗，向往心智上的新天地。别人能上大学学希腊文，他只能通过译本来读荷马。读了之后，他按捺不住心头的狂喜，写下了这样一首十四行诗：

初读查普曼译荷马史诗一

我游历了很多金色的国度，
看过不少好的城邦和王国，
还有多少西方的海岛，歌者
都已使它们向阿波罗臣服。
我常听到有一境域，广阔无垠，
智慧的荷马在那里称王，
我从未领略它的纯净、安详，
直到我听见查普曼的声音

无畏而高昂。于是，我的情感
有如星象家发现了新的星座，
或者像考蒂兹，以鹰隼的眼
凝视着太平洋，而他的同伙
在惊讶的揣测中彼此观看，
尽站在达利安高峰上，沉默。

诗不仅写得清新，而且对希腊恢宏气概的体会超过了许多希腊研究者，而当时作者还未到21岁。他终于走出了医院，不再终日同脓血、纱布打交道了，却要照顾弟妹，看护一个得了肺病的弟弟，不久自己也染上了肺病，这在当时是不治之症。他的创作生涯也不顺利，好不容易出版了两本诗集，却因长诗《恩狄米昂》（*Endymion*，1818）有缺点而遭到了几家有影响的主要期刊的尖刻攻击。还有其他不顺心的事，例如恋人范妮·布朗迟迟不愿同他结婚。

然而他并未从此躺倒。当时以及后来，都有人——包括拜伦，一说是凶恶的评论家杀死了青年诗人。事实不是这样。济慈对于恶意的评论是感到痛苦的，但他对自己更为严厉，如他写信给朋友所说：

赞美或责备时于一个爱好抽象的美而对自己作品采取严厉批评态度的人只有短暂的影响。我自己内心的批评给我的痛苦，根本不是《勃腊克武特》或《季刊》所能比的。……这次我是没有用判断力而独立地写了，以后我将用判断力去独立地写。……在《恩狄米昂》里，我一头扎进海里，因为知道了海水深浅，何处有流沙，何处有岩石，而如果我呆在绿色的岸上，抽一锅可笑的烟斗，喝茶，听取明智的意见，那我就什么也不会懂了。我从来不怕失败，我宁可失败，也要进入最伟大的人的行列。

他把失败作为一种激励，更加努力钻研诗艺，增进敏感，在后来的三年里写出一万多行诗，遍涉各体，中间诗风经过几次重大变化，最后笔下佳作迭出，特别在1819年七个月里，六大颂歌一气呵成，终于“进入最伟大的人的行列”。

（八）其他诗人

上面叙述的是这个时期的主要诗人的情况，从中看得出英国浪漫主义诗歌的主流。

主流之外，还有别的诗人，而且人数不少，其中有一些在当时颇有声誉，曾经使得我们的几位主要浪漫诗人也表钦佩。

例如彭斯的周围就有一群苏格兰诗人，其中一位拉布雷克（J. Lapraik）曾使他发誓“哪怕当掉犁头和鞍子，哪怕去外乡流浪死，尸骨不收野鸟食，也愿出钱买杯酒，只要能听你谈诗”。能够激起彭斯如此热情的诗人绝非凡辈，特别是彭斯提到的那首吟咏《夫妻夜谈在小楼》的情诗是我们渴望一读的。

又如济慈曾写诗向克拉克（Charles Cowden Clarke）和麦修（George Felton Mathew）讨教。这两位也都是诗人，虽然现在已少人知。

济慈一度师事的利·亨特（Leigh Hunt），是一位当时更有名的诗人，他在诗史上也起过作用，我们已在前面谈过。

在华兹华斯、柯勒律治等人已经光耀诗坛之时，拜伦称赞的是另外一些诗人：

至于你们想在世上独揽的声誉，
那可是个竞赛场：凡是能感到
心灵之火的都能占有一席之地：
司各特、罗杰斯、甘培、穆尔、克雷布
将把这一争论交与后代去定夺。

（《唐璜》，献辞，七）

我们且来“定夺”一下。所谓“你们”，拜伦是指华兹华斯、柯勒律治和骚塞。骚塞曾被王室封为“桂冠诗人”，在当时是一位大人物。今天，人们也许还读他的散文作品《纳尔逊传》，但是他的大量诗作却只有《审判的幻景》还为人知，而原因只是它曾惹得拜伦写了同名而异趣的真正杰作。一位 20 世纪的英国文学史家这样说：“骚塞的大量诗作，无须讨论，因为它们今天无人读，永远不会有人读，也不值得读。”英国老一代学者说得如此斩钉截铁，是很少见的，这也说明骚塞的文学声誉处于何等低潮。

至于拜伦所推崇的几位，后代也自有看法。这当中有重要诗人，司各特和克雷布暂且不论。穆尔（Thomas Moore，1779—1852）也至今拥有读者，他的《爱尔兰乐曲》（*Irish Melodies*，1807—1834）优美动听，他的长诗《拉拉·路克》（*Lalla Rookh*，1817）则属于“东方浪漫故事”类型，曾在欧洲大陆流行。拜伦引他为同调和好友，把处理身后遗稿的事交给了他，他也写了一部出色的《拜伦传》（*Life of Byron*，1830）。现在人们读的主要是他的爱情小唱，它们在意境上追踪17世纪的“骑士诗人”，在音乐性上则只有伊丽莎白王朝的抒情诗可比，其中如《夏天最后的玫瑰》（*The Last Rose of Summer*）至今吟唱不绝。毫无疑问，他的这些作品增加了英国浪漫主义的光彩。

罗杰斯（Samuel Rogers，1763—1855）是著名长诗《意大利》（Italy，1822—1828）的作者，虽然今天几乎无人提起。甘培（Thomas Campbell，1777—1844）在当时以文字魅力著称，现在还有一些作品——如写得颇有气势的《英格兰的水手们》（*Ye Mariners of England*）和《波罗的海之战》（*Battle of the Baltic*）——存在于某些选本里。他编的七卷选本《英国诗人选段》（*Specimens of the British Poets*，1819）继兰姆的《莎士比亚时期英国戏剧诗人选段》（*Specimens of English Dramatic Poets Who Lived about the Time of Shakespeare*，1808）之后，唤起了19世纪读者对17世纪诗剧的兴趣。

除了这些诗人之外，当时还有一位有影响的诗歌译者，即亨利·弗兰西斯·卡里（Henry Francis Cary，1772—1844）。他用素体无韵诗体译的但丁《神曲》于1805—1814年出版，济慈就是通过它了解但丁的。

可见这一时期有多方面的诗歌活动，写诗出名的人也不少。仅仅因为主流中的七位大诗人成就太显著，才给人以“余子不足道”的片面印象。这确实是一个巨人的时代，但巨人们是有后盾和支援的，他们同他们的友军一起，才能把浪漫主义推向前去，成为壮阔的诗歌潮流。

二、浪漫主义散文

综上所述，可见英国 19 世纪初年是一个伟大的诗歌时期。那么，同时期的英国散文又处于什么情况？应该说，这也是英国散文的一个重要时期，也是名家辈出，而且在许多地方表现出相似的浪漫主义特征。

英国散文在 18 世纪达到了一种完美，理性主义的精神蕴藏在平衡、匀称的句子结构之中，其最后的大家是约翰逊和吉本。

但是到了 18 世纪的最后十年，文风变了。随着在诗歌上出现了浪漫主义，散文也在变。进入 19 世纪，昔日人们赞美的约翰逊和吉本现在成了攻击的目标。例如，有这样的言论：

> 在 1688 年的革命以后，出现了一种风格，内容平凡而在表现上故作惊人之语，意在满足无知者，讨好虚荣心。为了使最普通的头脑能够立刻了解，内容是小心地减到了最低限度，但是文字的外衣却精心编织，目的在使内容显得深刻。这种风格的要素是一种虚假的对仗，即简单声韵的对比，此外则热衷于拟人化，把抽象的变成了有生命的，加上牵强的比喻，奇特的短语，片断的韵文，总之什么都有，就是没有真正的散文。风格当然只是恰当地、清楚地表达意义（不论是什么意义）的艺术，对于它有一个衡量标准，就是不能翻译，一翻译意义就要受损；约翰逊的风格之所以得到不少人的欣赏，正在于它有一个毛病，即可以不断翻译下去。他造成一种假象，好像很聪明，方法就是从来不用普通方式说任何事情。……吉本的表现方式是最糟的，凡这种风格所有的毛病他全有。

话是英国浪漫主义诗人、理论家柯勒律治说的。对于过分醉心 18 世纪散文艺术的人来说，这是一服很好的清醒剂，但是未必能令他们完全信服，因为他把约翰逊等人的优点完全抹杀了。

然而柯勒律治的斩钉截铁的论战口气却是有来源的。浪漫主义时期即是法国大革命震荡全欧时期。这时候，几位主要英国散文家卷入了激烈的政治争论；散文是论战的武器。

（一）论战的武器

远在法国革命爆发之初，英国国内就对此事有赞成和反对两种意见，争论激烈。埃德蒙·伯克（Edmund Burke，1729—1797）就是下议院论战里的一个主要人物。他是以文章风格雄奇著称的文论家、政治家，曾经在爱尔兰、美洲殖民地问题上发言攻击保守党政府，也揭发过英国在印度的官吏横行现象，但在关于法国革命的争论上采取了维护旧制度的立场，写了《论法国革命》（*Reflections on the Revolution in France*，1790）一书，其中有一段名文：

> 我在凡尔赛宫见到法兰西王后——当时她还是太子王妃——是十六七年前的事，地球上从未降临过更叫人赏心悦目的景象了。她似乎足不沾地，显现在地平线上，正在进入一个上层仙境，为之增辉，使之挺发，闪耀如晨星，充满了活力，散发着华彩和欢乐。啊，何等的变化！那样的崇高，而又这样的下降，我该有何等的心肠，能眼看这变化而无动于衷！……我做梦也没想到，我会活着看到在一个仁侠的国家里，一个荣誉君子和骑士的国家里，竟会有这样的灾难落到她的头上！我以为只要有人胆敢轻侮地看她一眼，就会有一万支剑拔出鞘来执行惩罚！可是仁侠的时代过去了，接着来的是诡辩家、经济家、计算师的时代，欧罗巴的光荣已经永远熄灭了。

伯克并不只在悲叹玛丽·安东娃耐特由王后沦为囚人，他看得更远，看出了法国革命是真正的空前大变，它结束了一个封建主义时代，开始了一个资本主义时代。他极度厌恶后者，而把法国王后看作前者的象征，因此运用了全部的修辞术来歌颂她。

这样的内容，这样的渲染，引起了潘恩的极大反感。潘恩（Thomas Paine，1737—1809）是一个平民政治家，刚从胜利了的美国革命军的队伍里回到伦敦，就立刻参加了英国的民主活动。为了驳斥伯克的《论法国革命》，他写了《人的权利》（*The Rights of Man*，1791）一书；其中也有一段名文，就是对于上引伯克所言的直接回答。

> （伯克）并不为苦难的实际动心，而尽被炫目的虚象打中了想象力。他爱怜美丽的羽毛，却忘了毛下垂死的鸟。

这羽毛和鸟的比喻是人人能懂的，而潘恩写文章的目的正是要使“几乎无阅读能力的人也能看懂”，因而文章要写得“像字母那样简单明了”。

潘恩另有一些名言，也是至今人们还在引用的：

> 这是考验人们灵魂的日子。
>
> 夏季的士兵和晴天的爱国者会在这种危难时刻退缩，不再报效国家。
>
> 伯克先生的最后一幕是，正同他如水箭般上升，现在又像枯枝一样下跌。
>
> 我的国家是世界，我的宗教是行善。

确实是平易、清楚、有力，而比喻则来自普通人的日常生活，但又常有意想不到的妙笔，例如“夏季的士兵”“晴天的爱国者”，只用两个简单的形容词就充分表达了这些人是顺境时的战友，逆境中的逃兵。

如同在 17 世纪英国革命时期一样，散文又成为革命斗争中的武器。这里确实有两种散文风格在交战，而背后是两种敌对的政治哲学。

（二）山水画、流民图

潘恩后来又去参加了法国革命，由于反对杀人过多而为雅各宾派监禁，几乎丧命，后来再去美国，又由于反对基督教而遭人攻击；晚景凄凉。他死后却有一位志士把他的尸骨运回他的英国故乡安葬。这人的名字是威廉-考拜特（William Cobbett，1763—1835）。

这又是一位散文家，而且又是一位长于论战的平民政治家。同潘恩一样，他也写得平易，有力。不过他经历了一个从保守到激进的转变过程，始终如一的则是他的英国佬个性。他的政论主要发表在他自编的《政治纪闻》周刊上，用明快有力的平易语言揭露黑暗，攻击政府，拥有广大的城乡、贫民读者。他也在这个刊物上发表游记，后来这些游记集成一书，称为《骑马乡行记》(*Rural Rides*，1830)。后人最喜欢读的考拜特作品，就是这本游记。

然而这是一种奇怪的游记。它所展开的，与其说是山水画，不如说是流民画。

考拜特骑着马或坐着马车，从一个村子到另一个村子，沿途看庄稼，察牛羊，问民生疾苦，作今昔对比；遇到有地主的庄园和有名无人的“烂选区”，则大声咒骂，看见秀丽山水和风流人物，又流连忘返。一到旅店，喘息未定，立刻动笔疾书，夹叙夹议，一气呵成。

（三）浪漫派散文诸家

人们更加注意的，则是这时期的所谓浪漫派散文。它有几个重要的作家。

首先要提到兰姆。查尔斯·兰姆（Charles Lamb，1775—1834）在我们中国也颇有人知，其世界性的文学声誉却建在几本薄薄的小书上，即《伊利亚随笔》一集（*Essays of Elia*，1823）、《伊利亚随笔》二集（*Lasr Essays of Elia*，1833）和他同姐姐玛丽·兰姆合写的儿童读物《莎士比亚故事》(*Tales from Shakespeare*，1807，即林纾译的《吟边燕语》)。当然，还有人欣赏他的书信和他的选本《莎士比亚时期英国戏剧诗人作品选段》(1808)，其中都有重要的文学见解。然而人们最喜爱的还是他的随笔。在华兹华斯、柯勒律治等人咏唱大自然的年代里，兰姆却喜爱城市生活。

兰姆的散文是地道的书面体英文，可以写得明白、具体：

> 一听敲门，就知是他。你的心告诉你：“那是某某先生。”一声轻敲，介乎亲昵与尊敬之间，似乎有权要求招待，但又怕遭到拒绝。进门脸带微笑，但又——局促不安。伸手让你来握，但又——收了回去，说是偶然趁饭前来看看——不想已经满桌上菜。看见你有客人，他表示要走，但一劝也就留下。……

《穷亲戚》是写穷亲戚串门，把世态炎凉中这类人的窘态写得入木三分。但兰姆还有另一种写法，是留给情感激动的时刻的：

哪儿是芬立奇街？老明申巷的路石啊，我曾经每天来回走了三十六年之久，现在是哪个劳累的小职员在你那永恒的石板上响着脚步？

（《领养老金的人》）

这是近乎诗的抒情散文，连节奏也不同了。

因此，兰姆的文章很耐读，越读越有味，但不可学。学的人往往得其怪诞，失其真挚，有其古僻与文字游戏，无其典雅与风趣，反而显得有点忸怩作态了。

兰姆也是一个重要的文论家，其主要功绩在于重新引起对16、17世纪英国诗剧的兴趣。他所编的《莎士比亚时期英国戏剧诗人作品选段》着重选“激情的场面，有时是触动情感最深的场面”，整个选本可说是若干次“感情危机”的汇集，这就给了19世纪初年的英国读者以一种纵览莎剧以外的英国古诗剧精华的好机会。他不仅选，还对所选加以评论，写法跌宕生动，即使不同意他的看法的人也往往为其文字所吸引。例如他认为韦伯斯特的天才仅次于莎士比亚；为了说明这一点，他把《白魔》和《马尔菲公爵夫人》两剧中的女主角形容得异常动人。别的评论家并不服膺其说，但又都承认兰姆这番评论的文字魅力。经过他的评点，韦伯斯特、顿纳、查普曼、德克等古诗剧作家又重新受到注意，读者群的文学趣味起了变化，显示出这种着重主观印象的浪漫派文学批评的力量。

第二个重要散文作家是哈兹里特。威廉·哈兹里特（William Hazlitt，1778—1830）写文很多，收集在《莎士比亚剧中人物论》（*Characters of Shakespeares Plays*，1817）、《闲谈集》（*Table Talk*，1821—1822）、《时代的精神》（*The Spirit of the Age*，1825）等书中。他是兰姆的好友，但与兰姆文风不同。他主张平易风格，曾经以此为题专写一文，所作果然用字平易，句子也接近口语，但也有不平易处，如大量的典故和文学引语（有的并非常见的名言，有的字句还是他记错了的）；然而行文气势磅礴，一泻到底，其间有许多隽言妙句，令人应接不暇。大致一个读者刚读时，会嫌他啰唆，似乎话太多而无中心，但是读下去，就会发现他的论点鲜明，知识丰富，文章流畅中见犀利，能把平凡的道理说得很有吸引力。

作为文论家，他的重要性超过兰姆。同兰姆一样，他也提倡读古诗剧，曾经作过一系列的演讲来说明它的特点。他还以古比今，认为拜伦的诗剧（如《马林诺·法里埃罗》）不能同古诗剧（如韦伯斯特的《马尔菲公爵夫人》）相比，原因就在于后者有活生生的人物，而前者则只是若干堂皇演讲词的串合。他的文论并无系统理论，注意的是作品是否把真实感情写得酣畅痛快，着重的是想象力，喜欢进行比较，不是仅在英国文学内部，而是常同法国、西班牙等国文学相比（如拿莎士比亚同拉辛相比），而且还突破文学范围，进而同其他艺术，特别是他所熟悉的绘画相比，其涉及之广与见解之敏锐都超过当时其他的浪漫主义文论家。

与哈兹里特的汪洋恣肆相对照的是兰多的简洁隽永，人称古希腊风的碑文风格。兰多也是民主派，喜与人争，在写作上则追求一种宁静的古典风格，但又用历史想象力去活跃它，其著名的散文合集是《幻想的会话》（*Imaginary Conversations*，1824—1829）。会话共约 150 篇，都是历史上著名人物相对而谈的戏剧性场面，但并不依据史实，而是随作者兴之所至，将活在不同时期的人拉在一起，或虚拟根本不曾发生过的事情。15 世纪的马基雅维里可以谈论 16 世纪的西班牙无敌舰队，哲学家培根可以同已死的神学家胡克进行对话。这些戏剧性场面往往不是感情达到最高潮的危机时刻，而是危机之前或略后，例如英王亨利八世在他的废后安-波琳处死刑的前夕去看望她，而俄后卡撒琳则在杀害了她的丈夫彼得三世之后才出场。有时兰多写得并不宁静，例如上述卡撒琳一篇就写她站在门外听着刚被刺死的丈夫的血一滴一滴地落在地板上作响；又如写彼得大帝在杀了儿子之后食欲大增，都显得过火了，表现出兰多虽然十分崇拜古希腊文明，实际上还是一个喜欢渲染的 19 世纪的浪漫派。他的散文风格尽管有许多崇拜者，毛病也不少，如雕琢过甚，其有名的特殊节奏也不堪久听。100 多篇会话并不都好，读多了使人感到单调。但是在他写得最好的时候，他确实写得动人，而且很耐玩味。

例如《里奥弗立克与戈狄华》，这是一对夫妻的谈话。事情发生在 11

世纪英国茂西亚郡。丈夫是当地领主，由于在大灾之年人民无力向他交租而要惩罚全城；妻子则充满了对不幸灾民的怜悯，央求丈夫赦免他们。丈夫说：如果人民不交租，我们又怎能有钱举行庄严的节日庆典呢？妻子反问道：在大批人民死于灾荒之后，喧哗一场，热闹一气，杀牛吃肉，狂歌乱舞，就算是过节么？难道一个行吟诗人能比我们的内心的声音更使我们向善么？

兰多的写法已接近诗的散文，等到托马斯·德·昆西登场，散文的诗化又进了一层。

托马斯·德·昆西（Thomas De Quincey，1785—1859）写过大量杂志文章，包括有创见的文论（如《谈麦克白斯一剧内的半夜敲门》），其主要作品则是《一个英国鸦片服用者的自白》（*Confessions of an English Opium-Eater*，1821—1822）。这是一本自传性质的书，其中有作者17岁时流落在伦敦街头的描写，那时候同他作伴的只有一个比他还小一岁的妓女：

> 一天晚上，我们在牛津街上慢慢走着，我感到比平常更不舒服，头也是晕的；就请她同我折进索荷广场，到了那里之后，我们在一家屋子的台阶上坐下。……突然间我觉得自己更不行了。原来我的头靠在她的胸上，现在忽然脱开了她的手臂朝后倒在石级上了。当时我最清楚的感觉是：得赶快有一种特别有劲的刺激品才能救我，不然我立刻要死了，在那种无依无靠的情况下不死也不可能恢复了。在这个命运的紧急关头，我的这位孤苦伶仃的友伴虽然自己从人世所得唯有损害，却向我伸出了救援之手。她惊恐地叫了一声，立刻跑往牛津街，不一会儿就拿了一杯撒了胡椒的葡萄酒回来。我当时肚子是空的，任何固体食物只会使我呕吐，这杯酒却立刻生效，使我苏醒过来，而这杯酒是这位慷慨的姑娘毫不犹豫地从她的小小钱包里拿钱买的，当时——请记住！——她连自己吃的都买不起，而且完全清楚我是永远也还不了钱的。

以上选自书的第一部分《初步自白》，是作者对于少年时期的回忆，当时他还未染上鸦片瘾；文章写得很具体，也很动人。等到我们读到书的主体部分——《鸦片的乐趣》和《鸦片的痛苦》——就发现另一种笔墨：

> 在热带高温和直射阳光联合产生的感觉之下，我把所有的生物——鸟、兽、爬行动物，所有的树木，所有热带地区的风俗和现象都集中起来，放在中国或印度斯坦。在类似的感觉之下，我又把埃及和它所有的神明都放在同一法则之下。猴子、长尾鹦鹉、白鹦们紧盯我，轰斥我，向我怪笑，对我乱叫。我跑进宝塔，走上顶层，跌入密室，在那里我被钉住了，几百年不能动弹。我是偶像，我是僧侣，我被崇拜，我被献为牺牲。为了躲避婆拉玛的怒气，我逃过了亚洲的所有森林……

这是写服了鸦片酊之后的梦境所见，出现了许多奇花异木，怪兽妖鸟，借来了东方异域的古老神祇，文字充满色彩，节奏类似念咒，散文已入诗境，其目的在写鸦片影响下的奇特的，混乱的，却又异常强烈的感觉。这已经超越兰姆等人的怀旧、伤感和个人意兴，而把文学带入了潜意识的领域。

至此我们已将英国浪漫主义时期的几个重要散文作家简略介绍完毕。归纳起来，可以说有两条线索，一条是平易、有力的政论文传统，其代表人物是潘恩、考拜特；另一条是随笔性质的艺术散文传统，其代表人物是兰姆、哈兹里特、德·昆西。两者都有所发展：平易文体在走向细密的说理和逻辑性，艺术散文的触须则伸向了诗境。

然而我们的叙述又是不完全的。散文的领域十分辽阔，用处也极多。在这时期，英国的定期刊物除了原有的包括各类文章的杂志，又多了一种以政论和书评为主的"评论"，如《爱丁堡评论》；不仅刊物的数量和种类增加，它们之间的争论也更趋激烈。政治争论的焦点在对法战争、"谷物法"、国会改革等有关和平与民主的大问题，文学争论的表现之一是保守派对"伦敦佬派"的民主斗士和几位青年浪漫诗人的攻击——《勃腊克武特》《季刊》《英国批评家》等刊物对济慈的围剿就是例证。那些文学杀手写的也是散文，虽然是恶毒的、下流的散文；而利·亨特和哈兹里特等人对保守派的犀利有力的反击则给了散文以一种新的锋刃。

（四）诗人的散文

这一时期还有两类散文需要一谈。其一是诗人的散文。华兹华斯的《抒情歌谣集·序》，柯勒律治的《文学传记》、文学演讲，以至于《古水手谣》页边的情节解释、雪莱的《为诗辩护》都是双重意义的浪漫派散文，即它们既阐释浪漫派的文学理论，又展现浪漫派的某些文体特点：宣言式、探索性、理想化。然而更能吸引一般读者的也许是几个诗人的随意笔墨：布莱克的批注和笔记、拜伦的书信、济慈的书信。

它们都是真性情、真思想的流露，充满了对人、对世界、对艺术的独特见解，而写法则是直截了当，毫不掩饰：

> 野兽和娼妓在无拘无束地统治。（布莱克）
>
> 对魔鬼王国献的妙策。（布莱克，对培根《随笔》的批语）
>
> 一个在心里找不到任何灵感的人不该斗胆自称艺术家。……一个在心灵和思想上从不走向上天的人不是艺术家。（布莱克）
>
> 确确实实，革命不能用玫瑰香水来干，特别在外国人做主子的地方。（拜伦）
>
> 不幸的是，我必须对一个人生气才能画出他的真面目，我不能只做“一般”描写。（拜伦）
>
> 关于《唐璜》，那么承认吧，承认吧……它是这一类作品里最高无上的成就——它也许有点淫荡，但能说它不是好英文么？它也许有点轻浮，但能说它不是生活，不是恰到好处的真货色么？（拜伦）
>
> 除非在我们的脉搏上得到证实，哲学上的定理也还不能算是定理。（济慈）
>
> 如果诗来得不像树长叶子那么自然，那还不如干脆不来。（济慈）
>
> 恰特顿的声音纯粹是北方的。我喜好恰特顿诗里的本土音乐胜过弥尔顿。我最近对弥尔顿有所警惕。他之生即我之死……（济慈）

这些是最真切的吐露，说的内容和方式虽然各异——布莱克的严峻，拜伦的无所忌惮，济慈的敏锐和透彻——都洋溢着浪漫主义的新精神。很难想象18世纪的新古典主义者能说出这样的话来，或用这样的方式来说。

三、浪漫主义小说

受德国文学的影响，18世纪后半期到19世纪20年代期间流行着一种“哥特式”小说的体裁。这些小说的作家属于浪漫主义派，作品的文风是非现实主义的，经常带有神秘的色彩。浪漫主义小说家对中世纪特别感兴趣，小说背景经常是欧洲阴暗的古堡，置于阴森树林的丛围之中，堡中的楼梯上洒着斑驳的血迹，夜间从漆黑的地下通道里传出凄厉的惨叫，有时还能见到鬼。主人公多为女性，受到怪僻男性暗杀或强奸的威胁，最终设法逃脱。小说家尽量使读者充满恐怖心理。18世纪末代表作品为拉德克利夫夫人的《尤道弗的秘密》（*The Mysteries of Udolpho*，1794），19世纪的代表作为玛丽·雪莱的《弗兰肯斯坦》（1818）。这段时期哥特式小说蔚然成风，极大地影响了当时文坛。即使不写此类小说的作家（如司各特）在小说中也采纳不少哥特式因素以增强浪漫主义色彩。当时的作家中只有奥斯丁没有受其影响。她还专门写了《诺桑觉寺》嘲讽哥特式小说对年轻人的毒害。

（一）玛丽亚·埃奇沃思

玛丽亚·埃奇沃思（Maria Edgeworth，1768—1849）是一位英裔爱尔兰作家，1768年出生在英国。父亲理查德·洛菲尔·埃奇沃思是一位热情的知识分子，一位政治家和教育家，热衷于社会改革和教育。1782年他携全家从英国来到爱尔兰，在朗福德郡埃奇沃思镇定居下来。这时玛丽亚·埃奇沃思正是14岁的妙龄少女，作为长女她协助父亲管理田产，处理财务，这使她经常有机会接触到父亲的佃农和仆人——那些“下层的爱尔兰人”，从他们那里体察到爱尔兰人的生活现实。在生活上，玛丽亚·埃奇沃思得到父亲多方面的指导，特别在创作思想上受到的影响尤深；她也十分敬重父亲的喜好。理查德要求女儿在思想上要踏实，并希望她写出有道德寓意和教育意义的作品来。像她的主要作品一样，她的第一部作品就是在父亲的鼓励和启迪下写成的；在《给文学妇女的信》中，她恳求社会给予妇女受教育的机会。虽然父女正式合作写的书主要有两部，但父亲在她所有的作品上都留下了他的痕迹。他经常帮助她修改原稿，其中包括故事情节的安排和取舍，有时甚至帮她全部重写。评论家曾指出，理查德的这种固执己见、强加于人的做法严重地束缚了玛丽亚·埃奇沃思的想象力。在《贝林达》（*Belinda*）、《海伦》（*Helen*）、《通俗故事》（*Popular Tales*）、《时髦的生活轶事》（*Tales of Fashionable Life*）中都可以看到这种影响，书中一种自然、活泼、情趣盎然的风格常常被沉郁浓重的氛围所笼罩，这种沉重压抑的浅表说教就是父亲强加进来的，它和女儿深层的敏感和浪漫交织在一起的风格，使作品也颇具风采。理查德的《回忆录》（*Memoirs*）堪称对 18 世纪后期爱尔兰生活的最生动的写照。他在玛丽亚的协助下，1808 年开始动笔，但在去世前尚未完成。玛丽亚深知父亲未竟事业的意义，并尽力去完成这部回忆录。《回忆录》第二卷完全是由玛丽亚自己撰写的，她没有采用强烈说教的口吻来写，而是用一种直截了当的语气来描述过去发生的事件，记录下了那些她认为对家庭有重大影响的人和事。其中有一章描写了 1798 年农民起义，写得特别生动，引人入胜。那时候，埃奇沃思一家被迫离开自己的庄园躲避到朗福德郡。据说在出发时，一辆马车无法载下全家人，玛丽亚·埃奇沃思主动要求和看家的女仆还有一个英国女管家先留下，待马车返回时再来接她们。当晚起义群众手持长矛涌入村里，准备袭击她们家。这时有一个起义领袖站出来劝说大家先不要进去，因为这位领袖的妻子曾得到这个女管家的帮助，女管家给过她 16 先令，让她支付拖欠的亚麻地租。

玛丽亚·埃奇沃思的大部分作品都有明显的道德寓意，或者是为了一定的教育目的而写。从以下题目本身不难看出这一点，如：《父母的助手》（*The Parents Assistant*，1796）、《实用教育》（*Practical Education*，1798）、《道德故事》（*Early Lessons*，1801）。甚至在她的小说中，她也流露出她在道德教育文章中所用的口气和态度。这些儿童故事表述了她精辟的教育理论观点，有重要的学术价值，但她的主要贡献还是她的风尚小说。她继承并发扬了范妮·伯尼开创的风尚小说传统，并在诸多方面有所创新，受到了批评家的好评；奥斯丁则把这类小说提高到另一个高度。和奥斯丁相比，埃奇沃思要略逊一筹，但她的小说在 18 世纪文学史的地位是不容忽视的。

《拉克伦特堡》（*Castle Rackrent*，1800）是玛丽亚·埃奇沃思第一部最有特色的作品，于 1794 年至 1799 年间写成，1800 年出版。它的出版标志着英国地方色彩小说的开端。司各特在他第一部历史性小说《威弗利》（1814）的“总序”中指出了这部小说的意义：“我不也冒昧地期望模仿才华横溢朋友作品中充满着丰富幽默、伤感柔情与令人叹止的机智，但我认为我们可以为我们的国家创造出某些东西，这就是玛丽亚·埃奇沃思小姐有幸为爱尔兰创造的，同样逼真的东西……”埃奇沃思首先探索了住在拉克伦特堡的大家族几代人的生活，然后又勾勒出了他们的兴衰过程，加上生动的人物刻画以及多样的爱尔兰方言和习俗，都使这部小说成为一部有爱尔兰特色的小说。故事的讲述者“我”——萨迪，就是以她父亲的管家为原型。埃奇沃思曾说：“那些熟悉绅士礼仪的人们绝不会怀疑萨迪故事的真实性。”为了说明故事的可信性，她采用了加副标题的办法，例如，这是“一部有事实根据的爱尔兰故事”“一部依据 1782 年前爱尔兰绅士礼仪写成的故事”。埃奇沃思还告诉读者，这些都是其他时代的故事，“小说所描写的待人接物等礼仪也和现代不同；住在拉克伦特堡的家族早已不复存在”。埃奇沃思曾预言，司各特也将会采用类似加副标题的做法来撰写他的历史小说。萨迪所用的爱尔兰方言以及有关爱尔兰背景，读者要读懂是不容易的，这里，埃奇沃思以“编辑”的身份对一些不易了解的爱尔兰背景及口语词汇、短语都作注释，司各特后来使用的历史文献纪实的手法与此有雷同之处。在某种意义上，《拉克伦特堡》的主题也为司各特勾画出了具有他的特色的小说主题，这就是正在消亡和正在形成的两种文化的抗争。以上这些也可以说是埃奇沃思和司各特小说的共同特点。

《拉克伦特堡》是关于住在拉克伦特堡的帕特里克爵士家庭的故事，由一个目不识丁的管家萨迪讲述，故事情节并不复杂，风格朴素自然，表面上看只是平铺直叙，但却充满了喜剧讽刺。故事中由于没有具体的历史事件和人物，读起来和创作的年代相距并不太远。从小说的名字来看，

“拉克伦特”（Rackrent）的英文含义是地主以收取高额地租压榨佃农，借以维持他们奢侈的生活。可以看出，这是一部谴责和讽刺地主阶级的小说，同时也告诫他们，无度的挥霍必然导致自己的毁灭。

埃奇沃思写下了多部小说，但涉及爱尔兰生活的只有三部：《无聊》（*Ennui*，1809）、《外住地主》（*The Absentee*，1812）和《奥蒙德》（*Ormond*，1817）；前两部是《浮华生活》系列小说的组成部分。《无聊》与其说是一部小说，还不如说是一部随笔集，描写了格伦索恩伯爵的浮华生活以及他因虚度年华而感到的无聊和痛苦。

《外住地主》是关于爱尔兰生活的喜剧性小说。就像她的第一部小说《拉克伦特堡》，它表现的主题是爱尔兰地主家庭对待佃农的态度和手段，但这里更多地强调外住地主的土地经营给爱尔兰各方面所带来的危害。

《奥蒙德》中的人物类型要比前两部小说多，因而他们之间谈话也更加丰富多彩：埃奇沃思可以和居住在黑色群岛上的科尼王逗乐，和尤里克·奥仙爵士斗智，而对康诺尔则表现出严肃和傲慢。描述这些人物的时候，她的聪明智慧跃然纸上。

《奥蒙德》小说的情节比较复杂，有时夹杂着对人类行为的思考；对爱尔兰景物的描写也很细致，虽然我们可以从故事中感觉到道德教育的目的，但并没有强加于人的感觉。小说没有《拉克伦特堡》的独创性，但在英国小说中它仍有一席之地。

（二）司各特

瓦尔特·司各特（Sir Walter Scott，1771—1832）是苏格兰著名诗人和小说家，也是欧洲历史小说的首创者。

中国读者对他并不陌生，早在1905年，我国翻译家林纾就和魏易共同译出了他的历史小说《撒克逊劫后英雄略》（即《艾凡赫》）。它那反对民族压迫的强烈激情，曾经感染过我国新文学的一代名家鲁迅和郭沫若。

司各特出生在一个爱丁堡律师家庭，自幼听有关苏格兰边境地区动人的故事，因而培养了对苏格兰的自然景物、文物古迹和民间传说歌谣的爱好。他从幼年起就爱读文学作品，从英国古代民谣、荷马史诗、莎士比亚和德国浪漫主义文学，到18世纪菲尔丁、斯摩莱特的小说，对他的创作都产生了重要的影响。他在大学里读的是法律。在各种课程中，有位教授讲授的苏格兰法使他产生了浓厚的兴趣。这位教授举出了大量的案例来阐明苏格兰法律的确立和演变，使司各特从中学到了一部历经沧桑的苏格兰社会风俗习惯的变迁史，对他后来创作像《中洛辛郡的心脏》这样的小说有很大帮助。他喜欢走乡串镇，寻访古迹；当律师时他经常为办案奔走于苏格兰的各地农村，接触到上至士绅下至窃贼的各种各样的人，因而他在小说里能把他所熟悉的人物描绘得栩栩如生。

司各特最早是以收集出版民间歌谣和翻译德国浪漫主义歌谣、戏剧开始他的文学活动的。从1805年起他投入了叙事长诗的创作；长诗《最末一个行吟诗人之歌》（*The Lay of the Last Minstrel*，1805），《玛密恩》（*Marmion*，1808）和《湖上夫人》（*The Lady of the Lake*，1810）等多以历史为题材，充满戏剧性的情节，具有浓郁的民族特色和浪漫情调，博得了广大读者的称赞，奠定了他的诗人声誉，也为后来的历史小说做好了准备。

司各特从1814年开始创作历史小说，到1832年逝世时，共创作了27部历史小说；前期以苏格兰历史为主，后期转为英格兰、法国和整个欧洲的历史。司各特把这些作品称作“小说”（novel）而不是“传奇”（romance），以此来表明他的小说继承的是18世纪英国现实主义小说的传统，而与渲染浪漫情调和神秘气氛的“哥特式”传奇小说有所不同。不过，司各特没有局限于仅仅描写个人生活的风俗小说，而是闯进了历史真实的广阔领域，从此首创了近代的历史小说。他的20多部历史小说之间并没有什么连贯性或者统一的计划，然而他的全部历史小说却汇合成了一幅从中世纪到近代资产阶级革命时期苏格兰、英格兰及欧洲国家社会生活的宏大历史画卷。法国著名作家巴尔扎克读了这些小说之后曾经激动不已，决心继司各特之后更进一步，写出他那些描写19世纪法国的鸿篇巨制《人间喜剧》来。

《威弗利》（*Waverley*，1814）是司各特第一部历史小说，通过英国贵族青年威弗利参加1745年苏格兰詹姆斯党人（Jacobites）发动的叛乱的亲身经历，描写了苏格兰人民反抗英国汉诺威王朝统治者的斗争。

《中洛辛郡的心脏》（*The Heait of Midlothian*，1818）是司各特的别具特色的一部苏格兰小说。许多评论家认为它是司各特最杰出的作品。这部小说有两条交错在一起的情节线索：苏格兰农民大卫·迪恩斯有两个女儿珍妮和爱菲。珍妮相貌平平，性格正直坚定。妹妹爱菲却爱慕虚荣，她爱上了贵族子弟斯唐顿，并有了私生子。在她产后昏迷时，婴儿被人偷走。按照运用“推断”即可定罪的苏格兰法律，爱菲被判杀婴罪，即将被处死刑。珍妮坚信妹妹是无辜的，她决心徒步跋涉，从爱丁堡走到伦敦去请求王后的赦免。

小说的另一条线索，是和爱菲冤狱同时发生的1736年爱丁堡市民反对英国当局的“卜丢司暴动”，这场暴动在历史上实有其事。

卜丢司是爱丁堡市卫队的警卫长，也是英国政府压迫苏格兰人民的一条得力走狗。他在公开执行对一名苏格兰走私贩的死刑判决时，残酷地虐待这名犯人，引起围观群众的愤怒，他竟悍然下令对民众开枪，死伤多人，英国政府不得不判他死刑，但在行刑前夕，政府却下令对他执行缓刑。于是，在英国压迫下早已忍无可忍的爱丁堡市民的怒火终于爆发出来。一天晚上，一群有组织的群众攻下了被称作“中洛辛郡的心脏”的戒备森严的爱丁堡市监狱，押出卜丢司，把他带到广场上公开执行了绞刑。这场暴动显示了严明的纪律和壮大的声势。暴动的群众目的明确，直奔监狱，一路秋毫无犯，不骚扰路人，不抢劫店铺，也不虐待其他作恶的普通警卫队员。他们在行刑前甚至允许犯人卜丢司向牧师忏悔罪过。他们从一家店铺拿了一条绳子当绞索，第二天，店铺老板在柜台上发现一镑金币，那是暴动者留下的绳索钱。暴动者行动迅速，神出鬼没，达到报仇的目的后立即全部走散，国王派人大肆搜捕，却始终没有抓住一个暴动者。司各特用热情洋溢的文笔有声有色地描绘出了苏格兰历史上这一场规模并不算大的抗英群众运动，字里行间流露出了他对苏格兰英雄人民的无限钦佩。

爱菲的冤狱是和“卜丢司暴动”同时发生的。爱菲并没有杀死自己的婴儿，却被判死刑，真正的杀人凶手卜丢司却得到英国政府的庇护，通过这种对比，更显示了英国统治者在执法时的虚伪性。

司各特善于把人物的个人命运放在决定历史命运的重大矛盾中去表现。珍妮决心去求王后为妹妹雪冤的时候，王后正在为苏格兰人民的暴动大发雷霆，她发誓要严惩爱丁堡市民，甚至宣称要把苏格兰变成一座猎场。看来，在王后的火头上，珍妮要想求她对一个苏格兰弱女子施恩，是绝难办到的了。但是，当亚盖尔公爵以同乡身份收留了珍妮，带她求见王后时，王后竟答应了珍妮的要求，赦免了爱菲。司各特在这里显示了他对人物行为动机的深刻洞察力。王后的决定正是和当时苏格兰局势紧密相关的。王后在盛怒之下原打算严惩暴动的群众，但是她派出的检察官费尽心机也没有抓住一个暴动者，从而使她威信扫地，而人民暴动的严明组织性又使她心惊胆战。她现在已陷入十分尴尬的境地；朝廷里的许多大臣，包括声望卓著的亚盖尔公爵，都坚决反对政府的镇压手段。这位善于见风使舵、玩弄权术的王后不得不收敛她的过激行动，转而采取怀柔政策。首先，她必须把苏格兰最有势力的贵族亚盖尔笼络到自己这一边。所以她答应赦免爱菲，看上去仿佛是慈悲为怀，实际上却出于政治考虑，是在向亚盖尔公爵作出和解的表示，以达到防止苏格兰的动乱进一步被激化的目的。在这场政治较量中，爱菲只不过是她的棋盘上一枚小小的棋子而已。

苏格兰小说是司各特历史小说的精华部分，除了《威弗利》和《中洛辛郡的心脏》外，还有不少脍炙人口的名篇，如曾受到马克思称赞的《修墓老人》（*Old Mortality*，1816），写的是 1679 年苏格兰长老会清教徒无法忍受英王查理二世的残酷迫害而掀起声势浩大的起义的故事。由于起义军内部分裂成狂热的喀麦隆派和温和派，削弱了军力，起义在蒙默思强大兵力的包围下终于失败。司各特在小说里歌颂了清教徒不怕牺牲的顽强反抗精神，其批判的锋芒不仅针对残酷镇压群众的英国将领，也涉及起义军里那些完全脱离了现实的死硬的狂热派。

另一部名著《红酋罗伯》（*Rob Roy*，1817），以苏格兰历史上著名侠盗红酋罗伯为主人公，描写了 1715 年詹姆斯党人的叛乱和失败。这部小说没有直接去描写 1715 年的战斗，而是表现在叛乱前后苏格兰高地人民的感情和倾向。反抗英国当局、劫官济贫的红酋罗伯在小说里被写成深受民众拥护和爱戴的英雄人物。他参加斗争，是为了给人民谋得自由独立，这和那些工于心计、老谋深算的上层詹姆斯党政客逆时代潮流而动，图谋复辟而发动叛乱，是有所不同的。

在《雷德冈脱利特》（*Rcdgauntlet*，1824）里司各特似乎为笔下的詹姆斯党人故事做了一个总结。故事讲述在1745年叛乱失败20年以后，一小撮不死心的詹姆斯党人还想死灰复燃，卷土重来。然而这一小撮人发现自己完全陷入了孤立，他们的狂热妄想只不过是个愚蠢的时代错误。这一小撮人终于承认了他们的失败。司各特在小说里既反映出自己对詹姆斯党人失败的理智和清醒的认识，又流露了他对詹姆斯主义的怀旧情绪和惋惜而又无奈的复杂心理。

1819年，历史小说《艾凡赫》（*Ivanhoe*）的出版，标志着司各特的历史小说创作进入第二个阶段，其小说的题材扩大到了英国、法国和欧洲其他国家。

《艾凡赫》描写了12世纪末英国“狮心王”理查一世在位时期的故事。小说有不少地方与史实不符，然而这并没有妨碍这部焕发出浪漫想象和青春气息的小说成为司各特最受人喜爱的一部作品。

司各特是个多产作家，他晚年为还债而赶写的小说，显然要比前期的作品逊色不少。然而不可否认，司各特仍是19世纪天才的历史小说家，他把枯燥无味的历史事实，变成了活生生的文学形象；正像英国著名评论家托马斯·卡莱尔所说，他“向所有的人指出了一条真理……那就是：过去时代的世界里实际上充满了活生生的人，而不是条约草案、公文卷宗、论争和关于人的抽象概念”。司各特对历史小说做出的贡献，对后代风格迥异的作家，像英国的狄更斯、萨克雷、斯蒂文森，法国的维尼、巴尔扎克、大仲马、雨果、梅里美，意大利的曼佐尼，丹麦的英格曼，俄国的普希金，美国的库珀，都曾产生过重要的影响。

（三）奥斯丁

简·奥斯丁（Jane Austen，1775—1817）的父亲是英国汉普郡农村小镇史蒂文顿教区的牧师。他曾在牛津圣约翰学院读神学，并娶了另一学院院长的侄女卡桑德拉-李为妻。卡桑德拉社会地位比较高（姑婆是公爵夫人，父亲是牛津大学一学院的研究员）。他们共有8个孩子，因此家庭经济比较困难。尽管如此，孩子们的文化修养较高；而且两个儿子（詹姆斯与亨利）由于亲戚的帮助，免费就读于牛津大学。简·奥斯丁于1775年12月16日就在这样一个绅士家庭出生，因此她最了解这种家庭出身的人，她的女主人公大多来自这个阶层。她有六个兄弟、一个姐姐，同姐姐卡桑德拉关系最好。她们俩没有结婚，一直和父母居住在一起。卡桑德拉不仅关心和无微不至地照料妹妹，而且是她小说最忠实的读者与评论者。奥斯丁总是把创作情况先告诉姐姐，并经常向她请教一些细节。她同兄弟们也相处甚睦。大哥詹姆斯和四哥亨利教育水平比较高，在创作上给她的帮助最大；亨利还为她小说的出版出了不少力。三哥爱德华16岁时过继给有钱人家，后来对母亲和两个妹妹经济援助较大。五哥弗兰克和弟弟查尔斯在海军里分别升为海军副元帅及舰队司令。他们的经历和勇气成为奥斯丁的小说题材。她与侄儿、侄女的关系也相当融洽。他们中有好几个，尤其是大哥的孩子，想学姑姑当作家。她最早的传记就是他们写的。

奥斯丁的创作生涯大体可分为三个阶段。

第一阶段从她出生到1801年在汉普郡史蒂文顿镇居住。她只上过两年多学，后来就呆在家里。好在父亲书房藏书不少，足够供她读。母亲和大哥有些文艺才华，善于写诗。大哥和四哥假期从牛津回来经常演戏，有时自编自演。奥斯丁很爱看。她虽然小，但在他们启发下，自己也开始写一些小戏。两个哥哥在牛津办文学刊物，大部分文章自己写，共出60期；奥斯丁也非常爱读，曾化名给杂志写信，要求他们替妇女读者着想，刊登一些爱情故事。这时，她虽然年纪很轻，已通读了塞缪尔·理查逊及范妮·伯尼的长篇小说。她尤其喜爱理查逊的小说《查尔斯·葛兰底森爵士》，其男主人公在正确处理爱情和婚姻问题上为她树立了榜样。这部小说对她创作影响较大。她从12岁到16岁期间已经开始小说创作（当然作品十分幼稚）。18世纪90年代是她创作的第一次高峰，虽然她在这期间未能发表任何著作。她20岁左右完成了书信体小说《埃莉诺与玛丽安》，经过大改后成为《理智与情感》；21岁完成《最初印象》，经改写后改名为《傲慢与偏见》；1798—1799年又忙于写《苏珊》——一部讽刺哥特式小说，但因当时哥特式小说特别时髦，买她版权的商人主要靠出版拉德克利夫夫人的恐怖哥特式小说赚钱，所以不愿出版唱反调的小说。直到她去世后，四哥亨利才将其改名为《诺桑觉寺》出版。

第二阶段从1801年到1808年。奥斯丁的父亲决定把教区牧师职务及住房转让给大儿子，老两口同女儿们到巴斯住。离开老家和熟人给奥斯丁以很大打击。1806年，即她父亲去世后的次年，为了节省开支，她们三位妇女到南安普敦同五哥弗兰克夫妻一起住。奥斯丁在巴斯很不愉快。她习惯在农村小镇生活，不习惯在吵闹拥挤的城市中生活；而且父亲在这期间去世，对她创作有很大影响。这段时间她主要是修改已写著作，1804年创作的《沃森一家》始终未完成。

第三阶段是1809年至1817年，三哥爱德华为母亲和妹妹们在他汉普郡家附近的乔顿提供了房子，地点离史蒂文顿老家不远。这段时间是奥斯丁创作的第二次高峰，而且是更成熟的时期。她连续写了《曼斯菲尔德庄园》《爱玛》与《劝导》，1817年还开始写《桑迪顿》，但未完成。这是她著作丰收的年代。《理智与情感》（*Sense and Sensibility*，1811）、《傲慢与偏见》（*Pride and Prejudice*，1813）、《曼斯菲尔德庄园》（*Mansfield Park*，1814）、《爱玛》（*Emma*，1815）以未署名的形式陆续发表，当时很受欢迎，特别是早期几部作品。1815年，英国摄政王子通过卡尔顿宫殿图书馆总管传话，告诉奥斯丁他如何欣赏她的作品。奥斯丁因病于1817年7月去世，葬于附近的温彻斯特大教堂内。小镇乔顿现已成为她读者的旅游胜地。

她逝世的当年12月到次年1月，《诺桑觉寺》（*Northanger Abbey*）及《劝导》（*Persuasion*）一起发表，四兄亨利在前言的小传中首次公开宣布作者的名字。虽然发表最晚，《诺桑觉寺》却是她25岁前最优秀的代表作，因为她于1798—1799年创作后，未经过许多修改就成型了。奥斯丁写这部小说的原意是嘲讽当时流行的感伤小说及哥特式小说，树立现实主义文风。所以全书贯穿俏皮夸张的讽刺口气，故意与一般浪漫主义小说唱反调。

（四）玛丽·雪莱

170 多年以前，当一位年仅 19 岁的少女第一次写出她的第一部惊世骇俗的恐怖小说《弗兰肯斯坦》时，环绕在她头顶的光环并没有发出令人眼眩的辉光，她应该得到的荣耀已经被她的父母和丈夫所遮盖了。人们只知道她是著名作家威廉·戈德温（William Godwin，1756—1836）和玛丽·沃斯通克拉夫特（Mary Wollstonecraft，1759—1797）的独生女，是雪莱（Percy Bysshe Shelley，1792—1822）的第二位妻子。但是，值得世人记住的还应有她自己的创作才能和在文学史上的贡献。自《弗兰肯斯坦》（Frankenstein，1818）发表以来，书名已成为引起恐惧的怪物的代名词。特别是根据这本小说改编的电影系列片 20 世纪 30 年代在好莱坞放映后，知道《弗兰肯斯坦》的人数大为增加。一个人一生能写出这样一本书，其在文学界和文化界的贡献是不能被忽视的。玛丽·雪莱作为科幻恐怖小说的开创者之一早已在文坛为自己买下了一块永居之地。

玛丽·雪莱（Mary Shelley，1797—1851）1797 年出生于英国萨默镇辖下的波勒根村。其父威廉·戈德温是政治理论家和作家，著有《政治正义性的研究》（*Political Justice*，1793）、《卡里勃·威廉斯》（*Caleb Williams*，1794）等；母亲沃斯通克拉夫特是著名的女作家和女权运动先驱，著有《替妇女权利辩护》（*A Vindication of the Rights of Woman*，1792）。作为两位知名作家的女儿，玛丽·雪莱难免受到这种家庭氛围的影响。小的时候她就对写作有兴趣，把父亲留给她的娱乐时间都用在练习写故事上。她尤其喜欢做白日梦，让自己的想象任意驰骋，并把这些想象写下来。据她回忆说，她的大部分时间都在乡村度过："现在回忆起来，环境虽然很空寂和沉闷，但我并不那么看。在我的眼里，那是一片自由的天地，我可以随心所欲地和想象中的人物交流。我试着拿起笔写。在我们家所属封地的大树下，或近处光秃秃的山脚下，我真正开始写我想象中的事件，并培养我的写作才能。"

她和雪莱生活在一起后，雪莱经常鼓励她写作，她从雪莱丰富的学识中学到不少东西。《弗兰肯斯坦》的创作开始于 1816 年夏天的日内瓦。这里湖光山色，气候宜人，给玛丽·雪莱和雪莱带来无限欢乐。但是随后不久，天气骤然变得多雨和寒冷，他们不得不长时间地呆在室内。玛丽·雪莱和他们的邻居拜伦、拜伦的私人医生波德多瑞经常在晚间坐在火炉旁，偶尔传阅德国的鬼怪故事。拜伦建议每人写一个神怪的故事。在此期间，他们谈论的话题涉及电学、生物学、生命法则和各种神话，包括普罗米修斯的各种传说等等。结果，一天夜里，玛丽·雪莱做了一个梦：一个面目苍白的学生跪在造出的怪物面前束手无策，他看到恶怪躺在那里四肢伸展着，在某种强大力量的驱使下慢慢移动。学生吓得跑出了实验室，晚上不敢就寝，头脑里出现的全是恶怪的狰狞面目。这个梦境就是《弗兰肯斯坦》这本小说的材料来源和雏形。

《弗兰肯斯坦》以18世纪小说常见的书信格式写成，通过叙述者罗伯特·沃顿之口讲述了弗兰肯斯坦和他造出的魔鬼的故事。弗兰肯斯坦从小在恬静和充满爱的家庭中长大，但他并不满足，他对探求自然界的生命奥秘有异常的兴趣和热情，后入英格斯塔德大学学习，经过六年潜心研读，终于找到了赋予无生命事物以生命的奥秘。他用拼凑起来的骨头和肌肉造出了第一个有生命的人，但是这个体积庞大的可怕怪物已超出了他的控制能力。他逐渐学会了使用火，使用语言进行交流和阅读书籍，懂得了世俗社会的历史和文化。他说服弗兰肯斯坦制造一个和他一样的女怪，以便他能摆脱孤独，遁潜于社会之外。弗兰肯斯坦了解到他的恶行，毁掉了他造出一半的女怪。恶魔在绝望之中对造他的造物主起了报复之心，杀死了弗兰肯斯坦的朋友克莱弗和至亲至爱的新娘伊丽莎白。弗兰肯斯坦在追杀怪物的过程中死于焦虑和疲劳。恶魔了解到他的主人死后也聚敛木头焚毁了自己。

这本小说的副书名是《现代的普罗米修斯》，说明弗兰肯斯坦和普罗米修斯的渊源关系。普罗米修斯意为“先知”。关于他的传说在神话中经历了一些演变和发展。开始他大约是阿提卡地区手艺人的保护神，是能用泥土造人的能工巧匠。在俄西俄德的《神谱》和埃斯库罗斯的《被缚的普罗米修斯》中，天神普罗米修斯曾帮助宙斯推翻克罗诺斯（宙斯的父亲）的统治。宙斯做了第三代天王，但他却仇视人类，认为人类太蠢，要把他们毁灭，另行创造。普罗米修斯同情人类的苦难，盗天火给人类，并把各种知识教给他们，使他们过文明生活，他的这一行为触怒了宙斯，被钉在高加索悬崖上。宙斯派一只老鹰白天来啄他的肝脏，晚上肝脏又重新长出，如此长期折磨不已。普罗米修斯曾预知宙斯的独生子将推翻他的统治，但普罗米修斯宁肯被鹰啄死也拒绝告诉他这一秘密；这里，普罗米修斯成了一位坚贞的、为人类解放和幸福奉献生命的不屈者的形象。还有一种说法，即普罗米修斯用盗取的天火来给予他用泥土造出的人以生命，于是他成了仅次于上帝之外的第二个能创造生命的人。还有一说，即宙斯惩罚他是因为他不诚实，欺骗了主神。以上传说基本上是把普罗米修斯作为一个正面形象来肯定的。但是到了近代，批评家们也开始涉及他的形象的一些反面因素。沙夫茨伯里（Anthony Ashley Cooper Shaftesbury，1671—1713），英国哲学家、美学家、自然神论者，在其著的《道德家》（*The Moralists*，1709）中写道："谁用盗取的圣火，加之于污浊的泥土，并仿效上帝和其他诸神的外观造出了人这个混合物，他亵渎了神灵，罪恶难赦。他不仅给自己带来灾难，而且给所有的人类都带来了灾难。"这样，普罗米修斯成了给人类带来灾难、受到谴责的人。在另一处，他写道："我们都有奇思怪想，想了解自然界往复更迭的秘密。我们社会的思想家致力对这些秘密的思索和推断，而炼金术士们却要把他们的想法付诸实施，他们中的一些人已经开始思考怎样用神力以外的力量造出人。"这些都说明普罗米修斯是一位不安分守己，想超越自己能力，并可能给人间带来灾难的祸星。

结合普罗米修斯的正反两方面的形象和《现代的普罗米修斯》中弗兰肯斯坦的形象，我们可以看出弗兰肯斯坦是综合了普罗米修斯正面和反面特点的现代的普罗米修斯。他们之间的共同点表现为：他们都有良好的愿望，但结果却与愿望相悖；都有伟大的奉献精神；有不屈不挠、代人受过的英雄气概。具体讲，在《现代的普罗米修斯》中，弗兰肯斯坦首先是作为一个勤奋、爱幻想和好思索的学生形象出现的，他有很强的求知欲，想探求自然界生命的奥秘。他觉得只有在前人的基础上更加努力才能开辟新的领域，才能达到超过他人的境界。他置自己的身体状况于不顾，疏远了和亲人、恋人和朋友的联系，潜心钻研学问，在发现他造出的“人”会对其他人带来危害时，他不顾生命安危去追杀恶魔，直至生命最后一息，这种精神是极为宝贵的。但是，他的这种疯狂追求和苛刻生活态度已经将他推向一个极端，已经超出一个健康的科学家所从事的研究范围。弗兰肯斯坦所探求的秘密是赋予无生命的东西以生命，即赋予他用骨头和肌肉拼凑起来的死尸以生命，从这点讲，他已违背了自然界新陈代谢、生老病死的规律。正是这一反科学的追求把他从正道上越推越远；他变得自私、残酷和虚荣，他要以创造者的身份出现，让许多他造出的新生命向他表示感谢。有两次恶兆企图把他从邪道上拉回来。一次是他即将出发去英格斯塔德大学求学前，伊丽莎白得了猩红热并染及他母亲，致其死亡。他虽然深爱着母亲，但还是毅然踏上了求学之路。第二次是他造出恶怪后的恶梦：他梦见和伊丽莎白相见，但是他的一吻却使她变成一具他母亲的死尸。弗兰肯斯坦自己也想中途撤回，但是为时已晚，成了欲望役使的奴隶。

玛丽·雪莱生活的时期，现代科学还处于萌芽阶段，但是已为人类展开了一个无限大的想象空间。她站在对科学既首肯又批判的高度，指出科学的巨大作用和它可能带来的反作用，给人们以警示。弗兰肯斯坦和怪魔的形象塑造已超越了本小说的范围而获得了广泛的应用空间。弗兰肯斯坦作为一个做事过激的偏执狂形象，怪魔作为一个外表、内心不协调的既令人同情又令人憎恶的混合体已深深地印入读者的印象中。作者那种把艺术想象同科学现实结合在一起的写法也为科幻小说开辟了新的领域。这些，我们都应归功于她的努力和创作才能。

第二节　维多利亚文学

所谓维多利亚时期指1837—1901年，英国女皇维多利亚执政的60多年。这是一个经历了巨大变革的历史时期，也伴随着许多改革。这个时期大致可被划分为三个阶段，即早期（1830年或1832年至1848年或1850年），中期（1848年或1850年至1870年）及晚期（1870年至1900年或

1901 年)。不同时期，尤其是早期和晚期之间，差别很大。

早期维多利亚时期是推行改革的重要年代，因此有不少人把维多利亚时期从 1832 年（即通过第一个选举制度的改革法案）算起。这时英国社会的特征是工业革命迅速发展，大批农民进入城市就业，城市面积和人口迅速增长，英国已成为世界最强大的工业国。但是资本家对工人的残酷剥削、工人恶劣的劳动和生活条件、国内经济萧条、大批工人怠工，加上农业欠收造成的穷人的饥饿、贫富两极分化，导致社会动荡不安，工人采取多种形式反抗，劳资冲突激烈。1815 年，议会为保护英国农场主利益，通过谷物法，提高了进口粮食的关税。由于缺乏竞争，英国面粉价格高昂，许多穷人吃不起面包，只能挨饿。1838 年至 1848 年工人在全国范围内掀起大规模的宪章运动，提出六项扩大工人政治权利的要求。虽然 1832 年的选举制度改革法案没有答应任何一条宪章中提出的要求，但是宪章运动留下的影响使得议会在整个早期阶段通过了许多改善工人劳动与生活条件的法案，例如废除谷物法、缩短童工劳动时间等。第一个选举制度改革法案削弱了贵族阶层的势力，增强了新兴中产阶级的政治权利。后来，1867 年与 1884 年分别通过第二个和第三个改革法案，把选举权扩大到城镇工人和乡村农工，但妇女直到 1918 年才取得选举和被选举权。这时期的文学作品以现实主义手法为主，较多作品反映了劳动人民的困苦以及他们的斗争，如弗朗西丝·特罗洛普（安东尼·特罗洛普之母）的小说《童工迈克尔·阿姆斯特朗》(1839) 以及后来两度任首相的迪斯雷利的小说《西比尔》(1845)、伊丽莎白·盖斯凯尔的小说《玛丽·巴顿》(1848)、金斯利的小说《阿尔顿·洛克》(1850) 等。散文更有卡莱尔的《法国革命》(1837)、《过去和现在》(1843)，恩格斯的《英国工人阶级的状况》(1845) 等。

由于进行了许多政治与经济改革，到了维多利亚时代中期（即 19 世纪的五六十年代)，一方面在拿破仑战争后 100 年内，英国没有介入任何欧洲大规模战争，因此赢得一段较长的和平建设时期，又因为英国工农业生产和外贸发展迅速，英国社会进入了一个物质繁荣的新时代，人们情绪乐观，甚至自满，对国家所取得的成就感到骄傲。随着英国的第一流海军舰队到世界各地掠夺殖民地财富，剥削当地人民的劳动力，推销英国的剩余商品，英国可以吹嘘自己已成为“日不落的大英帝国”。英国人生活水平的提高与殖民地财富不断流进英国分不开。这一事实在这时期的小说中无处不见，例如大家熟悉的小说《简·爱》中男主人公的财富是他在牙买加娶的妻子带给他的嫁妆，简·爱本人所继承的遗产也是她叔叔在海外殖民地剥削当地人发的财。这一事实也给想离开英国的人提供出路，例如简的表哥到印度做传教士，玛丽·巴顿和她的丈夫移民到加拿大。

在小说方面，有更多早、中期小说在描写其中产阶级或小资产阶级主人公在个人奋斗的过程中遇到的种种困难，多少揭露了社会的黑暗及不合理制度，机构的官僚主义及腐败，如狄更斯的绝大部分小说、萨克雷的《名利场》(1848)、安东尼·特罗洛普的政治题材小说［如《菲尼亚斯·芬》(1869)、《如此世道》(1875) 以及《首相》(1876)］等。当然还有更多题材为中产阶级恋爱和婚姻的小说，有不少是妇女写的，主人公是女性。其中不少反映了妇女对受歧视、被视为男人的装饰品和玩具、作为商品进行交易的苦恼。

这时期虽然物质繁荣，科学技术的发展，尤其是地质学、天文学与达尔文进化论研究的成果，与《圣经》的教导是背道而驰的。到底是继续信任《圣经》还是放弃信仰？这些痛苦的内心斗争在文学作品中有所反映，如丁尼生的诗集《悼念集》、阿诺德的诗歌《多佛尔海滨》、汉弗莱·沃德夫人的小说《罗伯特·艾尔斯米尔》(1888)。

晚期维多利亚时代英国的经济衰退了 (1873—1895)，1873年和1874年连续发生经济危机。另外，1867年通过第二个选举制度改革法案，工人的政治权利加强了，各行业工会的力量也加强了。它们为减轻对工人的剥削、增加他们的收入在全国范围举行大规模罢工，使生产瘫痪。到了19世纪末，无论是在工业总产量、科学技术的发展，或人才的培养方面，英国都落后于德国与美国，失去了她的领先地位。再加上殖民地国家纷纷起来反对英国的统治，在本国掀起反对殖民主义者的斗争，如印度的反英起义 (1857—1858)、阿比西尼亚战争 (1867—1868)、祖鲁战争 (1878—1879)、两次布尔战争 (1880—1881，1899—1902) 等。这时期，作家在文学作品中的态度颇有改变：有一股浪潮反对维多利亚时期最盛行的传统价值观，如反对过去提倡的严肃认真、把家庭看作神圣的、崇拜女人的纯洁等。而且人们对前途显然不如过去乐观，甚至抱悲观、颓废的情绪。这时期的代表作品有揭露家庭不和睦、家长不慈善的小说《众生之道》；完全抛弃认真的王尔德的戏剧《认真的重要》；认为上帝并不存在且人的命运完全靠偶然因素支配的《德伯家的苔丝》等。这时期也一时盛行为艺术而艺术的唯美主义，如佩特的《文艺复兴史研究》（1873），以及以王尔德的小说《道林·格雷的画像》（1891）、比尔兹利的画、道森的诗歌为代表的 19 世纪 90 年代的颓废思潮。

一、维多利亚诗歌

这时期的英国诗歌所取得的成就仅次于英国文艺复兴时期。这时的伟大诗人包括丁尼生、勃朗宁、阿诺德、勃朗宁夫人、先拉斐尔派诗人、为艺术而艺术的诗人、颓废诗人和幽默讽刺诗人。从内容上看，不少诗人吟哦着时代之音，抒发着时代的苦恼，如宗教信仰的幻灭等等。从形式上讲，许多诗歌采取了讲故事的行诗方式。这些故事往往是根据中世纪的历史或传奇人物的事迹而写的。总体来说，大部分维多利亚诗歌秉承了浪漫主义诗歌的传统。这两段时期诗歌的传承连绵是有缘由的。到了 1832 年，虽然司各特和其他浪漫主义诗人都已去世，但司各特的《诗歌全集》在 19 世纪他去世后又再版了 11 次，而且华兹华斯的长诗《序曲》1850 年才发表。这些最深浸着浪漫主义神韵的妙品无疑会对维多利亚诗坛产生巨大的影响，但是对维多利亚诗人影响最大的是雪莱与济慈。

（一）丁尼生

19 世纪英国诗歌经历了从浪漫主义到维多利亚诗风的转变。在众多的维多利亚诗人中，有四位堪称诗坛巨匠。他们是丁尼生（Alfred Tennyson，1809—1892）、勃朗宁（Robert Browning，1812—1889）、马修·阿诺德（Matthew Arnold，1822—1888）和哈代（Thomas Hardy，1840—1928）。然而就诗歌来说，最能代表维多利亚英国诗歌的无疑首推丁尼生。在当时的英国文化家庭的书架上也许可以没有哈代，没有阿诺德，甚至没有勃朗宁，但却不能没有丁尼生。

丁尼生出生在一个文化气氛浓郁的牧师家庭。父亲乔治·丁尼生博览群书，能诗会画；母亲亦钟爱诗歌。在这样家庭气氛的熏陶下，丁尼生从小就对诗歌创作产生了浓厚的兴趣，8 岁开始写诗，后又为蒲柏所译的《伊利亚特》倾倒，竟然也模仿这位 18 世纪英国诗坛巨子的诗韵写下了几百行诗。14 岁时又创作了一部 6000 余行的史诗和一部无韵诗剧。1827 年，17 岁的丁尼生便发表了他和两位哥哥合作的处女作《兄弟诗集》（*Poems by Two Brothers*），其中多为丁尼生所作。21 岁时又发表了独立完成的《抒情诗集》（*Poems, Chiefly Lyrical*，1830）。虽然这些早期诗歌过于追求形式与技巧的效果而失之自然，有时甚至显得十分稚嫩，但也充分表现了丁尼生在诗歌方面的早熟与天才。《玛丽安娜》（*Mariana*）是《抒情诗集》中写得较为出色的一首。根据该诗的引语“玛丽安娜在围有水沟的农场”，人们一般认为《玛丽安娜》一诗系根据莎士比亚的《一报还一报》改编而成。其实不尽如此，因为莎士比亚的玛丽安娜与丁尼生的玛丽安娜有着重要区别，那就是前者终于如愿以偿地嫁给了她的旧情人安哲罗，而后者却在日复一日的哀怨中凋零枯萎。因此一些评论家认为，除了《一报还一报》外，丁尼生的《玛丽安娜》还受到了其他一些作品的影响，如贺拉斯（Horace，前 65—前 8）的《颂歌》（*Odes*），弥尔顿（John Miltnn，1608—1674）的《利西达斯》（*Lycidas*），济慈的《伊莎贝拉》（*Isabella*）等。在这首诗中，丁尼生以细腻动人的笔触描写了一位被遗弃女子的凄苦情境。通过对残破的棚屋、冷寂的农舍、昏黑的沼泽、灰沉沉的荒原、尖啸的烈风、发霉的墙板等景物意象的描写，诗人准确地勾画出一个凋零、破败、死气沉沉的世界，并以此对应和烘托玛丽安娜悲惨的内心世界。

《玛丽安娜》虽由七个诗节组成，但在时间跨度上却只有一个整天，即从傍晚到傍晚。这种圆周式的发展结构象征着玛丽安娜被遗弃后日复一日的凄惨境况。每一诗节末尾反复表达死亡愿望的副歌也加强了这种印象。

《追思天方夜谭》（*Recollections of the Arabian Nights*）以阿廷斯王朝第

三代哈里发，哈伦·赖世德（Harun al-Rashid，766—809）的时代为背景，浓墨重彩地表现了这位哈里发统治下的太平盛世与壮丽美景。在诗的开头，诗人驾起童年的扁舟，沿着思忆的河流，向哈伦·赖世德的宫殿慢慢划去。随着轻舟慢移，各种神奇壮观的景色便一一展现在读者面前。在对两岸景色极尽渲染之后，诗人终于来到了哈伦那富丽堂皇的宫殿，并有幸窥视到那宝座上哈伦的王者风采。

《追思天方夜谭》充满了绚丽多姿的图画，读来令人心驰神往。从辉煌的巴格达神殿到处处是柱廊的花园，从裹着大马士革锦缎的月下草地到波斯夜莺鸣啭低吟的柠檬树丛……所有这些都生动地烘托出一个“金灿灿的盛世”，即哈伦·赖世德的好时光。

《艺术之宫》（*The Palace of Art*）初次发表在 1832 年的《抒情诗集》中，后经诗人大刀阔斧地修改，重新发表在《两卷诗集》的第一卷。如同《夏洛特女郎》，《艺术之宫》也是一则寓言故事。诗中的“我”为自己建造了一座精美高雅的艺术宫殿，希望通过这座艺术之宫饱览宇宙美景。然而诗中的“心灵”渐渐发现自己并不能完全摆脱现实，去过一种纯粹的审美生活，因为“这惨痛世界的谜/时时会在她的心头闪过”，因此无法完全沉浸在纯艺术的快乐之中。更重要的是她还意识到“周围是人类正在不停地上坡/朝一个肯定的目标迈进/而我的心灵似乎呆呆地凝住/也失去了光彩和动能”（黄杲炘译）。心灵最终意识到脱离现实，完全去过一种艺术与审美的生活是无法实现的，于是便离开了诗人为她建造的艺术之宫，脱去华丽的服饰，要求在山谷里为她盖一座小屋，好让她在那里伤心祈祷。然而在诗的结尾，心灵又要求诗人不要推倒她那些精美典雅的广殿高楼，因为有朝一日她还可能重返这艺术之宫。这种矛盾的心理表明，一方面心灵希望能完全摆脱世间的烦恼，在纯艺术的象牙塔中徜徉；另一方面又意识到作为一个社会成员无法摆脱的社会现实和作为一个当代诗人必须承担的社会责任。随着诗人年龄、阅历的日渐增长和思想感情的日益成熟，这后一种现实终于占据了诗人的整个心灵。

《两卷诗集》中写得最出色也最脍炙人口的还是丁尼生以古希腊罗马神话为题材创作的诗篇，如《食莲人》《尤利西斯》《提托诺斯》等。丁尼生从小就对古希腊罗马文学产生了浓厚的兴趣。对他影响最大的古典作家有古希腊的荷马（Homer，活动时期为公元前8世纪）、忒奥克里托斯（Theocritus，约前310—约前250）和古罗马的卢克莱修（Lucretius，约前94—约前55）、维吉尔（Virgil，前70—前19）、贺拉斯（Horace，前65—前8）、奥维德（Ovid，前43—约17）等巨匠。他们无论在语言、意象、结构还是题材方面都对丁尼生的诗歌创作产生了不可低估的影响。

《食莲人》最初发表在《抒情诗集》中，后经修改收入《两卷诗集》第一卷，其情节根据《奥德赛》第9卷82—97行内容改编，表现了特洛伊战争后希腊英雄奥德修斯（或尤利西斯）率部回国，途中航船被大风吹离航线来到食莲人国土，水手们乐而忘返的故事。在他的叙述中，奥德修斯这样写道："到第十天，我们踏上了食莲人的国土。他们以花果为食……我派了几个弟兄上岸……他们来到食莲人中间。后者拿出莲子让他们品尝。结果不管是谁，只要吃一口这种蜜甜的莲子就再也不想踏上归乡之路，而情愿在那里安家落户。"《奥德赛》中短短十几行的记述到了丁尼生笔下便被发展为一个具有13诗节、173行的戏剧性的诗作，生动细腻地表达了希腊战士因长期征战，神困体乏而产生的厌倦心理和渴求安逸平静的愿望。

从诗歌形式上说，《洛克斯利庄园》也十分与众不同。全诗采用双行诗节，共97节、194行。双行诗节要求严格，不仅两行必须押韵，而且语法结构和诗思也必须独立完整，不得延伸到前或后诗节中，因此这种诗节又称"对联句"（closed couplet）。《洛克斯利庄园》严格遵守了这一规则，但在音步与节奏上却打破对联句常用的五步抑扬格形式，而采用七步扬抑格。七音步诗在古希腊罗马文学中常用于喜剧诗。英国自都铎王朝以来已很少有人用其作诗，而在一首近200行的诗中大部分采用扬抑格（即重轻格）的人更是少之又少，因为这种诗节用得不好往往会产生一种单调、乏味的节奏。丁尼生则大胆地将这两种少用的诗歌形式糅到一起，制造出一种喧嚣的效果，有力地表现了主人公激愤的情绪与宣泄的语气，而这正是《洛克斯利庄园》的成功之处。

1832年的《抒情诗集》和1842年的《两卷诗集》构成了丁尼生诗歌

创作的第一时期。这一时期创作的许多作品，如上面提到的《夏洛特女郎》《艺术之宫》《食莲人》《尤利西斯》，《溅吧，溅吧，溅吧》等都被广大读者和评论界一致认为是英国最优秀的抒情诗和田园诗。这些精美的诗篇既是丁尼生大胆创新的结晶，又是他反复修改的结果。五年后，丁尼生发表了他的第一部叙事长诗《公主》（*The Princess*，1847），开始了他第二时期的创作。在这一时期，丁尼生一共创作了三部叙事长诗和一部悼亡诗集，标志着他诗歌创作生涯的鼎盛期。

在丁尼生走完了自己辉煌的一生后，英国却掀起了一股反丁逆流。他的深邃博大被斥为浅薄过时，他的优美精致也被贬为矫揉造作。与丁尼生同时代的讽刺作家巴特勒（Samuel Butler，1835—1902）在他的《札记》中这样讽刺丁尼生：

> 说到底，我们一致认为布莱克是个蹩脚作家，因为他为了研究但丁到60岁时还开始学习意大利语；我们知道但丁也是个蹩脚诗人，因为他过于崇拜维吉尔；维吉尔是个蹩脚诗人，因为丁尼生追在他的屁股后头，而丁尼生就更不用说了。

到20世纪，诗人兼评论家艾略特（T. S. Eliot，1888—1965）则说得更明确了，他认为丁尼生是“英国最惨的一位诗人……除了具有独特完美的音韵感外几乎一无是处”。英国20世纪30年代崛起的诗人奥登（W. H. Auden，1907—1973）也模仿艾略特的口吻，称丁尼生是“继弥尔顿以来耳朵最灵敏的一位英国诗人”，但“也无疑是最愚蠢的一位”。然而到了20世纪中叶以后，情况开始发生根本的变化，丁尼生在欧美各国被“重新发现”，不仅被推崇为“语言大师”（lord of language），还被公认为英国最伟大的诗人之一。这似乎印证了日籍英国诗人小泉八云（Lafcadio Hearn，1850—1904）早在19世纪末就作出的论断，即丁尼生是继华兹华斯和雪莱以来英国诗坛的“头号巨星”，因为“作为一个英国诗人，作为一位表现出英国语言全部的美、丰富性及其力量的大师，他是独一无二的”。

（二）罗伯特·勃朗宁

罗伯特·勃朗宁（Robert Browning，1812—1889）与阿尔弗雷德·丁尼生并称为维多利亚时代的两大诗人，他以心理诗，特别是戏剧独白诗闻名于世，对现代诗歌和小说有重要影响，被称为现代主义的先驱之一。

勃朗宁于1812年5月7日出生于伦敦坎伯韦尔。他父亲是银行高级职员，颇有文化修养，藏书丰富。由于家庭属于公理会新教徒，而当时英国名牌学校禁止这些人的子女入学，勃朗宁是靠自家的藏书自学成才的，并兼有诗歌、绘画、雕塑、音乐等多种艺术才能。正如大多数自学成才的人一样，勃朗宁不了解他的博学多识是一般读者无法企及的，因此他的诗中不时出现晦涩难懂的典故，并涉及偏僻古奥的学科。

勃朗宁早年深受浪漫主义诗人雪莱影响。1833年，年轻的勃朗宁出版了第一部诗集《波琳》（*Pauline*）。这本诗的附加题目是《自白断章》，它属于浪漫主义抒情诗的传统。诗中的说话者是个深囿于内心梦幻的年轻诗人，他向自己心爱的女人波琳倾诉写诗灵感枯竭的苦闷，并试图理解自己支离破碎的精神状态。诗集没有卖出去一本，勃朗宁把其中一本赠给了约翰·斯图亚特·穆勒。穆勒的评价是作者“有一种强烈病态的自我意识”。勃朗宁深受刺激，此后便另辟蹊径，从主观抒情转向客观描写和心理分析，终于发展和完善了别具一格的戏剧独白诗，并以这种诗体独步世界诗坛。

在勃朗宁典型的戏剧独白诗中，整首诗出自一个独立于作者之外的剧中人的独白，这一独白创造出一个有限的情境，仿佛是一部完整的戏剧作品中的某个片断场景。读者必须从一段掐头去尾的独白诗中推测剧情的全貌。由于戏剧独白诗完全从独白人所见所闻中折射出来，它在很大程度上染上了独白人的偏见，读者还必须透过偏见推测人物真实的性格和事件真实的面貌。可见，戏剧独白诗是一种限制很大的文体，但勃朗宁应用得得心应手，给读者留下极大的想象余地，因此他的诗虽然难懂，却微妙耐读。

戏剧独白诗并非勃朗宁首创，早在约翰·多恩（John Donne，1572—

1631）的《跳蚤》（*The Flea*）一诗中就有独白人、戏剧情境、假设观众三个要素，但勃朗宁极大地扩展了这一形式表达严肃的心理和哲理内涵的可能性。不少维多利亚时代的诗人，如丁尼生，也写独白诗，但他们的独白诗并非戏剧化的。以丁尼生的《尤利西斯》为例，它描述了古希腊英雄尤利西斯决断的瞬间。这是一首优秀的内省诗，但并不具备戏剧性，没有剧情，没有戏剧场景，独白人在读者的感觉中是以一个声音而不是一个戏剧人物存在的。其他的次要人物更是恍若阴影，毫无实体感。但是，在勃朗宁的独白诗中，每一场景的细节都生动如画；虽然只有一个主要人物在说话，他创造的戏剧情景中布满了鲜明丰满的人物形象。当普拉西德教堂的主教吩咐后事时，我们几乎可以亲眼看见主教的三个儿子畏缩在灵床前，他的对手甘道尔夫从壁龛里探出头来窥视。当弗拉·里波·里皮说话时，我们仿佛可以看见守城士兵粗暴的脸在大把跳跃的火焰下一隐一现，听到远处传来的寻欢作乐的人们小跑的脚步声和哄笑声。当安德里-德尔·萨托在夜幕徐徐降临的画室里思索他的失败时，他的妻子在阴影里等待着楼下情人的呼哨。这些都是具有纵深度和实体感的三维场景，这些场景里的人物相互作用，把剧情推到一个高潮。

勃朗宁继《波琳》后的两部诗作《帕兰斯萨斯》（*Paracelsus*）和《索德罗》（*Sordello*）尚未完全摆脱主观抒情诗的成分。虽然勃朗宁采用了某些戏剧的外在形式，诗歌的中心人物与诗人本人尚有明显的认同倾向。《帕兰斯萨斯》背景设在遥远的星相和炼金术的时代，它涉及与《波琳》同样的问题：人怎能将他无限的憧憬和有限的能力协调起来。这一主题贯穿了勃朗宁的所有诗歌。《索德罗》背景设在古老的吟游诗人时代，它集爱情、哲学、历史于一大成，是勃朗宁最晦涩的诗，像一座建筑师忘记了设计楼梯的巨大宫殿。在这两部诗集中，勃朗宁都是以书为媒介探索一个过去的年代，他尚未创造出一个活生生的年代中活生生的人物，使读者感到创作者仿佛和他创造的人物生活在同一年代，了解他们的习俗、口音，与他们摩肩接踵地经过，而这正是勃朗宁在以后诗歌创作中体现出的最大天赋。

1845—1846年，勃朗宁向著名的残疾女诗人伊丽莎白·巴蕾特求爱。

他们波折的爱情在后世留下了一段佳话。1846年9月，两个恋人来到意大利，在此期间勃朗宁创作了他最好的三本戏剧独白诗集：《男人和女人》(*Men and Women*)、《剧中人》(*Dramatis Personae*)、《戒指与古书》(*The Ring and the Book*)。正是这三部诗集奠定了勃朗宁在世界诗坛的地位和深远的影响。

与勃朗宁的人生哲学相连，勃朗宁的艺术观也强调“辉煌的失败”和尘世之情。人生不能尽美，刻画人生的艺术也包含了艺术家有限之心对无限之境的痛苦渴求。由于勃朗宁还赞颂尘世之情，伟大的作品也是灵与肉、智性与直觉、空灵与官能美的结合。

《安德里·德尔·萨托》(*Andrea del Sarto*) 体现了“辉煌的失败”的主题。安德里技巧完美的绘画意味着创作思想和艺术道德上的堕落，因为他的创作目标从未向自己的能力挑战，虽然他明白，“一个人应超越极限，否则天堂何用?”米开朗琪罗和拉斐尔的创作思想宏大，所以他们的作品尽管未达到心目中的理想，却取得了辉煌的成就。

《戒指与古书》体现了勃朗宁的“无限时刻”的理论。在某一特殊的瞬间，剧中人打破了惯常的行为方式，做出了意料之外的事；在这部诗中，牧师坎邦萨奇与伯爵年少新娘的出逃，就体现了社会责任与其相反的个人冲动之间令人晕眩的平衡。

勃朗宁作为一个现代主义的先驱具有重要意义。他的戏剧独白诗影响了康拉德、福克纳、福特等现代小说家的限制性叙事技巧，他在《恰尔德·罗兰来到黑塔》等诗中创造的支离破碎的世界和其中人物的异化感启发了艾略特的《荒原》，他所揭示的同一人物中社会人格与本能冲动之间岌岌可危的平衡已被现代心理学证实。

（三）马修·阿诺德

马修·阿诺德 (Matthew Arnold, 1822—1888) 出生在英国泰晤士河谷的一个叫拉勒姆的村庄。他的父亲托马斯·阿诺德是著名的拉格比公学 (Rugby) 的校长。作为“广教会”的领袖人物和一个开明的基督徒，他认为人文教育与现代生活紧密联系，并常常在他的学生心中灌输一种社会责任感和道德意识。作为校长的长子，马修·阿诺德在这里接受了教育，在青年时代便学会了对社会问题和道德宗教问题的关注。

从拉格比公学毕业之后，阿诺德进入了牛津大学的贝利奥尔学院（Balliol College）学习。在大学期间，他不思学业，成绩一般，但却多愁善感，奇装异服，一反拉格比公学时代的严肃和正统，俨然一个玩世不恭的花花公子。也正是在大学期间，他与亚瑟·休·克拉夫（Arthur Hugh Clough，1819—1861）结下了深厚的友谊，他们的交往给阿诺德一生的思想和感情都留下了深刻的影响。

大学毕业后，阿诺德被选为牛津大学奥里尔学院（Oriel College）的研究员。1847 年，他离开牛津，成为兰斯顿爵士（Lord Lansdowne）的私人秘书。1851 年，他被聘为英国政府的教育巡查员，并在此后的 35 年中连续在这个职位上任职。同年，阿诺德与怀特曼女士（Frances Lucy Wightman）结婚，他们的蜜月经历在他著名的诗篇《多佛尔海滨》和《诗节：卡尔特修道院》中有所提及。作为教育巡查员，阿诺德得以在英国和欧洲广泛游历，了解到英国社会的各个方面，并将欧洲大陆与英国的情况相比较，对英国社会和文化进行深入的思考。

作为诗人，阿诺德共有大约 20 年的创作生涯，共出版了 5 部诗歌集：《迷途的狂欢者》（*The Strayed Reveller*，1848）、《恩派多克勒斯》（*Empedocles on Etna*，1852）、《诗歌》（*Poems*，1853）、《诗歌二集》（*Poems*，*Second Series*，1855）和《新诗》（*New Poems*，1867）。他的诗歌得到了同时代读者的认可，但却没有使阿诺德本人满意。1860 年后，阿诺德放下了诗歌创作的笔，全力投身批评活动。他陆续出版了《批评论文一集》（*Essays in Criticism*，*First Series*，1865）、《文化与无政府状态》（*Culture and Anarchy*，1869）、《友谊的花环》（*Friendships Garland*，1871）、《文学与教条》（*Literature and Dogma*，1873）和《批评论文二集》（*Essays in Criticism Second Series*，1888）。阿诺德的批评著作涵盖文学批评、社会批评和宗教批评。他的论文深刻睿智，博古通今，往往能够切中要害，被视为维多利亚时代重要的批评家。

1857 年，他被选为“牛津大学诗歌教授”；虽然这只是一个名誉职位，但它却代表了很高的荣誉。他在牛津大学的系列讲座后来被出版为《论荷马史诗的翻译》(*On Translating Homer*, 1861) 和《论凯尔特文学研究》(*On the Study of Celtic Literature*, 1867)。随着阿诺德的名声与日俱增，他应邀于1883年和1886年两次赴美国作巡回演讲。他的美国之行不仅仅是效仿狄更斯和萨克雷等英国作家的美国巡回之行，而且也是借此机会探访他远嫁美国的女儿。1888年，他突然病逝于英国利物浦。

阿诺德的诗歌常常表现低落的情绪，它们反映内心的痛苦，同时也反映一种特殊的生活观和人生观。在1848年创作的一首题为《致友人》的诗歌中，阿诺德问道："是谁，在这段艰难的日子里，支撑着我的心灵?"他的回答是荷马、埃皮特忒斯和索福克勒斯。这几位古希腊文学家和哲学家都经历过或者描写过人生的痛苦和磨难，并且在一定程度上都表现出斯多葛主义 (Stoicism) 的人生态度。那就是在痛苦和命运面前做出一种忍受的姿态，采取一种淡泊的处世观。阿诺德认为，索福克勒斯能够"平和地看待人生，完整地看待人生"，因为，他的灵魂"不被世事所愚钝，不为激情而癫狂"。

阿诺德的诗歌对人生中的一些艰难时刻表现得特别敏感，描写痛苦对他来说可能是一种宣泄。批评家马里奥·普拉兹在《浪漫的痛苦》中认为19世纪的诗人几乎都对痛苦有一种近乎病态的嗜好。阿诺德的诗歌似乎对痛苦也有一种迷恋。他的"痛苦时刻"不仅包括失恋、孤独和失落，而且还包括死亡。在他的一生中，有三位伟大的诗人勋逝，他们是歌德、拜伦和华兹华斯。在他1850年创作的《纪念诗行》(*Memorial Verses*) 一诗中，他将华兹华斯的死与歌德和拜伦的死相提并论，认为他们的离去是诗歌的巨大损失。歌德的智慧、拜伦的力量和华兹华斯的情感都是诗歌史上不可复得的成就，特别是华兹华斯的诗歌可能将后无来者。

值得注意的是，阿诺德并没有像坚守阵地的基督徒那样的自信，也没有"牛津运动"的信仰辩护者那样的锋芒。他没有抨击功利主义者和科学的漏洞或不严谨。相反，他不断地为自己的行为辩解和致歉。"原谅我，心灵的大师们。""我来到这里并非与你们为敌！我并非带着悔意来此寻找寄托，来咒骂和诋毁你们的真理。"阿诺德所表现出来的更多是忍耐和大势已去的无助。这种姿态几乎在阿诺德的所有著名诗歌中都有所表现。在《多佛尔海滨》中，阿诺德感叹信仰的海洋正在枯竭，从而发出一种无可奈何的哀怨。他敦促爱人与他真诚相待，以躲避时世的混乱。在《学者吉卜赛人》中，他请求这位 17 世纪的幽灵继续逃避现实世界，因为这个世界所发生的事情会影响他的信仰，妨碍他的追求。在《色希斯》中，阿诺德又一次将信仰危机的世界与牛津郊外的田园景色相对立，认为色希斯的死使他得以免受现代社会思想混乱的冲击，从而免受现代人所承受的精神折磨。

阿诺德的批评活动始于文学批评，然后逐渐扩大到社会批评和宗教批评。他的文学批评基于对自己的诗歌实践的思考，也基于对文学史和前辈诗人的作品的思考。在检讨自己的诗歌实践时，他充分地感觉到他的诗歌过于悲怆，并且悲怆的情绪无以宣泄。在《诗歌》（1853）的前言中，他认为诗歌首先必须使人快乐，这是人们喜爱诗歌的基础。他引述席勒的话说："正确的艺术只能是这样的艺术，它会创造最高形式的乐趣。"即使是悲剧或悲剧性的诗歌，也应该提供这种快乐。"题材的悲剧性越强烈，乐趣也就越深邃。"但是如果悲剧性的情绪在作品中不能得到宣泄，压抑得不到释放，那就会造成这个作品的失败。正是出于这个原因，阿诺德在 1853 年认为没有必要重印《恩培柴克勒斯在埃特纳火山上》。该诗的主人公恩培柴克勒斯是公元前 5 世纪的希腊哲学家和科学家，由于他对人类最终获得快乐、知识与平安持怀疑态度，因此在绝望中纵身跳入了埃特纳火山。阿诺德认为该诗的失败之处在于它的忧郁情绪过于浓重，像夏洛特·勃朗特的小说《维列特》一样，人物内心的痛苦得不到正常的宣泄。同时我们也不难悟出，他认为他的其他诗歌也有同样的毛病。

阿诺德认为，文学批评的关键和法则在于"非功利化"。批评活动应该成为一个纯心智的领域，远离实际。他反对英国的评论杂志服务于政治目的，附属于团体和政党，提倡"心智的自由想象"。如果《爱丁堡评论》继续服务于辉格党，《季度评论》继续服务于托利党，《英国季度评论》继续服务于其他政治团体，《泰晤士报》继续服务于中产阶级，相互攻击和相互辩论，各自从自己的实际利益出发，各自从属于实际利益的需要，那么，批评就无法达到它“超脱”的状态，无法完成它的使命。

二、维多利亚散文

维多利亚时期的散文也是硕果累累。这时的多数散文家受感于社会之疾痛，他们以笔为媒，或感召，或呐喊，或讥刺，为社会积极地献计献策。他们中有持有各种不同观点的著名历史学家、思想家、社会学家、科学家、宗教界人士及文学家，如卡莱尔、麦考利、穆勒、罗斯金、阿诺德、莫里斯，还有如达尔文、赫胥黎、纽曼等人。他们不同于浪漫主义时期兰姆与哈兹里特这类热衷于纯文学的儒生雅士式的散文家。占据维多利亚散文主要篇幅的是社会的“热门”问题，如资本家对工人的残酷剥削、工人恶劣的生存条件和严重的失业状况、《圣经》里上帝创造世界与科学（天文学、地质学及生物学）发现的冲突、工业化究竟是进步还是倒退、中产阶级文化修养的缺乏等等。

（一）卡莱尔

托马斯·卡莱尔（Thomas Carlyle，1795—1881）是英国维多利亚时代的文豪；他一生著作颇丰，散文、评论、历史、社会批评，无不涉足。他的作品与时代丝丝相连，或针砭时弊，或借古讽今，或细细记述精神的再生之路，或谆谆训导大英臣民。晚年的卡莱尔沉溺于英雄崇拜，渐渐步入拥护独裁、反对民主的行列，后世的评论家为此对他诟病不已；尤其在法西斯主义猖獗的 20 世纪 30 年代和 40 年代，进步的文人更是将他视为民主的对头，有意地冷落他。但 50 年代以后，人们以冷静客观的目光重新审视这位“切尔西的贤哲”时，不得不承认：他对维多利亚时代的社会思想的形成有着不可替代的建树之功，他在 19 世纪的英国文坛占据了舵手的位置。卡莱尔还是一位文体大家，“卡莱尔式文风”（Carlylese）在维多利亚时代独树一帜：气势磅礴，用词造句别具一格，大胆借用德语词法；说理论证环环相扣，节节紧逼，令人应接不暇，即使在今天读来，也依然有震人心魄的力量。

1795 年 12 月 4 日，卡莱尔出生在苏格兰的小村伊克利斐珊，父亲是一位石匠，个性倔强，母亲娴静慈蔼，但也很有主见。两人都是虔信加尔文教义的基督教徒。父母的勤俭淳朴和充溢家中的宗教气氛深深地影响了小卡莱尔。他是长子，双亲对他期许甚重，家境虽不富裕，仍尽力供他读书，殷盼有朝一日他能担任神职。卡莱尔 14 岁时进了爱丁堡大学。在那里，他感受到自由开放的文化气氛，涉猎数学、文学和怀疑论哲学书籍，逐渐动摇了对基督教的信仰。经过痛苦的思索犹疑，他毅然决定放弃做教士的打算。为了谋生，他教过书，学过法律，最后选定写作为终生职业。他早年倾心于德国的文学和哲学，早期作品多是对德国作家的翻译和评介。他曾译过歌德的《威廉·迈斯特的学习时代》(1824)，写过《席勒生平》(1825)，潜心研读过康德的著作，还在《爱丁堡评论》上发表了几篇评论文章。这些不但使他小有名气，还开拓了他的视野，令已不再信奉基督的他在德国的浪漫主义文学和古典唯心主义哲学先验论中寻回了宗教的种子，并慢慢培植出一套独特的哲学信仰。

1821 年，他得遇美丽聪颖的简·贝丽·韦尔什小姐，此后两人鱼雁传情，终使这位家境殷富的医生之女于 1826 年以身相许。婚后两年，由于经济拮据，二人只得隐居一处荒凉山庄克雷根普托克。这一住便是六年。卡莱尔在孤独寂寞中笔耕不辍，许多精彩的短文接连问世；他以文会友，与拉尔夫-沃尔多-爱默生和约翰·斯图亚特·穆勒等人过往甚密。1833 年至 1834 年，卡莱尔在《弗雷泽》杂志上连载发表了第一部奇书《旧衣新裁》(*Sartor Resartus*)。1836 年，在爱默生的大力推举下此书的单行本首发于美国，两年后才在英国出版。卡莱尔文名渐盛。

《旧衣新裁》是一部带有浓重自传色彩的哲理小说。卡莱尔假托记录德国教授图非斯德娄克的生平和论述，将自己 35 年人生的经历、感受和哲学思辨巧妙地注入了书中。此书共分三卷。第一卷描写了一位英国编辑如何整理教授的文稿并将其中阐述“衣服哲学”的精彩文字介绍给英国读者；第二卷说的是从德国寄来的六包邮件，描述了教授的身世及其“衣服哲学”的形成；第三卷则将“衣服哲学”运用于其时其世，做了一番意味深长的论述。这部书是卡莱尔第一部有影响的作品，也是他独特的哲学思想的小结之作，其中既可看出他早年所受的加尔文教义的熏染，又可觅到他后来博览群书所受的德国文学及哲学的影响。

卡莱尔独特的文风在此书中也渐已成形。他受德国文学潜移默化的影响，在文中呼吁：“合上你的拜伦；打开你的歌德。”他模仿德文，别出心裁地使用大写；还大量借用德语词，有时还任意组合新词；排比句式一个接着一个，排山倒海般地扑向读者，趁其未及细细品味个中逻辑，就先以雷霆万钧的声势赢得了读者身不由己的情感赞同。卡莱尔不擅抽象说理，而好以具体的形象或意象来描摹抽象的观点。这样，一来为他的文章添上了瑰丽壮观的色彩，二来也减轻了因借用德语词和遣词造句不合常规而引起的晦涩之感。此书虽是他孤处书斋中写出的，却独具一种谈话风格——他就像一个布道的牧师一样呼吁着他的读者，用洪亮的声音、夸张的词句、丰富的典故、具体的描摹和激情昂扬的语气来与读者交流。他还好用反问句和对比结构。

《旧衣新裁》并没有给卡莱尔夫妇带来多少经济上的收入，但却为卡莱尔走向文坛宝座开通了一条道路。1834 年，为了让卡莱尔能写出一部传世之作，夫妇俩决定迁往伦敦以接触更多的文化气氛和著书素材。他们在文人名士聚居的切尔西区的切恩街上住了下来。三年后，《法国大革命》（*The French Revolution*）问世，卡莱尔终于一举成名，稳稳地坐上了文坛领袖的宝座；崇拜者越来越多，他们聚在卡莱尔家中聆听他侃侃而谈——他成了“切尔西的贤哲”。穆勒曾撰文盛赞《法国大革命》，认为“与其说这是一部历史，倒不如说这更是一部史诗，但尽管如此，它却总归是……所有史书中最逼真的一部”。在今天看来，这部书作为史书有欠客观、真实；其观点也未免偏颇；但就其文学价值而言，却占有不可替代的位置。

《法国大革命》的叙述者是一个亲身经历这次革命的普通人。全书分为三部，分别冠以不同的小标题。第一部名为“巴士底狱”，记述从 1774 年路易十五驾崩到 1789 年 10 月路易十六被迫移居巴黎之间的历史。第二部名为“宪法”，记叙王室与革命政府关系的恶化，路易十六的逃亡和被幽禁。第三部名为“断头台”，记叙处死王室成员和贵族的屠杀，雅各宾派专政的恐怖统治时期，罗伯斯庇尔的倒台，吉伦特党的胜利，一直写到

1795 年 10 月拿破仑平息叛乱和政变，登上权力顶峰为止。

《法国大革命》是一部激情之作。卡莱尔生动的文笔使法国大革命中的许多场景凝成了英国文学中不可多得的章节。攻克巴士底狱、刀尖之宴、路易十六及其王后的临刑等章节写得字字传神，句句动情。在描写这些事件的时候，卡莱尔与经典历史学家不同，并不冷静枯燥地记流水账，而是将重点移向事件中的人，写他们的一举一动、一言一行，极富想象力。读者看到的不再是呆板被动的棋子式人物，而是活生生的、情感复杂、性格鲜明的男男女女。换句话说，与其说他是在记述历史事件，倒不如说他是在描摹人们在戏剧化的情况下所作出的反应。例如他写攻克巴士底狱，并不在打了几枪、放了几炮上做文章，而是用众多的短句式来表达当时那种急迫紧张的氛围，又以目睹的口气来描写双方的对峙举动，偶尔会插入一两句命令句，仿佛一切仍在进行中；他还不断变换角度，一会儿以攻打者的口气问“该怎么办呢”，一会儿又转入城堡中，细写守堡军官的言行举止；而那些就事论事的感叹句则更是巧妙，读者好似在看一场戏，他们被卡莱尔的笔施了巫术，完全忘我了。实际上卡莱尔真正用在描写攻堡上的笔墨连一页都不到，但那种形势急转直下的感觉却是一丝不差地传给了读者。

1845 年，卡莱尔的《克伦威尔信函及讲演集》（*Oliver Cromwell's letters and Speeches*）问世。1858 年至 1865 年，《普鲁士腓特烈大帝传》（*History of Friedrich II of Prussia：Called Frederick the Great*）出版，这是一部倾注了卡莱尔全部心血的巨著，标志着卡莱尔文学创作的顶峰。

为了写好这部历史，卡莱尔曾亲自寻访昔日战场，将许多图片挂在书房中，使自己能够惟妙惟肖地想象出当年的景状。但卡莱尔写史的目的并不是精确地再现历史，而是试图在历史事件的表层下挖掘出意义更为深刻的现实，找出一条凌驾于混乱无序的史实之上的规律——他写历史只是为了提醒现在。在他的史书中，英雄压过了历史事件而成为历史的主角。卡莱尔将腓特烈写成救世济民的大英雄，不惜笔墨地大肆渲染其力排众议竭力推进伟业之痛苦艰难；偶尔也会写些轶闻趣事，调节气氛，使主人公因为有了人情味而愈发可敬。但腓特烈到底是个践踏人权、崇尚专政的君主；卡莱尔往往以大量的篇幅为这些独裁之举寻找各种各样的理由，甚至认为独裁是必需的，是兴国强盛的唯一可行之道。

（二）纽曼、牛津运动和小说《失与得》

1883年，当马修·阿诺德在美国讲学时，年过八旬的约翰·亨利·纽曼（John Henry Newman，1801—1890）在他自己创办的伯明翰天主教奥拉托利会安度晚年。在题为“爱默生”的演讲里，阿诺德回忆起40多年前的牛津和纽曼的布道时抑制不住留恋之情。他说，年轻学子一旦聆听纽曼宣讲宗教就没齿不忘，那声音将永远在耳际回荡，但是：

> 我们年轻时在牛津听到的那种声音已经沉寂了。牛津现在有更多的批评，更多的知识，更多的光明；然而它不再拥有我们年轻时熟悉的声音。红衣主教纽曼的名字依然激发想象；他的天才和风格依然充满魅力。……他每个星期天都在圣玛丽教堂布道；他几乎就要使英国国教会（Church of England，亦称圣公会、安立甘宗）——我们心目中全世界最具民族特性、顺应自然的机构——焕发生命。那精神之灵在下午幽暗的光线里轻捷地穿过圣玛丽教堂的过道，登上讲坛，用他无比迷人的声音，用他微妙、优美、忧郁的宗教音乐的语言和思想打破岑寂，谁不为他的魅力所倾倒？

阿诺德指出，纽曼在复兴国教会有望成功之际改宗天主教，他的选择实在不能为处于怀疑与困惑之中的人们指明方向，然而他独特的经历和他的宗教思想与文风却使年轻的牛津学子久久不能忘怀。

阿诺德于1841年到牛津就学，此时的纽曼在国教会正统派看来已显露出离经叛道的迹象。两年后，纽曼离开圣玛丽教堂布道坛，一去不返。如果边沁的功利主义和麦考利的“自由”“进步”的思想是维多利亚时期正宗的意识形态，那么它们在产生之初就受到来自各方面的批判，该时期的思想史是由一系列对它们的反动和冲击组成的，第一道冲击波就是来自纽曼，来自他所代表的牛津运动。

纽曼于1820年毕业于牛津三一学院，毕业口试时因过分紧张未能取得优等生资格，两年后他经考试当选为精英云集的牛津奥利尔学院院士（fellow）。初到奥利尔，生性羞怯内向的纽曼常常独来独往，第二年开始与新当选的院士、五年后荣任牛津钦定希伯来文讲座教授皮由兹（Edward Bouverie Pusey，1800—1882）切磋学问，颇相契洽。1826年，纽曼升为学院导师（tutor），从此逐渐生出冬去春来之感，用他自己的话来说，他终于“钻出了自己的贝壳”并在身边聚集了几位志同道合的朋友。1828年，纽曼经至交弗劳德（Richard Hurrell Froude，1803—1836）的介绍与他敬仰已久的同院院士基布尔（John Keble，1792—1866）结识。奥利尔这几位一心求道问学的院士未曾料到，几年后他们将在英国宗教界和思想界掀起一阵与时代潮流逆向的波澜。

19世纪二三十年代的牛津已经不是各路游说之士荟萃的“稷下学宫”。自从宗教改革以来牛津就是国教会的堡垒之一，内战时还一度成为保王党的大本营。英国国教会在16世纪得以完全独立于罗马教廷显然是借助了欧洲大陆的宗教改革之风，但是亨利八世和不少宗教界人士并不以路德的新教教纲为然。在伊丽莎白统治时期，自1549年开始就为国教会正式采用的《公祷书》（*Book of Common Prayer*）几经修订后在礼拜和组织等方面仍沿用一些天主教旧制，英国的新教势力呼吁“清除”（purify）国教会中的“教皇残余”（清教徒“Puritan”由此得名），有的人因不能达到目的就提倡分离。17世纪初，一些清教徒远涉重洋，到北美拓荒殖民，但国教会内部同情新教或清教主义的仍大有人在。牛津大学堪称抵制清教主义的中坚。1629年威廉·劳德（William Laud，1573—1645）出任牛津校长，他把以往牛津各种杂乱的规章编纂为一部以国教教义为基础的校规（即“劳德规约”）。这部校规制定了牛津学人的行为准则，一直到1864年才废止。劳德持身严正，奉教虔笃，他于1633年担任国教会教首坎特伯雷大主教后，想以治理牛津的热情来统一英国杂乱的教派，把它们一律置于国教会的卵翼之下。尽管劳德的主观意愿是寻求一条介乎天主教和新教中间的道路，他在不少人眼里是新教和清教主义的大敌。劳德还在反腐败、限制圈地等方面招来一些位居高津者的怨恨。

纽曼于1846年秋赴意大利，到罗马后先在梵蒂冈的传道总会修习经院神学，翌年5月底受封为司铎。就在他等候教皇准许他在英格兰创办奥拉托利会的通谕时，他读到一部新出的英国小说《牛津到罗马》，作者坚持只有英国国教会才是真正的普世教会，并多处影射纽曼，希望他回心转意。纽曼到意大利后心地平和而欢愉，但此刻他马上以不减当年的热情用小说的形式为自己申辩，这就是《失与得》的由来。

《失与得》创作于1847年，这一年是英国小说的丰收之年，《简·爱》和《呼啸山庄》这两部名著都是1847年出版的。《失与得》没有波澜起伏的爱情故事，相比之下格外引人注目。纽曼本人对婚姻的态度决定了爱情的缺席。他早在1816年秋就决心为了宗教事业终身不娶，这反过来“加强了我与这可见世界的隔绝感”。此后纽曼一度动摇，但从1829年开始坚定了信念。其实对维多利亚时期的英国人来说宗教仍是生活中的大事，其意义并不一定低于男女之爱或家庭生活。英国出版家杰弗雷·费伯（Jeffrey Faber）的祖父母订婚8年后才结婚，在这8年的通信里有大量涉及宗教的内容。阿诺德的弟弟汤姆改宗天主教后离开家庭到都柏林生活。

纽曼的归“家”之旅多坎坷，他的一生是献身宗教的一生。他从无闲散之时，内心却平静如镜。1865年他创作长诗《吉隆提乌斯之梦》，描写了一位天主教徒弥留之际灵魂如何弃肉体而去。诗中有一种静穆的喜悦，难怪被称作与19世纪“最不相投、最独立于”时代精神的诗篇。纽曼在“仁慈的光”的引领下归“家”，他的“家”不是我们的家，但是纽曼唯精唯一、至死靡它的追求永远是值得敬仰的。

（三）约翰·斯图亚特·穆勒

约翰·斯图亚特·穆勒（John Stuart Mill，1806—1873）不是英国最伟大的哲学家，但他对后代哲学思想的影响超过了任何哲学家。他不但是哲学家，而且是逻辑学家和激进的政治家和社会改革家。他诞生在一场由杰里米·边沁领导、他父亲也积极参与的、强有力的哲学和政治改革运动中。他对这场运动的基本理论，即功利主义（Utilitarianism），既拥护又有所保留。他对当时处于发展中的经济学做出了重要贡献；他在推理逻辑学、道德哲学、社会政治学方面的理论在今天也还有积极的意义。他的自由人文主义思想和男女平等的思想表现了他对于人最基本也最深切的关注。

约翰·斯图亚特·穆勒生于伦敦，是詹姆斯·穆勒（James Mill）的长子。詹姆斯·穆勒出身平凡，依靠个人奋斗成为地位显赫的政府高级官员和有独特见解的思想家。约翰在家里接受父亲的教育。他还在牙牙学语的年龄，父亲就教他希腊语，后来又教拉丁语和算术。他12岁开始学逻辑学，13岁开始学政治经济学，诗词和历史更必须精读。约翰在14岁之前，除了会见父亲的朋友外，几乎与外界没有任何接触。1820年约翰随塞缪尔·边沁一家到比利牛斯山脉旅游，长了见识，培养了对山野风景终生的爱好。回国后，父亲为他找了一位家庭教师。在其后的五年中，约翰·穆勒与外界的接触逐渐增多，创立了功利主义学会，经常参加伦敦的辩论会，并积极投稿给哲学激进分子的刊物《西敏寺评论》，社会活动极为频繁。

边沁和约翰的父亲都是哲学上的激进分子，主张将功利主义（即为最大多数人带来最大幸福的理论）运用到实际的政治经济生活中去，建立更合理的人类社会。对于他们来说，功利主义是理论和实践的完美结合。关心人类进步，把知识用于造福人类，是功利主义与以前的经验主义哲学的最大区别。边沁和他的朋友们提出了四项计划：（1）改革现有法律，建立完整的法律体系；（2）改革议会制度，建立更普遍的选择政府；（3）废除对于贸易和劳动力的限制；（4）改革教育，建立功利主义的道德观念。受父亲和边沁的影响，约翰·穆勒极力宣传边沁的功利主义理论，企图以此促进社会的进步和人类的幸福。

但他21岁那年对自己纯理性的信仰产生了怀疑，经历了一次精神危机。他问自己："假如你生活的所有目标全部实现了，你企盼的制度和观念上的变化能够立即发生，你会感到极大的快乐与幸福吗？"但答案是否定的，他陷入长期的苦闷和忧郁之中。后来他的精神危机通过阅读华兹华斯、柯勒律治和歌德的诗歌被治愈了。他称赞华兹华斯的诗是"内在喜悦的源泉，是同情和想象快乐的源泉，是恒久幸福的源泉"。他懂得了尊重艺术与诗歌。穆勒的《自传》（*Autobiography*，1873）是他所有著作中流传最广的一本书，他在其中对于自己所受的教育和自己的心路历程有详细的记载，特别细致地描述了这场精神危机。后来他写道："真正的政治哲学体系比我原来想象的要复杂得多、广泛得多。它不是要提供一套机构范式，而是要提供一系列原则，从中可以推导出能适应所有情况的机构。"

1830 年约翰·穆勒结识了一个伦敦商人的妻子哈丽特·泰勒。哈丽特聪明、活泼、美丽，学识渊博而且风趣幽默。这是穆勒结识的自己家庭外的第一位年轻女性，穆勒对她印象很好，而哈丽特在谈到穆勒时说他"具有高尚品格"，并说"完全和他在一起是我命运的最高理想"。哈丽特的丈夫曾企图将二人分开。穆勒的父亲虽然相信两性之间的关系应该有更多的自由，却不愿意看到自己的独生子在这个方面起先锋作用。实际上，他们之间的爱慕建立在志趣相投、见解一致的基础上，是一种柏拉图式的爱情。哈丽特在穆勒的精神生活和思想发展中起了十分重要的作用。穆勒认为他在《论自由》中的许多思想都是受到哈丽特的启发才产生的，因此这部著作是合著。1849 年哈丽特的丈夫逝世。两年后穆勒写了一篇文章，批评这种受法律保护的婚姻关系。这两个相爱多年的人终于走到了一起。穆勒在《论妇女的从属地位》（*On the Subjection of Women*，1869）中关于两性平等的观点来源于他早期的政治思考，但他与哈丽特的关系无疑是重要促动力。可惜他们共同生活了仅仅七年，哈丽特就去世了。哈丽特的女儿陪同穆勒度过了晚年。

穆勒在 19 世纪 30 年代发表了一系列论文阐述自己的思想，而《逻辑学》（*A System of Logic*，1843）和《政治经济学原理》（*Principles of Political Economy*，1848）确立了他作为那个时代重要思想家的地位。穆勒的思想可以概括为四个方面：（1）社会科学研究的方法论；（2）对功利主义原则的阐述；（3）个人自由；（4）关于政府的理论。他影响最大的著作是《论自由》（*On Liberty*，1859），此外还有《功利主义》（*Utilitarianism*，1863）等。

1844 年穆勒发表一系列论文《论政治经济学中若干未解决的问题》，探讨消费对生产的影响，生产性劳动与非生产性劳动的界定，利润与工资的确切关系等。在《政治经济学原理》中，由于他研究了社会主义作家的著作，因而表现出对劳动阶级更多的同情，对生产和分配中的不公正表示愤慨。穆勒指出，花费在产品上的劳动量决定产品的价值，一个国家的生产总值受到国土资源的制约，人口比生产增长更快，因此控制人口增加才能提高生活水平。穆勒认为他在经济学上最重要的贡献在于区分了生产与分配。生产的规律在任何国家都是一样的，而分配的方法可以任意选择。

功利主义强调有用性，认为有用才是好的。穆勒指出，人的行动是受利益支配的，而人的利益可以用痛苦和快乐来衡量。他在《功利主义》第二章里指出："行动如果带来幸福，就是对的；如果造成痛苦，就是错的。"而穆勒对于幸福的解释就是只有快乐，没有痛苦。穆勒的快乐主要是指艺术欣赏的、审美的快乐，而不是感官的快乐。同时穆勒还认为快乐的质量比数量更重要，来自高级功能的快乐更宝贵。

《论自由》强调个人言论的绝对自由。穆勒认为不管一种观点正确与否，都不应该压制。如果这种观点正确，压制它就等于剥夺了真理；如果这种观点是错的，压制它就剥夺了我们全面认识真理的权利，因为真理是在同谬误的冲突中得到认识的。更多的情况是，一种观点包含部分正确和部分谬误，而只有通过不同观点的自由辩论我们才能认识全部真理。穆勒的自由观带有功利主义的烙印。他认为自由本身既是一种善，又是一种获得幸福与人格完善的途径。

《论妇女的从属地位》主要探讨妇女结婚后在法律上的从属地位。穆勒时代的婚姻法规定，妇女一结婚就丧失了对自己财产的支配权利，对丈夫的挥霍甚至故意谋取财产毫无办法。妻子受到丈夫肉体上的虐待，没有办法保护自己。这种状况即使在今天也没有明显的变化。穆勒认为，妇女应该拥有与男人相同的权利，包括选举权等。把妇女置于从属地位，男人就压制了世界上另外一半才能的发挥；而缺乏妇女对于社会的贡献，人类社会就是有缺陷的，不合乎人性的。关于婚姻关系，穆勒还认为，智力和环境条件相似的两性的结合比相悬殊的两性的结合，婚姻幸福的可能更大。但是穆勒的思想有其局限性，例如他说："妇女的作用是美化生活，为了她自己，也为了她周围的人，她应该开发自己智力的、精神的和肉体的功能，发掘她体验快乐和给予快乐的能力，把真、善、美带到她们所处的任何地方。"这显然是说，妇女的角色是美化男人的生活，对社会没有其他贡献，这是典型的维多利亚男子对妇女的看法。

穆勒是英国第一个妇女选举权协会的发起人之一，这个协会后来发展成为英国妇女选举权协会全国联合会。穆勒积极参与政治，曾当选为西敏寺区的议员，在美国南北战争中支持北方。他是一个极富探索精神的人，声称在“寻求知识的能力和意愿方面超过了他同时代的任何人”。他在哲学上提出了许多实用的术语，很适合课堂教学。他缺乏创造才能，他的政治理论主要来自边沁，经济学理论主要来自大卫·李嘉图，但他善于倾听、分析别人的理论，不怀偏见。虽然被认为是理性主义的圣徒，穆勒实际上是一个感情丰富、十分浪漫的人。

（四）约翰·罗斯金

约翰·罗斯金（John Ruskin，1819—1900），英国散文家和批评家，生于伦敦一个富商之家。他的父亲靠经营雪利酒发了财，进入中年后才与比他年长四岁的表姐结了婚，次年生下他们唯一的孩子，约翰·罗斯金。富裕的家境和严格的家教把他培养成一个智力早熟的神童。他七岁即能赋诗作画。在母亲的督导下他逐日朗读、背诵《圣经》，从头到尾一遍又一遍，使他对《圣经》的内容了如指掌，也在一定程度上决定了他后来华丽、雄辩、饱含激情和寓言般韵律的散文风格。他从四岁起就每年随父母到买他家酒的乡绅家里做客，使他从小就有了对不同建筑风格和自然风景的体验，而且也观赏了不少这些大家庭珍藏的艺术品，培养了对艺术的兴趣。他14岁那年收到一本配有J. M. W. 透纳风景画插图的书《意大利》，非常喜爱；后由父母陪同对这些画的实地建筑和景观进行了考察。他后来经常去欧洲，积累了关于欧洲大陆许多地方艺术品的知识，并且形成了对透纳及其绘画终生的敬仰与赞美。

罗斯金的童年是在封闭的环境中度过的，接触最多的只有母亲一人，甚至在他进了牛津大学的基督教会学院读书之后，他母亲还在附近租了房子住下，每天同他见面。她的这种既严格又溺爱的做法使他的心理发育不够健全，导致他后来在感情生活上屡遭挫折。他17岁那年爱上父亲生意合伙人的女儿，因缺乏恋爱的经验而未成功。20岁那年他与一远亲结婚，但始终未与妻子同房，后来妻子离他而去，与他的朋友、拉斐尔前派画家J. E. 米莱结了婚。后来，他在40岁时爱上一个年仅10岁的姑娘，六年后向姑娘的父母求婚，使他们大为震惊。此后不久，姑娘患病，这场爱情一直持续到她1875年去世才告结束。罗斯金感情生活上屡遭挫折是他最后几十年不断受精神病痛折磨的主要原因，也是他没有再写出重要著作的主要原因。

罗斯金在大学读书期间曾获一项诗歌奖，但肺结核病迫使他中断学业，在父母陪伴下到意大利疗养；他后来又多次游历意大利和欧洲大陆的其他国家，对这些地方的自然风景以及建筑与绘画产生了浓厚的兴趣，为他后来的艺术评论积累了丰富的素材，打下了坚实的基础。1864年他父亲去世，给他留下了12万英镑和一些其他财产，都被他用来办学和从事其他公益福利事业。他创立了圣乔治同业公会，要求会员每年拿出自己资产的十分之一用于慈善事业，还鼓励人们返回到农业时代的生活方式。他开办了几个企业，试图把自己关于思想中的劳资关系理论付诸实践。他还指导牛津大学的学生们从事筑路等体力劳动，培养他们尊重劳动者的品德，这些学生中就有奥斯卡·王尔德。到罗斯金去世时，父亲留给他的大宗财产丧失殆尽。

罗斯金的主要著作有《现代画家》（*Modern Painters*）一至五卷（1843—1860）、《建筑的七盏明灯》（*The Seven Lumps of Architecture*，1849），《威尼斯的石头》（*The Stones of Venice*，1851—1853）。这几部著作集中体现了他的艺术观和美学思想，其中《现代画家》第一卷是为反驳一些批评家对透纳晚年绘画风格的攻击而写的，但是随后他发现，“对艺术进行阐明绝不是一件轻而易举的事，小册子写成了一卷书。这一卷书才写了一半却又分出了三个头，每一个头变成了一卷书”。这部著作的一个基本思想是，艺术品的伟大与艺术家本人的道德修养及思想的崇高之间有着不可分割的联系。《现代画家》第二卷出版后罗斯金暂时中断了这部著作的写作，着手研究诺曼底的大教堂，写出了“鉴赏史上曾经出版过的最有影响的著作”——《建筑的七盏明灯》。这部著作同样体现了作者严格的道德立场和精微的审美感受力，其基本思想是：艺术之伟大既取决于产生它的社会土壤，又是这种社会生活中高尚品质的表现形式；这种高尚品质在理想状态下是由牺牲、真理、权力、美、生命、记忆和服从这七盏明灯所照亮的。《威尼斯的石头》进一步阐发和完善了罗斯金对具体的艺术品从道德、社会形态和表现技巧方面所作的解释。他说："某种适当的性情和道德感情是产生一切好的建筑的魔术般的力量。《威尼斯的石头》自始至终唯一的目的是要表明，威尼斯的哥特式建筑产生于一种纯粹的民族信仰，一种家庭的美德，并且表现了它们在各个方面的特点。"这部著作中关于哥特式建筑性质的那一章被罗斯金认为是全书"最重要的部分"，对当时的美学和社会思想产生了巨大影响。

1854年以后，罗斯金从艺术批评转向了社会批评。他的这一转变是必然的，因为他认为艺术的功能在于陶冶人的情操，促进人的全面发展，艺术与人生、社会有着密切的联系；另一方面，伟大的艺术是伟大的心灵的产物，而培养伟大心灵的良好土壤是健全合理的社会。目睹工业社会将人异化为机器的现实，他不可避免地要抗议，要提出一系列改良措施。他的社会批评主要表现在《直到这最后一个》（*Unto This Last*，1862）、《芝麻与百合》（*Sesame and Lilies*，1865）、《野橄榄王冠》（*The Crown of Wild Olive*，1866）和《时与潮》（*Time and Tide*，1867）等著作中。《直到这最后一个》包含罗斯金的四篇著名论文，批评当时盛行的约翰·斯图亚特·穆勒的政治经济学理论。穆勒认为，一个国家的经济秩序是在历史进程中自然形成的，因此就像自然的物质进程一样不受道德判断的约束和干扰，必须用超脱的、客观的眼光来看待这种秩序。穆勒理论的核心就是建立在"经济的人"——即人以谋取利润为唯一动机——基础之上的自由竞争。罗斯金令人信服地证明了这一为政治经济学家们普遍接受的理论的低效和不合乎人性；他以家庭生活、军人、医生和律师等职业里的伦理学为例，说明它们中间没有一个允许无节制的自由竞争，也没有一个是以经济上的自我利益为唯一动机，从而提出了他的建立在人与人之间爱与理解基础上的经济关系。下面这段话集中概括了这本书的思想：没有财富，只有生命——生命，包括它所有爱的能力，快乐的能力，敬仰的能力。培养了最大数目的高尚而幸福的人的国家是最富有的国家。

《芝麻与百合》是罗斯金所有著作中最广为人知的著作，由三篇讲演稿组成。第一篇是针对绅士们的，介绍读什么书以及如何读书，强调了文学的重要性。第二篇是针对特权阶层的妇女的，论述她们活动的范围，应该接受的教育以及她们的职责等。第三篇论述生命及其艺术的神秘，以及人们对宗教信仰、人生目标的冷漠。

罗斯金在他的后期论著中把艺术看成规范社会道德和促进社会改革的工具。他在论艺术的讲演中指出艺术的目的有三：（1）强化人的宗教意识；（2）完善人的伦理观念；（3）给人带来物质好处。至少在英国，罗斯金最充分、令人信服地阐述了艺术对社会的干预作用及其对社会财富的象征价值。他说艺术是“民族精神的体现”“民族性格的标志”和“最有价值的民族自传”。罗斯金几乎是独自一人完成了对英国人的审美教育。他抓住了艺术的本质及其在社会中起的作用，把艺术置于文明的中心位置。他的许多同时代人感到，是他教会了人们真正看清了艺术与自然。他不可能也不愿意抛弃柏拉图将艺术、道德和宗教视为一体的观念，但正确地反对了他那个时代的另一种选择：为艺术而艺术的主张和将艺术排除于时代的功利目的之外的做法。艺术对于罗斯金，就像对于康德和席勒一样，是一种使人更符合人性的创造活动，是人的成就。

作为批评理论家，罗斯金的道德观是审美的道德观，就像华兹华斯在《丁登寺旁》这首诗里表达的道德观一样。要理解罗斯金的批评理论，我们不仅需要研究他生活和事业发展的轨迹和模式，而且要研究他整个的感受能力中包含的浪漫主义。罗斯金把想象分成渗透、联想和观照三个功能，他关于想象力的看法与柯勒律治相似之处颇多。他并不认为想象能创造真实，但认为想象是转达和解释真实的重要工具。

罗斯金始终坚持，一切艺术，包括文学，都是崇拜，但这并没有使他成为对艺术从宗教或道德出发进行批评的人。虽然在宗教感情上他从最初的传播福音的新教主义转向了不可知的自然主义，后来又转向一种个人化的、具有原始意味的天主教信仰，他的实际宗教感情始终是华兹华斯式的对自然的虔诚，其中审美的经验和精神的经验是融为一体的。罗斯金认为，真正的艺术批评不在于应用规则，而在于基于人类同情心之上的感悟力，这种同情心由于对上帝创造的一切美与善的事物的矢志不渝的爱而得到纯化和升华。至于艺术家，他说为了想当名人、想获得某种地位或赢得人们的赞誉而从事艺术的终将一无所获。只有怀着对艺术的坚定信念，以无私的牺牲精神献身艺术的人才可以有所作为。

在《现代画家》里，罗斯金列举伟大的艺术品应具备下述特质：(1) 选择崇高的题材；(2) 热爱美；(3) 诚恳；(4) 创新精神。罗斯金指出一件艺术品伟大与否首先取决于所选择的题材是否能引起人们普遍的兴趣，是否包含强烈的激情。选择神圣的题材，如达·芬奇的《最后的晚餐》，表明艺术家具有表现崇高激情的天性。此外，选择圣题时要诚恳，也就是要发自艺术家的真心。同时这种选择还要明智，要有自知之明，量力而行。罗斯金把艺术家按天分分成了若干等级，认为天分不够的艺术家硬要从事超出自己能力的艺术创作必然事倍功半，弄巧成拙。他指出威尼斯画派的过分注重技巧，即光线和色彩，与佛罗伦萨画派的过分注重形式，即表现，都够不上伟大的艺术。只有在拉斐尔前派画家那里，这两种倾向才得到了纠正，产生了伟大的艺术品。

显然是受了卡莱尔的影响，罗斯金强调一个人的伟大与渺小是先天注定的。他说，教育、有利的环境、个人的决心与勤奋在某种程度上可以改变一个平凡人的命运，但绝不可能使他成为一个伟大的人，正像这些因素可决定一颗杏是在果实尚青的时候被风吹落、被踩在脚下，还是骄傲地长大、成熟，散发出金色的诱人香味，但绝不可能使它变成红醋栗一样。因此，认为可以把伟大的艺术教授给学生的教育制度是虚伪的。伟大的艺术主要而且最终也是伟人的精神表现，有益的教育是努力将伟大艺术蕴含的崇高品质注入学生的心灵，而不是期望他们个个成为提香那样的画家或米开朗琪罗那样的雕塑家。审美教育的目的是使学生懂得以诚实和聪明的态度去作画的可能性与责任，培养他高尚的心灵、敏锐的思维、优雅的举止，使他在人生的道路上能辨别是非，选择坦诚而非虚伪，真实而非幻影。

罗斯金过的是一种内向、孤独、清教徒式的生活，但他是一个有创造精神的、诚实而单纯的人。他对享用父亲留下的大宗财产一直感到良心上的不安，但这笔财产使他可以随意做自己喜欢做的事。这种随心所欲的特点使他在探讨诸多问题时不受成规所限。他在智力上的任性放纵与他心理上的弱点密不可分，但却使他对自己感兴趣的问题写起来驾轻就熟，使他能以不寻常的感受力去体验美，并且能以富有感染力的散文形式表达自己的体验。他既是一个对许多问题有先见之明的智者，又是一个因循守旧的典型英国绅士。

（五）佩特

沃尔特·佩特（Walter H. Pater，1839—1894），英国散文家和批评家，出身于伦敦近郊的一个医生之家。他在坎特伯雷的国王学校读完中学后进入牛津大学的王后学院读书，毕业后留在牛津大学。佩特从1864年起开始为一些刊物撰稿，他论文艺复兴的一些文章于1873年以《文艺复兴史研究》（*Studies in the History of the Renaissance*）的书名出版。这本书再版时简称《文艺复兴》，是佩特最重要的著作。尤其是称为读书的“结语”，集中体现了他的美学思想，100多年来吸引了众多的注意和研究。这本书的出版也使他成为牛津大学里一批志同道合者中的核心人物。佩特的历史小说《享乐主义者马里乌斯》（*Marius the Epicurean*，1885）进一步阐述了他在《文艺复兴》的结语里提出的美学思想，是他最重要的作品之一。《想象的肖像》（*Imaginary Portraits*，1887）是一些短篇哲理小说，在内容上与《马里乌斯》相似，而《鉴赏集》（*Appreciations*，1889）则又回到了《文艺复兴》式的评论，不过这一次的研究对象不再是米兰多拉、波提切利、米开朗琪罗、达·芬奇等意大利文艺复兴时期的艺术巨匠，而是莎士比亚、华兹华斯、柯勒律治、兰姆、罗塞蒂等英国诗人、作家和画家。《柏拉图与柏拉图主义》（*Plato and Platonism*，1893）对柏拉图及其思想做了一种纯文学的解释，避而不谈其哲学的逻辑和辩证方面的内容。佩特的《希腊研究》（1895）、《杂录》（1895）和《为〈监护人〉写的论文集》（1896）以及未完成的历史传奇小说《拉陀的加斯顿》（1896）都是在他去世后出版的。

佩特的生活平淡无奇，除了偶尔在伦敦居住或者到欧洲大陆旅行外，一生的绝大部分时间在牛津大学里度过。他性格腼腆，不苟言笑，只有在同少数追随者在一起时才例外。他的这种性格反映在其文体上，形成了为追求语言的华美、准确而字斟句酌、反复推敲修改的特点。佩特强调美的相对、具体性，强调审美活动中印象的重要性。他在艺术批评中不主张充当内行或专家，而强调捕捉绘画和雕塑作品的情感起源和效果。他的文学批评同样显示出对个人印象的依赖。事实上他的全部作品都既是学术论著又是有独特个性特征的文学创作。

对佩特的思想形成影响较大的是古希腊罗马文化。德国的唯心主义哲学，如康德和黑格尔，法国文学，尤其是波德莱尔，对他也产生了重要影响。他与拉斐尔前派有密切的联系，在一定程度上吸收了他们的某些美学观点。佩特的早期影响局限在牛津大学的小圈子里，他的美学思想对于下一代的文学新人产生了广泛而深远的影响。奥斯卡·王尔德、乔治·穆勒以及 19 世纪 90 年代的唯美主义者都是他的追随者，在观念和文体上都表现出与他明显的承袭关系，虽然这些人后来对他美学思想的阐发与他本人的最初意图相去甚远。佩特在世期间和去世后的 20 年间，他的“审美批评”及批评实践受到高度评价，20 世纪二三十年代，随着现代主义的兴起，他的声誉骤跌，他的批评方法也被贬斥为“印象主义的”、鉴赏性的、过分个人化或主观型的。但是他的美学思想通过叶芝和乔伊斯等人的早期作品影响到 20 世纪的作家和艺术家。最近 20 年来西方又兴起佩特研究热。哈罗德-布鲁姆编了《沃尔特·佩特文选》（1982），沃尔夫冈·伊瑟写了研究佩特的专著《审美的瞬间》（1985）。在保罗-德-曼和德里达等人的批评著作中也可以看到佩特的影响。

《文艺复兴》在艺术批评中独辟蹊径，避开对抽象美的界说，以不同寻常的同情心和洞察力细致地考察了文艺复兴时期的艺术珍品，尤其是对“蒙娜丽莎”的评论极其精妙而富有诗意，是佩特写出的最优秀的散文篇章之一。读书的“结语”是佩特唯美主义思想的浓缩表达，至今仍然被认为是 19 世纪英国唯美主义思潮的主要代表作。事实上，“结语”不是为了总结《文艺复兴》这本书，它最初是作为佩特评论“威廉·莫里斯的诗”的最后几段发表于 1868 年，比《文艺复兴》中的几乎所有文章都写得早。在结语的标题下有一句希腊文题词：“赫拉克利特说，万物皆流，无物永驻。”

而结语开篇的第一句话就是："将一切事物及其法则看成不断变换的范式或时尚已经成为近代思想的趋向。"佩特这样写就把近代思想的趋向与赫拉克利特的名言联系起来，一方面概括了整个西方哲学史，另一方面暗示所谓"近代思想"并非新鲜货色，在许多方面只是古典哲学的"近代化"。

佩特所处时代的最有影响的思想是黑格尔的辩证法和达尔文的进化论。但这里的近代思想是指当时的自然科学和笛卡尔、洛克、贝克莱、休谟等人的经验主义哲学。他在结语的第一段里批评了近代自然科学的缺陷。在这里生命被看成纯粹生理的化学过程，人完全丧失了主体性，像世界上的自然万物一样出生、成长、衰老、死亡。就连"在酷暑中猛然浸入滔滔清流那一刹那极其愉快的感觉"也成了"具有科学名称的各种元素的一种化合作用"。这样完全客体化的人生是毫无意义可言的。在结语的第二段里佩特指出了近代认知哲学的局限性。在这里人的主体性突出出来。通过转向内心世界，人与物质客体的距离就消失了。这个距离一消失，客体的客观性也不复存在。主体和客体融为一体，而这个融汇点就是印象。印象是靠不住的，不仅因为它是精神现象而非物质实体，也不仅因为它们代表的是部分而非全体，是主观而非客观，而且还因为它们转瞬即逝、难以捕捉。到了第二段的末尾，一切经验已经缩小到"刹那之间。我们刚刚要去捕捉它就消失了，与其说它存在，还不如说它不复存在更为合适"。

佩特指出他要讨论的是由"美的欲望"提供的对近代思想有害倾向的反应，而"美的欲望"由于认识到人终有一死而变得异常强烈。在结语的最后，他引用雨果的话——"我们都被判处了死刑，仅仅有一段不定期的缓刑"——来说明生命的短促，人生的无常。

佩特强调美就是"真理的凝练"，特别注重美的具体属性，这与他"美只存在于瞬间"的看法是一致的。波德莱尔关于"不存在绝对和永恒的美"的论断显然影响了佩特。在《文艺复兴》的引言里佩特明确提出，美学研究者的真正目标是"用尽可能具体而非抽象的词语界说美，不是企图找出其普遍适用的公式，而是找出能最充分表达其这样那样具体表现形态的公式"。"公式"在佩特的用语中等同于"形式"，即有卓越才能的人在观察事物时经历的一个普遍的内在程序。针对阿诺德认为批评的功能是

"看清客体本真的面目"的观点，佩特提出批评家的首要责任是了解自己的印象，声称个人印象可以同时既是主体又是客体。佩特在强调个人印象时实际上是在坚持知识的相对性，而知识的相对性是经验主义和实证主义哲学的一个核心原则。

佩特关于文体的见解是与他的美学思想一致的。他坚信"文如其人"，强调"优美文体的核心是达意性"，推崇"华美的""富有想象力的""充分个性化的"文体。在著名的《论文体》（*Style*，1889）里他提出不仅要描述事实，而且要描述对事实的感觉。在词汇方面他主张一种兼收并蓄的折中主义，不仅吸收视觉艺术的词汇，德国形而上哲学的词汇，而且吸收近代自然科学的词汇。他在论文的后半部分讨论福楼拜的文体观。他称赞福楼拜在遣词造句方面精益求精、追求完美的精神，但是不赞成他坚持作者应该完全隐去，让作品本身说话的观点。他认为任何艺术都是主观的、个性化人格特征的表现，因此要做到完全客观是不可能的。

三、维多利亚小说

正如浪漫主义时期是英国诗歌创作的黄金时代，维多利亚时期见证了英国小说的煌煌盛期，因而被称为英国小说创作的黄金时代。小说之丰富、种类之多在这段时期里是空前的。据约翰·萨瑟兰统计，在维多利亚女王执政的60多年中，一共出版了约6万种为成年人与儿童写的长篇小说。优秀作家的大量涌现（如狄更斯、萨克雷、勃朗特三姐妹、乔治·艾略特、哈代等小说家）也是当时文坛的盛景之一。自称是维多利亚小说家的约有7000人，其中三分之一为女性。

在当时没有影视设备的中产阶级维多利亚家庭中，全家成员晚上经常聚集在一间屋里，听着家里人轮流朗读小说。因为小说比较贵，多数家庭从图书馆借阅书籍或购买连载长篇小说的周刊和月刊。这些便民阅读设施的成立是一个重要的创举，推广了当时小说的阅读，提供了大量的读者。

现实主义为早中期维多利亚时代小说的主要形式，在19世纪30—60年代，多数作家以反映社会现实、揭露社会问题为主。但从乔治·艾略特、亨利·詹姆斯起，他们虽然也是现实主义作家，却对人物的内心世界更感兴趣，这些作家为后来20世纪初现代主义作家铺平道路。

（一）盖斯凯尔夫人

盖斯凯尔夫人（Mrs. Gaskell，1810—1865）原名伊丽莎白·克莱格霍恩·史蒂文森，是19世纪英国著名女作家。

盖斯凯尔夫人生于切尔西（Chelsea）的一个基督教牧师家庭。她父母共有8个小孩，她排行第八，但除老大约翰和她外其他6个全都幼年夭折。约翰大她12岁，兄妹感情笃深。约翰21岁时当了水手，1828年在一次驶往印度的航行中神秘失踪，从此生死不明。这一不幸事件使她遭受巨大打击，在以后的作品中她以哥哥为原型塑造了好几位勇敢善良的水手——其中也有莫名其妙失踪或长久与家人失去联系的；同时，她的作品所描绘的兄妹关系总是十分亲密友爱的，这一切都表明她对失踪的哥哥怀念情深。

盖斯凯尔夫人出生13个月后母亲就去世，不久后她被送到姨母家抚养，直至12岁。姨母家住纳斯福德镇乡下，美丽的自然景色使她从小对乡村和大自然产生了深厚的感情；由于成长在乡村，她对淳朴的乡俗民风有深切的体验和了解，这一些对于她以后的创作影响至深。她的作品中有关自然风光以及乡村生活的描写总是生动精彩、引人入胜。

盖斯凯尔夫人四岁时父亲再婚，她父亲从此大部分心神放在新建立的家庭上，她所得到的父爱和关怀大不如前，加上继母令人讨厌、难以相处，父亲的再婚给她带来很大的内心痛苦。《妻子与女儿》中吉卜逊先生的再婚以及莫莉因此所受的心灵创伤就是取材于作者的这一亲身经历。

盖斯凯尔夫人12岁时被送入一所体面的寄宿学校读书，接受全面教育，5年后毕业。毕业后她先后在伦敦、纽卡斯尔、爱丁堡生活。1831年她去曼彻斯特跟一个远亲一起住，由此结识了唯一神教派牧师威廉·盖斯凯尔。两人很快从相识到相爱，第二年便结了婚，定居曼彻斯特。他们共生下6个孩子，但只有4个活了下来。盖斯凯尔夫人堪称十足的贤妻良母，婚后她的生活一直十分忙碌。作为牧师的妻子，她理解、支持丈夫的事业，常常走访贫苦人家，参加福利民众的活动，同时不辞劳苦挑起持家育女的重担，无微不至地关心女儿们的成长和教育。不仅如此，她还是个十分殷勤好客的人，文人骚客、亲戚朋友常至她家作客，狄更斯、卡莱尔、夏洛特·勃朗特等名人就是她家的常客。除了广泛的交际，她还热衷游历，尤其是女儿们长大后她更是常常长时间四处旅游，行踪遍及德国、比利时、瑞士、意大利、法国等国家。这丰富的人生阅历对她的创作产生了很大的积极作用。

尽管生活十分忙碌，盖斯凯尔夫人还是以过人的精力给后世留下了《玛丽·巴顿》（*Mary Barton*，1848）、《露丝》（*Ruth*，1853）、《克兰福德镇》（*Cranford*，1853）、《南方与北方》（*North and South*，1855），《西尔维亚的恋人》（*Sylvi's Lovers*，1863）、《菲利丝表妹》（*Cousin Phillis*，1864）、《妻子与女儿》（*Wives and Daughters*，1866）七部长篇小说以及大量的短篇小说、书信和杂文。此外她为夏洛特·勃朗特所写的传记《夏洛特·勃朗特传》（*The Life of Charlotte Bronte*，1857）内容丰富，均为第一手资料，文笔流畅，既是一部文学作品，又是一部优秀的传记作品。1865年，《妻子与女儿》的最后一章还没写完，盖斯凯尔夫人就突然离世了。

1845年8月，盖斯凯尔夫人还不满周岁的唯一的儿子不幸死于猩红热，盖斯凯尔夫人悲痛欲绝。她丈夫因此建议、鼓励她写长篇小说以排遣失子之痛，她于是开始长篇创作。1848年她用笔名推出首部长篇小说《玛丽·巴顿》。她本想把这部小说命名为《约翰·巴顿》，但因出版商的坚决反对只好改成《玛丽·巴顿》。《玛丽·巴顿》出版时她已38岁，但它的出版使她在英国文坛上一举成名。

《玛丽·巴顿》的副标题是“曼彻斯特生活的故事”，它以英国19世纪三四十年代的宪章运动和工人罢工斗争为背景，真实地反映了曼彻斯特棉纺工人的苦难生活状况以及他们同棉纺厂主所作的斗争。小说一出版即引起曼彻斯特棉纺厂主以及保守派报界对作者的强烈谴责，说该书作者歪曲事实，挑拨劳资关系。

盖斯凯尔夫人在她的第一部长篇小说《玛丽·巴顿》中就显示了娴熟的创作技巧。书中所塑造的人物形象生动逼真，呼之欲出。美丽善良、行动果敢，但曾经虚荣地做过贵妇梦的玛丽；父爱深沉，慷慨帮助患难人家，但后来成为杀人犯的约翰；双目失明仍保持乐观精神的玛格丽特；沦落街头但爱心未泯的艾丝特；乡思不断的艾丽斯；爱情执着，宁死不出卖朋友的杰姆……每个人物都有血有肉，使读者如见其人，如闻其声。作者细致地描摹人物的性格特征，充分展现人物丰富的思想感情，尤其深入地剖析了巴顿父女的行为动机和心理活动。《玛丽·巴顿》中的人物之所以那样生动逼真还有一个原因，那就是作者在人物对话中巧妙自如地使用兰开夏（Lancashire）方言，使得书中人物对话就像曼彻斯特工人日常交谈一样。

盖斯凯尔夫人的第二部小说《露丝》1853 年问世。作者通过贫苦女缝工露丝被富家子弟亨利诱骗遗弃的故事，揭露了资产阶级伦理道德的虚伪不公：男人放荡不羁玩弄异性可以得到宽饶，而女人一旦越轨失节，哪怕是无辜的受害者，也要受到谴责，永遭白眼。《露丝》在当时可称是一部惊世骇俗之作，出版后曾引起强烈反响；不仅因为小说以“堕落”姑娘露丝为女主人公，更因为作者一再强调露丝的纯洁无辜、善良、可爱，字里行间无不流露出对露丝不幸遭遇的深切同情，最后还恢复了她在人们心目中的原有地位。这部小说同哈代的代表作《德伯家的苔丝》（*Tess of the d'Urbervilles*，1891）颇有相似之处。

《西尔维亚的恋人》1863 年出版。这是盖斯凯尔夫人所著的唯一一部历史小说。这部小说以 18 世纪 90 年代的拿破仑战争为历史背景，故事发生在一个捕鲸业港镇，情节围绕抓丁队强抓镇民到军舰上服役展开。该书以人物刻画生动深刻、景物描写细致逼真见长。

《妻子与女儿》是盖斯凯尔夫人的最后一部小说，1864 年至 1866 年在《康希尔》（*Cornhill*）杂志上连载，1866 年出版成书。这部小说代表了盖斯凯尔夫人的最高艺术成就。《妻子与女儿》与《克兰福德镇》在题材上大有相似之处，两者都是反映 19 世纪上半叶英国乡村的日常生活。《妻子与女儿》中的小镇豪林福德与《克兰福德镇》中的克兰福德都是以纳斯福德为原型的，而且在《克兰福德镇》中也有与《妻子与女儿》中的勃朗宁姐妹、古登纳夫太太、道维斯太太等次要角色相类似的人物。但《妻子与女儿》毕竟是盖斯凯尔夫人创作技巧达到顶峰时的作品，其艺术水平实非

《克兰福德镇》所能比肩。比起《克兰福德镇》,《妻子与女儿》所反映的社会生活在深度上与广度上前进了一大步;人物阶层更加多样,人物塑造更加丰满,所展示的人际关系更加复杂。

盖斯凯尔夫人的文学创作在英国维多利亚时代璀璨夺目的文坛上具有重要地位。她的小说文风质朴流畅,写人状景细致逼真,人物对话自然贴切。在人物刻画方面,盖斯凯尔夫人充分表现了她的创作才能。她塑造的人物有血有肉,而且大多显示了丰富复杂的性格特征,真如现实生活中的人。她的作品生动准确地再现了社会生活,深刻直接地探讨了社会、伦理等方面的问题。她是一位十分敏感、极具同情心的作家,不管是现实生活中还是在她的作品中,她始终对贫苦人民寄予深切同情,她的作品中有关生活种种苦难与不幸的描写最是哀婉感人,读来令人恻然心酸。她的作品说教味浓厚,创作目的之一就是想号召社会各阶级都遵行基督教精神,彼此互忍互让互助互爱,从而达到家庭和睦、社会安定。当然,她的作品也有不足之处,例如有的地方结构不够紧凑;不少事件过于偶然,不足为信;有时感伤情调浓得腻人。但毕竟瑕不掩瑜。

(二)萨克雷

威廉·麦克皮斯·萨克雷(William Makepeace Thackeray,1811—1863)是英国19世纪伟大的批判现实主义作家。他虽然一生在个人和家庭方面屡遭不幸,然而创作非常活跃,作品不仅种类繁多,而且数量惊人,涉及诗歌、散文、游记、书评、小说等体裁,后结集为20多卷本的《萨克雷文集》(*Thackcmys Works*)。"他的作品,尤其是小说,以其逼真的人物刻画、引人入胜的故事情节,特别是对英国维多利亚时期上层资产阶级和贵族的趋炎附势、唯利是图等极端个人主义腐败现象的讽刺和批判,为他赢得了"英国19世纪的菲尔丁"的美名。萨克雷观察生活细微,文笔犀利,其作品同狄更斯描写揭露下层人民苦难生活的巨著互相辉映,一起成为当时英国文坛的巨擘。同时,萨克雷也是著名的文体学家和艺术大师,他对小说形式进行了诸多方面的探索和创新,扩充了小说的人物塑造、精神安排、叙述视角等范围,为小说的发展做出了贡献。

1811 年，萨克雷生于印度加尔各答一个富裕家庭，父亲为英国驻东印度公司官员。不幸的是，四岁时，父亲去世，母亲改嫁，他被送回英国接受教育。对母亲的思念和学校生活的严酷、单调给他幼小的心灵留下不愉快的记忆和创伤。他记得在南安普敦上小学时，“那位可怕的专制校长一天晚上让我跪在床边，我嘴里念叨着我想念的妈妈”。他在查特豪斯私立学校上过六年中学，他称这里的生活是“奇特的考验”，除了体罚外，学校教的课程乃是“悲惨、罪恶、愚蠢”和他不喜欢的希腊和拉丁语。1829 年他入剑桥大学的三一学院，学院注重古典研究和算学，学风极为沉闷，他自己则把注意力用在阅读现代文学上。他参加了辩论社团，也为校报写一些稿件。一年后，他就退学到社会上游荡，去了德国，后又回到伦敦当律师。这时候，他过着豪放不羁的生活，出入歌剧院，吸烟，喝酒，赌博，不过对伦敦的各种生活有了一个全面的了解。1833 年他存款所在的印度银行破产，他才不得不认真思考生活出路。这时他决定去巴黎学绘画，因为他从小就对绘画感兴趣。但是，他的绘画（素描）并没有多少市场。1836 年，他同伊莎贝拉·萧结婚，使本来已很穷困的处境更为艰难。这时，他曾诙谐地说，虽然他只有 24 岁，却是一个“忧郁的满头灰发的老头”。四年后，伊莎贝拉精神错乱，成为他一生的烦恼和负担。他使用了好几种笔名为数家杂志投稿，写杂文和小说。他最有名的杂文是 1846—1847 年间在《笨拙》杂志上发表的讽刺英国中上层资产阶级和贵族的系列杂文，后结集为《势利者集》（*The Book of Snobs*，1848），揭露和批判资产阶级社会势利、金钱万能等腐败现象。杂文中的势利者来自商界、政界、艺术界、军界、学界等。他在中学和大学时的教师也成为他讽刺的对象。另外，这一时期他还写了一些小说，包括《凯瑟琳》（*Catherine*，1839—1840）、《贺大第钻石》（*The Great Hoggarty Diamond*，1841）、《巴里·林登的幸运》（*The Luck of BanyLyndon*，1844）等，也都具有反讽的特点。

为萨克雷赢得广泛声誉的是他的小说《名利场》（*Vanity Fair*），它连载在 1847—1848 年的英国幽默杂志《笨拙》上。小说刚发表时并未引起大的轰动。萨克雷把稿件拿到几家杂志社时都遭到了拒绝。一家杂志社说，“这个人不会写小说”。另一家说他小说的“语言像铅制的羽毛一样轻”。但是，伟大的作品终究还是会被承认的。夏洛特·勃朗特读了《名利场》后认为他是“独一无二、无与伦比的天才”。她写道：

> 在我们这个时代，有一位人士拔萃于社会伟大人物之上。
>
> 他谈论真理时寓意深刻，充满活力，无所畏惧。为什么我提到这个人呢？读者们，我之所以提到他是因为在他身上我看到了一种比他的同代人所认可的更为深邃更为独特的智慧；因为我把他看作当代第一个革新者……因为我认为哪一个评论家也没有找到能够适用于他的比喻以及能够恰如其分地表示他的才能特征的措辞。……我已把《简·爱》第二版呈献给他。

这部小说的题目取自约翰·班扬在《天路历程》里描写的名利市场，作者认为19世纪的英国也存在着这样的追求名、利和享乐的市场。这里有满身铜臭的贵族，有搞投机和欺骗的股票商，也有无所事事、挥霍时日的富家子弟和靠殖民地生存的脑满肠肥的官员。萨克雷把他们的丑恶行径无所保留地予以揭露，揭开他们的外部面纱，触到其最痛处。比如，约翰·赛特立破产时，身为至亲的奥斯本忙不迭地购买他的财产；别德·克劳莱夫人利用每一个机会，挖空心思地靠近克劳莱小姐以便她动恻隐之心时能给她的子女留下一点财产；毕特·克劳莱从男爵不惜屈尊帮助利蓓加从车上卸下行李，为的是能省下几个钱；罗登诱使乔治和其他人打牌，以便把他们的钱赢到手。面对眼前诸种行径，作者通过戏子领班的口说，他“心里不觉悲惨起来”。

小说除了提供广阔的社会场景和深刻的批判意义外，其逼真的、形象的人物塑造也是使《名利场》成为经典名作的原因之一。

这部小说除了在社会批判和人物塑造上的显著特点外，在写作手法上也有一些独到之处：

其一，整本小说没有正面的主人公。小说刚发表时的标题是《名利场：没有主人公的小说》，主标题和副标题都说明小说的侧重点不在塑造一个或数个英雄式的人物或谴责一个或数个流氓式的恶棍，而是创造一个人际关系图，通过描写社会上的诸多人物揭示社会的特征，从广阔的平面反映社会习俗。这在小说写法上是一个突破，开阔了小说的创作范围。

其二，小说采用全知式的叙述角度。作者通过叙述者对作品中的人物和事件发表看法，这种无处不在的作者的影子在小说中很明显。

但是，需要指出的是，萨克雷在作品中让叙述者发表的议论不是过分的作者介入作品，而是冷静和客观的必要述评。他用渊博的知识和阅世经历针砭时弊，讽刺矫饰，赞美贤良。他的笔总能恰当地传达他对世事的看法。他好像是一位哲人，对人物、事件的评判中显示出冷静和客观的态度，读者有理由相信他睿智的判断和结论。比如在对人物的刻画上，他从不根据自己的喜好给人物贴标签，他能把人物的正反两方面的特点都表达出来。利蒋加虽然工于心计，投机钻营，但仍有泼辣、可爱和善解人意的特点。爱米莉亚虽心地善良，为人诚实，但仍有不足取的一面，软弱且缺乏生气。这样，作者使用了全知式叙述；他的解释冷静、客观，他对读者亲切、友好，像个朋友，继承和发展了菲尔丁创立的一种叙述方法。

其三，小说的语言丰富、辛辣、讽刺性极强，许多上层阶级人士都难逃犀利的嘲弄。

《名利场》使萨克雷一举成为名闻遐迩的作家。“到 1848 年 7 月，他不仅被公认是聪明的杂志作家，而且是当代最出色的小说家之一。虽然他的知名度还不及狄更斯，但是他小说的优秀程度完全可以与其媲美。”紧接着，他又创作了自传体小说《潘登尼斯》（*Pendennis*），这本小说完成于 1850 年。主人公阿瑟·潘登尼斯出身于破落贵族家庭，没有受过多少教育，性格单纯。他面临着一系列的选择，在代表世俗引诱和家庭生活的两个女人中间，他经过思想斗争，最后选择了能够料理家务和一心爱他的劳拉为妻，达到了对自己和世界的认识。小说中许多人物取自于他的亲戚和朋友。

纵观萨克雷的一生，他的艺术成就可以概括为以下几点：

首先，萨克雷是位杰出的讽刺大师，他客观、冷静、真实地揭露了英国社会，特别是上层社会的腐败和丑恶，他对英国的“势利小人、个人主义者做了最广泛的研究”。马克思在论及狄更斯、萨克雷等批判现实主义小说家时说："他们用逼真而动人的文笔，揭露出政治和社会上的真相：一切政治家、政论家、道德家所揭露的加在一起，还不如他们揭露的多。"萨克雷犀利的讽刺文笔几乎触及英国社会的方方面面，寥寥数笔就把贵族、资产阶级的面纱揭开，露出最隐痛和羞于面世的赘疣。正因为如此，他的作品的知名度受到限制，维多利亚时代的绅士觉得他的作品读起来不舒服。他的同时代作家约翰·罗斯金说他"像一个嗡嗡的令人讨厌的苍蝇，在你买的食品上乱叮"。这从反面也说明萨克雷文笔的尖刻。

其次，萨克雷的小说有很强的历史感。他喜欢将典型人物置于特定的历史时期，既描写了人物，又传达了当时社会的习俗。他要求他的历史小说"比真历史更有趣、更逼真、更自然"。

最后，萨克雷对小说艺术的贡献还表现在他对小说形式的革新上。他的小说不注重离奇的情节，然而他能通过凡人琐事，把故事写得很生动；他能选择典型人物，从正、反两方面刻画他们的性格，可信度高。安东尼·特罗洛普说他的人物"以一种任何时代里任何英国作家所达不到的力量与真实性像活人一样地站起来"。利蓓加、碧爱崔丽克斯、亨利等人物形象早已留在读者的记忆之中；另外，他的小说不注重刻画某一个英雄人物，而是刻画一个群体，并通过这一群体展开广阔的社会面，从而拓展了小说的范围。

自然，萨克雷难免也有他的历史局限性。他生活的时代正是资本主义迅猛发展、劳资矛盾极为恶化的时期，他没有，也不可能描写工人的罢工斗争和困苦生活；他的小说许多地方都有他灌输的所谓"仁慈"和"爱心"的冗长说教，在多宾上校和亨利上校身上就可看出。他赋予他们太多的优点，内有劝善说教之意；他对没落的上层阶级表示出惋惜和怜悯之情。此外，在对人物的爱憎把握和道德问题上他有时飘忽不定。在《名利场》中，利蓓加虽然具有那么多令人讨厌的特征，但她在书中占有的位置、她给读者的印象远胜于天使般的爱米莉亚，这正是作者道德水准模糊的表现。作者在小说中也不时地表现出愤世嫉俗和悲观厌世的思想。如此等等，都是我们阅读时应该注意到的。

第五章　英国20世纪文学

第一节　爱尔兰文艺复兴

爱尔兰文学有着悠久的传统，它包含着凯尔特文学和英爱文学两个部分。凯尔特文学可以追溯到1000多年以前，而英爱文学也有300年历史。

富有想象力的凯尔特英雄传奇、民间传说、诗歌和歌谣有经久不衰的生命力，为后世所瞩目。爱尔兰从8世纪开始就不断受到外族的入侵，但她的文化、文学传统并未因此中断。而12世纪盎格鲁诺曼人的入侵，却使爱尔兰社会和文化发生了重大的变化。信奉新教的殖民者以宗教和政治的手段来巩固他们的统治，15世纪的英国都铎王朝的入侵和清教主义者克伦威尔统军在爱尔兰的大肆屠杀，除了残酷地迫害爱尔兰的天主教信徒，还极力摧残凯尔特的传统文化，努力使之英格兰化。英语的全面渗透，使盖尔语几乎濒临灭亡，古老的凯尔特文学也处于岌岌可危的境地。但在英国1688年（光荣革命）、美国1776年和法国1789年三大革命浪潮的冲击下，爱尔兰抗英民族斗争风起云涌，带来了民族意识的新觉醒，也激发起振兴民族文化的强烈愿望。

凯尔特文艺复兴最初起源于威尔士和苏格兰。苏格兰诗人詹姆斯·麦克菲森"翻译"的古代盖尔语诗歌以及古代武士故事，开创了18世纪60年代崇尚古代凯尔特文化的新时期。他的《莪相作品集》（1765）把民间传统和历史融为一体，继承并发扬了凯尔特文学传统，促进了爱尔兰民族和地方文学的发展。

英爱文学到19世纪才真正开始出现。在叙事体散文方面，玛丽亚·埃奇华斯的《拉克伦特堡》（1800）堪称爱尔兰第一部有意义的小说，也标志着爱尔兰地方性小说的开端。

19世纪40年代后期，爱尔兰发生了一系列重大事件，它们对爱尔兰的社会、政治和文化都产生了很大影响，特别是民族意识有了新觉醒。

40年代中期由于马铃薯欠收引起的大饥荒，使爱尔兰遭到一场空前的浩劫，100万人在饥饿和疾病中死去，200万人流离失所，其中很大一部分漂洋过海，移居美国，爱尔兰一时成了仅剩下老人和空屋的地方。大饥荒引起了民族矛盾的空前激化，使土地和民族独立问题更加突出。为了摆脱英国殖民者的残酷统治，“佃农权利联盟”在达夫的领导下，展开了如火如荼的斗争；“青年爱尔兰”运动组织了1848年的武装起义；1858年“爱尔兰共和国兄弟会”分别在都柏林和纽约同时宣布成立，坚决要以暴力推翻英国统治，这就是声势浩大的芬尼亚运动。随着社会矛盾的激化和反英情绪的高涨，1879年爱尔兰新教和天主教两派民族力量决定联合起来，在帕内尔、米歇尔和达维特等人的领导下，在两条战线上向英国殖民统治展开斗争：一是争取在英国议会通过“自治法案”，一是使用暴力为佃农争取土地权。1852—1882年的土地战争为佃农争得了一部分权利。“自治法案”（1893）虽然在英国下议院通过了，但最后却遭到上议院的否决。这场斗争也因为在英议会中爱尔兰党领袖帕内尔的倒台，受到严重挫折。这一事件削弱了主张立宪的民族主义力量，也造成民族主义队伍的分裂：一些人转向以暴力抗英的秘密组织爱尔兰共和国兄弟会；另一些人的民族自尊心受到损害，对政治感到厌倦，因而加入争取改善社会状况的社团，如盖尔体育协会，提倡抵制英国的体育运动，发展爱尔兰民族体育事业，以此弘扬民族精神。这场斗争虽然还远没有达到预期的目标，但作为民族斗争的新起点，意义是深远的，它标志着爱尔兰已进入一个政治斗争的新时期。

和民族独立运动相呼应，在文学领域里，“青年爱尔兰”运动在达维特和米歇尔的领导下，创办了《民族》周报（1842）。它以指导民族解放运动、唤起广大民众的民族意识为宗旨，在提高人们对两种语言、同一文化的认识的基础上创造出一个崭新的英语民族文学做了不懈的努力。达维特要求青年人深入传统的民族文化遗产中去，开辟一个新的爱尔兰文化基地。他深信，新的文学作品，终将会成为联结天主教爱尔兰和新教爱尔兰的纽带。从此，以“青年爱尔兰”运动为中心的诗歌运动就蓬勃地开展起来。这一运动对以后通俗诗歌的创作产生了积极的影响。

为了启发人们对爱尔兰历史、文化的新兴趣，海德于1893年创立了盖尔学会，组织青年人学习盖尔语，并开展舞蹈、戏剧等生动活泼的成人教育。叶芝创建了伦敦爱尔兰文艺协会（1891）和都柏林民族文艺协会（1892），吸引了一批爱好文学的青年人。他为振兴爱尔兰民族文学大声疾呼，鼓励青年作家去创作描写爱尔兰人民生活、表现民族精神的作品。这些组织的建立，为爱尔兰的文艺复兴运动打下了思想和组织基础。

爱尔兰进入19世纪末期，社会矛盾更加突出，民族情绪也更为激昂。一些爱尔兰作家渴望从文学上找到一条新的途径，来解决爱尔兰的社会和政治问题，医治人们心灵中的创伤。文艺复兴的领导人叶芝希望在人民中培育出一种有高度美学素质的民族文化，创造出有高度文化修养的国家形象，使整个民族团结起来。为此，他主张回到古老的基督教的爱尔兰，回到古代勇士传奇和民间传说中去，寻找像库丘林这样的英雄人物，来建立一个美好统一的国家。这种思想在他的剧本《胡里痕的凯瑟琳》（1902）中得到了形象的体现。爱尔兰就好似一个贫苦的老妇，但只要所有的男子汉都具备了库霍伦的武士气概，并决心为她献身，她就会重新变成美丽的皇后。

英爱文学的振兴需要一批有才华的作家和思想家。叶芝就是这样的作家；而民族运动的领导人奥利里就是这样的思想家。奥利里说：“永恒的英爱文学的发展，取决于一个作家是否能够愿意把民族主义事业视为己任。”他还说：

> 没有一种伟大的文学可以脱离它的民族而存在。一个民族如果离开了伟大的文学，也就无法确定它的特性。为了摆脱英国在政治和文化上的束缚，爱尔兰作家必须为发展爱尔兰独特的民族想象力创造条件。

这种思想深深地影响着叶芝，也为爱尔兰文艺复兴运动指明了方向。

为振兴爱尔兰文艺，爱尔兰作家面临着一场严峻的挑战。首先，要发掘和继承过去的文学传统就是一个难题。大部分作家对盖尔语一无所知，事实上大部分爱尔兰人已不讲这种语言。那么，有什么办法才能把凯尔特文学的精华吸收过来呢？又怎样才能创造出一个既不同于英国又不同于欧洲大陆的、独特的英爱文学呢？这就要求每一个作家去探索和实践。

叶芝首先用古老的英爱文体、继而用凯尔特形象与法国象征派相结合的技巧、最后采用一种既活泼又凝练的凯尔特民谣文体来创作诗歌。辛格把他丰富的欧洲戏剧知识和他所熟悉的爱尔兰民谣结合起来创作剧本。格雷戈里夫人则用她熟悉的戈尔韦郡人民的生活和方言，以法国滑稽剧的形式编写剧本。乔伊斯从欧洲象征派和现实主义的技巧中找到了反映当时爱尔兰群众文化的写作方法。还有一些短篇小说家以俄国作家屠格涅夫和契诃夫为楷模，写出了许多优秀的、有爱尔兰特色的作品。

尽管大部分作家都有双重语言的问题，但他们都受益于凯尔特口语传统。英爱英语是在19世纪中叶大饥荒后，在盖尔语向英语转化的过程中形成的。它保留了某些盖尔语的语法和词汇，可以说，它是一种新的方言。辛格、格雷戈里夫人和科勒姆在他们的剧本里，都使用了这种方言，从而使英爱文学大为增色。这样，大批反映爱尔兰民族历史、文化、农村人民生活的作品开始出现。

斯坦迪什·奥格雷迪（Standish O'Grady，1846—1928）对文艺复兴运动的影响最为直接。他撰写的《爱尔兰历史：英雄时期》（1878—1880）摒弃了陈旧的学究式的故事形式，把凯尔特和英爱传统成功地结合起来，以丰富的想象力写成了一部爱尔兰祖辈英勇斗争的历史。库丘林和厄尔斯特英雄，这些有血有肉的人物，都栩栩如生地一一呈现在我们面前。这部作品为继承凯尔特遗产指出了一条重要的途径。

海德、拉塞尔和叶芝都是文艺复兴的中心人物，在民族激情的促使下，各自都为爱尔兰勾画出一个理想的凯尔特世界：海德的凯尔特农民世界、拉塞尔的幻想的乌托邦世界以及叶芝的田园牧歌的神话世界。他们并不清楚，这种想象的世界和爱尔兰现实究竟有多少差距，但他们都在努力为爱尔兰文学艺术找到一条振兴之路。

盖尔学会的创始人道格拉斯·海德（Douglas Hyde，1860—1949）在做1892年爱尔兰文艺协会的主席就职演说时，做了《关于爱尔兰非盎格鲁化的必要性》的讲演。他指出，爱尔兰如果抛弃了民族语言，就等于放弃了要求外界承认自己是一个独立民族的最有效的权利。他还说，凯尔特农民是苦难深重的人民，过去痛苦的遭遇赋予他们一种特殊的品德；爱尔兰作家应该到农民中去发现这个民族的灵魂。海德翻译了15篇盖尔语故事，收集在《在炉火旁》（1890）里。译文简洁、生动、流畅、保持了爱尔兰故事口语体的特色。另一本译著《康纳赫特情歌》描写社会习惯势力的压力和家境清贫使爱情受到挫折。译著保留了原著的节奏和韵律。这两部作品为散文和通俗诗歌的创作树立了榜样。

乔治·拉塞尔（George Russell，1867—1935）又称A. E.。他本是神学运动的中心人物，负责编辑《爱尔兰神学家》杂志。后来在奥格雷迪的《爱尔兰历史》影响下，开始用爱尔兰题材进行创作，并逐渐地参与到文艺复兴运动中来。他的《还乡：随想曲》（1894）和《大地的气息及其他诗歌》（1897）奠定了他的神秘诗人的地位。关于诗歌，他认为诗人应该富于想象，而艺术就是想象的一种手段。他不同意叶芝把美看作诗歌的唯一目标，也不像叶芝那样强调技巧；叶芝强调文字的美，而他更重视生活的完美。他也不赞成海德那样去复活一种无法表达抽象概念的盖尔语。

叶芝是英语世界第一流的诗人，是文艺复兴运动的发起人和杰出的领导。在政治上，他选择了古代英雄芬尼亚和当代民族主义思想家奥利里的道路。在文学上，他选择了弗格森和奥格雷迪根据神话进行创作的道路。他重视历史和民间传说，他的长诗《莪相的漫游》（1889）、早期诗集《玫瑰》（1893）和故事集《凯尔特朦胧》（1893）都是根据历史和民间传说写成的。《凯尔特朦胧》是一本通俗的爱尔兰民间传说故事。“凯尔特朦胧”这个词是以叶芝为首的爱尔兰先拉斐尔派创造的。它象征着一个模糊的、充满尘世困惑和烦恼的世界，同时也象征着一个充满理想的神话世界。叶芝说，他就是要从一个毁坏了的粗陋的世界中，创造出一个小小的、美好、愉快、有意义的世界，这就是他想象中的爱尔兰。“凯尔特朦胧”在19世纪90年代文艺复兴时期成了民间传说和诗歌的主旋律。叶芝早期的诗歌就有这种朦胧的抒情风格。不过，在他经历了浪漫主义、唯美主义和现代主义创作时期后，他的诗歌风格变得更明朗、坚实、富有战斗性。叶芝还和格雷戈里夫人等发起了爱尔兰戏剧运动。他以英雄传说和农村现实为题材，率先创作出前面谈到过的《胡里痕的凯瑟琳》，剧本的爱国主义思想给了民族主义战士以极大的鼓舞。

在爱尔兰文艺复兴运动的推动下，诗歌有了长足的进步，新一代诗人相继脱颖而出。他们中间有科勒姆、坎贝尔、斯蒂芬斯、奥沙利文、戈加蒂、唐塞尼爵士、乔伊斯以及三位复活节起义领袖——皮尔斯、麦克多纳和普伦基特等一大批有才华的诗人。他们以现实主义的风格更多地反映了农村和城市的生活，改变了过去诗歌神秘和朦胧的基调。

爱尔兰本土的戏剧发展较晚，盖尔语中没有戏剧传统。到了18世纪，剧院开始有了发展，因为英国剧团常来演出，而这些剧院就是他们的演出场所，同时剧院也吸引了许多爱尔兰的剧作家，但是大部分有才华的作家都到英国去寻找他们的创作机会。康格里夫、法夸尔、哥尔德斯密斯、谢里丹等在17世纪后期英王朝复辟时期和18世纪的喜剧历史上都留下了他们的脚印。到了19世纪，王尔德和萧伯纳又把他们写的戏剧继续送上英国的戏剧舞台。

总的来说，这些作家所写的戏剧讲的都不是爱尔兰本土的事情。爱尔兰作为一个地区在剧本中出现，只是一个浪漫故事的背景和陪衬。爱尔兰的特点主要表现在传统舞台上的爱尔兰人身上，像在英国伊丽莎白时期（1558—1603）的剧作家所描写的士兵、用人，他们有自己特殊的服装、语言、习惯和爱好。到了英王朝复辟时期，这类角色的形象逐渐地固定了下来，他们都是一些在英国军队中勇敢、浪漫的军官，忠诚而又滑稽的奴仆，“不在本地的地主”，从事季节劳动的农民，偶然也有牧师和医生。他们的言语、行为是公式化的：习惯的错误发音，说些自相矛盾和引人发笑的话，干些蠢事。

都柏林出生的爱尔兰作家王尔德和萧伯纳，在英国戏剧史上都是赫赫有名的。王尔德写过4个英文剧本：《少奶奶的扇子》（1892）、《无足轻重的女人》（1893）、《理想丈夫》（1895）和《认真的重要》（1898）。《认真的重要》是王尔德讽刺喜剧的代表作。他早期的剧作《莎乐美》（1893，法文）和叶芝的诗剧有明显的相似之处，但他在爱尔兰文艺戏剧运动之前就去世了。萧伯纳在1904年已经出名，到了1910年，他的世界地位就确定了，他没有参加爱尔兰的戏剧运动，但他和爱尔兰戏剧作家仍时有联系。他写的《英国佬的另一个岛》鲜明地对比了英国人和爱尔兰人的性格特点。

19世纪末，随着爱尔兰民族和文化运动的高涨，新的戏剧思想也开始出现。叶芝、马丁、格雷戈里夫人对爱尔兰当时的戏剧状况都十分不满，商业性戏剧占据了戏剧舞台，真正严肃的戏剧得不到上演的机会。叶芝在1892年就发表了他的第一个剧本《凯瑟琳女伯爵》，他的《心向往之土地》到了1894年才有机会在英国伦敦上演。马丁写过两个剧本都没有得到演出的机会。都柏林和伦敦的剧院都只图经济效益，没有票房价值的戏剧是没有上演机会的。这时格雷戈里夫人对戏剧的了解还浅，但她很重视戏剧作家，对叶芝和马丁的处境深表同情。

马丁（Edward Martyn，1859—1923）是一位富裕地主出身的剧作家，受易卜生影响很大。他的《石南荒野》是具有易卜生特点的一个剧本，讲的是一个爱尔兰地主的故事。卡登·蒂勒尔对他贫瘠的地产十分不满，想把这块不毛之地，变成肥沃的农场。他的妻子和朋友都担心这项计划会使他破产。但他仍一意孤行，而且极端吝啬，佃农都很恨他，最后他疯狂致死。这个剧本反映了理想主义和现实主义的冲突，作者成功地运用了象征主义和幻想的手法，使这个剧本远远超过一般问题剧的水平。

马丁和叶芝的剧本相比，无论在场景、语言和主题上都大不相同。《凯瑟琳女伯爵》是由诗歌组成的、现代的中世纪道德剧。它的中心人物凯瑟琳不是一个现实人物，她的世界也不是现实世界。叶芝认为爱尔兰民族天生就有神秘感，爱尔兰舞台应该表现他们丰富的想象力，但这个剧本中的优美的诗歌、复杂的象征和热情的语言却不符合爱尔兰的现实，演出没有造成叶芝所期望的影响。马丁的剧本却充满了现实生活的气息，它写的是介乎现实和理想之间的真人真事。这两个剧本的不同特点反映了两位作家不同的创作思想：马丁把戏剧当作当今世界社会问题的评论和思想争论的场所，叶芝却把它看作对永恒真理的追求和想象的地方。他们都期望以各自的方式来表现一个真正的爱尔兰。

格雷戈里夫人（Lady Gregory，1852—1932）被萧伯纳赞美为“当代最伟大的爱尔兰妇女”。她是戏剧运动的发起人之一，而且也是运动的中心。她出生在高威郡的一个贵族家庭，是一个典型的新教徒。1880年，她和比她大35岁的格雷戈里爵士结婚。格雷戈里夫人通过她丈夫的关系结识了很多知名人士，像布朗宁、亨利·詹姆斯和威廉·格莱斯通。她长期侨居国外，丈夫死后才在库尔园地区定居，开始接触爱尔兰社会，由原来反对有利于爱尔兰的“自治法案”，逐渐转变为一个民族主义者。她把在库尔园的家作为爱尔兰作家休养和创作的地方。1897年之后，叶芝每年都到那里休养和创作。

格雷戈里夫人对民谣和民间故事很感兴趣。她以听到和读到的民间故事作为素材，用西部方言写成的《穆伊尔汉的库丘林》（1902），是一部影响最大的史诗译本。她还写了《神与战士》（1904）。这两本书都是她为一般读者写的。她善于把深奥的学术性文章改写成口头故事，对普及民间传说起到了积极的作用。这些改写本使得不懂爱尔兰语的作家能以民间传说为创作来源。

在戏剧运动中，她不仅是一位杰出的组织者，也是一位创作者。运动初期，她就写些剧院需要的小喜剧作为开场戏。她的第一个剧本《二十五》是一部滑稽剧，1903年在莫尔斯沃厅演出，得到了好评，增强了她的创作信心。她又写了《散布消息》（1904）。故事是有人误传了一个卖苹果的聋妇女讲的一件死人的事，使得人人都以为镇里发生了一起谋杀案，虽然这位传言中的被害者从容轻松地回到舞台上，人们还是不相信这案子是误传的。格雷戈里夫人是根据她在一个小镇生活中的见闻写出来的。剧中的塔培夫人是一个典型的爱讲闲话的村妇。剧中的那位英国官员，总靠他的经验行事，对周围发生的一切不闻不问。这些人物都具有滑稽剧的特征。这个戏剧反映了与外界隔绝的当地人的性格，他们不服外来的权威，也不顾事实的真相。

詹姆斯·斯蒂芬斯（James Stephens，1882—1950）是诗人和小说家。他是爱尔兰幻想小说家中最有吸引力的一个。他机敏，有同情心，而且健谈，是一个迷人的故事讲述者。他不仅根据爱尔兰民间传说编撰故事，而且还编撰了他自己生活的故事。他说他是1882年2月2日生的，但根据佩利小姐的旁证，他是2月9日出生的，这个问题至今没有弄清。假如他是2月2日出生的，那么他和乔伊斯就是同年同月同日出生在都柏林。说来也巧，他和乔伊斯在很多事情上都十分巧合：斯蒂芬斯很像乔伊斯的小说《青年艺术家的肖像》中主角的名字斯蒂芬。据记载，这两位作家后期书信来往甚密，乔伊斯曾告诉斯蒂芬斯，如果他在《为芬尼根守灵》未完成前去世，他希望斯蒂芬斯能完成他未了的事业。更饶有趣味的是，他们都以都柏林中下层阶级为题材，写了两部相似的短篇小说集：斯蒂芬斯的《女人》和乔伊斯的《都柏林人》在1914年的几个月内先后出版。爱尔兰短篇小说当时还处在幼年时期，乔治·穆尔的作品《未开垦的土地》（1903）仅比他们的作品早发表10年，而且在此期间没有什么重要的作品问世。他们的卓越作品对爱尔兰传统的故事形式的发展无疑做出了贡献。

第二节　现代主义诗歌

20世纪英国诗中最引人注目而且流行时期也最长的一股潮流就是通称“现代主义”的诗。从20年代起到50年代，这类诗流行于英国（也有美国）的诗坛达30多年之久，到了第二次世界大战之后才逐渐为其他倾向所冲击，但是迄今为止还没有出现与之抗衡的如此集中、如此有明显特色的诗派可以完全取而代之。

欧美文艺中的现代主义不限于哪一个国家，也不只限于某一种艺术形式，绘画、音乐、舞蹈、诗歌、小说中都有表现。法国、意大利、德国、十月革命前的俄国，以及美国，都有现代派作家、艺术家对这一潮流的形成的贡献。具体谈到诗，英国现代派的诗，又和法国诗，特别是美国现代派的诗难以截然分开。英国现代诗虽说生长于英国，但是巴黎的影响却不下于伦敦，许多诗人是来往于这“双城”之间的。现代派诗人也是群英荟萃，来自各处。例如叶芝是爱尔兰人；艾略特是美国人，常住英国，入英国籍；奥登是英国人，迁往美国后入美国籍，又回到英国任牛津大学诗学教授；D. 托马斯是威尔士人。在英语诗中形成现代派起关键作用的庞德是个美国人。他是作为现代派诗先驱的“意象派”的奠基人之一；叶芝从早年的诗风走向晚年的现代派诗风，庞德起了极大的促进作用；而艾略特堪称现代派诗代表作的《荒原》在20世纪60年代末期原稿的发现出版，证明这首诗引起那么大的反响，是因为它那特殊风格很得力于庞德的删改加工。谈到现代主义英国诗是无法避免估价美国人庞德的影响的。

现代主义英诗起于何时？这类问题历来难以有很准确的答案。一般都以20世纪的开始断代，有的史家再推前一点，到19世纪90年代。但即使主张以20世纪开始为起点的，谈到它也不免要回顾一下19世纪末的情况，这里就从19世纪末英国诗坛的情况谈起。

19世纪英国诗的主流是浪漫主义诗歌，19世纪末维多利亚时代诗歌总的来讲也属于这一传统。这派诗歌以自然和自然风物为中心主题，虽然19世纪科学的发达已经威胁着对自然的浪漫主义看法，但是诗歌里的大自然仍然是美好的、宜人的、有益于人的心灵健康的。浪漫主义诗歌理论更认为诗歌是抒发个人感情的，读其诗就可以知其人。这种对诗的看法在20世纪仍然存在，爱尔兰的叶芝，美国的弗罗斯特和许多他们同时代的诗人都曾有这个想法。当代的所谓“自白派”诗人也如此。但是19世纪八九十年代反对维多利亚诗的传统的唯美主义者和后来兴起的现代派诗人是反对这种意见的，例如现代派诗人就认为这是浪漫主义和维多利亚时代的不高明的残余，因而他们强调超脱于个人感情，主张重理而抑情，主张要敛才就范，主张培养“机趣”之类一般认为是法国的或者英国新古典主义的风格。浪漫主义诗人和维多利亚诗人对诗的作用有极高估价。浪漫主义诗人认为诗人的想象力是一种可以使人和自然甚至和神结合的力量，可以拯救个人和整个社会。到了维多利亚时代估价不那么高了，但大诗人仍被尊为如中国传统所说的能“贯通天人”的哲人，华兹华斯就是一例。此外，浪漫主义和维多利亚诗歌可说是一种多少带大众性的艺术，诗可以使读者赏心悦目，有不小的读者群。但19世纪八九十年代首先向浪漫主义挑战的唯美主义者则认为诗人天生就是不合时宜的。后来的现代派诗人虽然瞧不上唯美主义和他们对美的看法，但有一点和他们相同，就是认为诗人的最大责任就是对艺术的责任。有的理论家说现代派艺术不但非大众化而且反大众化，这不无道理。现代派认为诗人扭曲语言以为己用，力求脱俗不避艰深，你如看不懂那是你的事，诗本不为茶余酒后消遣解闷之用，而是为少数真能欣赏的人写的。

现代派诗在英国诞生于20世纪初，在它正式诞生前英国诗坛上有几个对它有影响的先锋派别。这里面包括一些有才能的诗人如早期的叶芝、道森、约翰逊、西蒙斯等人。他们在反对维多利亚传统之际采取了一些原则和方法，后来为现代派诗人所接受。而且他们反对的不只是传统的19世纪诗风，反对得更厉害的是传统的思想和生活方式。

维多利亚时代的思潮是，人是有理性的，他有能力追求真理和控制自己的感情和行动。基于这种对人性的基本信念，当然就会对知识、道德和社会进步具有乐观的看法，对生活也乐观有信心。但是另一方面，那时代的人也很容易伪善而洋洋自得，常成为讽刺的对象。当时先锋派别的各种人物的共同特点就是持否定态度，他们都是反维多利亚派。

他们又都向当时的法国文学中找榜样。这里一桩关键事实是阿瑟·西蒙斯写了一本关于法国象征派诗的小书《文学中的象征主义》（1899）。西蒙斯曾去过巴黎，和当时法国的象征派诗人魏尔兰、马拉梅等有来往，从此成为他们在英国的鼓吹者。法国象征派诗以波德莱尔为先驱（《恶之花》1857，1861），兰波、魏尔兰为主力，马拉梅和莫雷亚斯为理论家。西蒙斯在他的书中介绍了8位主要作家，导言的头一句是："没有象征主义就不可能有文学，甚至不可能有语言。"西蒙斯是叶芝的好友，曾帮助他读法国象征派诗的原文，他的书是献给叶芝的，在献词中说这本书献给他，因为他是自己国家中象征主义运动的代表，因而会比别人更同情书中的意见。西蒙斯认为叶芝在爱尔兰发起的诗的运动就是象征主义的一种表现。西蒙斯的这本书是向现代英国诗中传入法国影响的媒介，当时还年轻的艾略特就是由于这本书才注意到法国象征派，特别是拉弗格的诗而形成他自己的风格的。

当然，这些诗人有很不同的个性、不同的文化背景和不同的思想信仰，但共同的一点，就是强调艺术的价值和独立性。依他们看来，维多利亚作家是中产阶级化了，庸俗化了，没有活力了。所以艺术要独立，至少在一个意义上，就是同中产阶级的感情决不做任何妥协。重要的问题是艺术家忠实于自己的问题。他有权利和义务追求他所认为真和美的问题。有的诗人就提出更为极端的主张，认为最高最纯粹的艺术只有完全脱去其他作用才能实现，不管是道德的、宗教的、社会的，还是反映生活和大自然的作用都要脱去。法国诗人波德莱尔说："诗除开它本身外更无目的。"对这些诗人来说艺术首先是风格和形式。唯美派也罢，颓废派、象征派、印象派也罢，都是主张形式第一的。

开创英国 20 世纪 20—30 年代现代派诗的中心人物是 T. S. 艾略特（Thomas Steams Eliot，1888—1965）。叶芝可能是个更伟大的诗人，但他在很大程度上是独立于诗坛逐鹿之外的。他的个性，他的爱尔兰背景，他的独特地运用神话的能力，使他多少处于诗的主流之外。艾略特则是影响诗的潮流的人。他的批评文章宣传了并且实现了反浪漫主义运动的主张，他的诗比叶芝的诗更直接地反映了一代人的心情。艾略特的代表作《荒原》在主题上和技巧上都是时代的代表。他把神话的、人类学的、基督教的和东方宗教的意象结合在一起，以寻求用诗的方法反映现代西方世界的矛盾；他不是用明白的逻辑，而是把一系列戏剧场面用有力的感情效果连接起来，以形成诗的结构；他在精神的空虚和失败这一主调上巧妙地运用了各种变调；他运用了不易捉摸而引人入胜的用典方式；他强调用口语语言入诗——这些都给后来的一代诗人提供了范例。总的来说，他是把过去的浪漫主义时代、维多利亚时代和乔治时代认为不可入诗的东西拿来入诗，并且运用了新的技巧、新的语言，获得了新的艺术效果。所以他的作品从一发表起就引起注意，引起争论，终于被接受之后就更改了一代诗风。他最早的一本诗集出版于 1917 年，其中的《普鲁弗洛克的情歌》一开始是这样的：

那么我们走吧，你我两人，正当朝天空慢慢铺展着黄昏好似病人麻醉在手术桌上。

而同一诗中给在客厅中上层社会人士活动提供的背景却是这样的：

黄色的雾在窗玻璃上擦着它的背，黄色的烟在窗玻璃上擦着它的嘴，它将它的舌头舐进黄昏的角落，徘徊在快要干涸的污水上，让跌下烟囱的烟灰落上它的背，它溜下台阶，忽地纵身跳跃，看到这是一个温柔的十月的夜，于是便在房子附近蜷伏起来安睡。

表现形式如此奇特和表现的对象分不开。艾略特在第一次世界大战前后开始正式写诗，当时资本主义的欧洲在政治、经济、精神上都四分五裂，空虚幻灭，处于严重的危机之中。艾略特 20 世纪 30 年代以前的诗基本上都以不同方式反映了这一现实，而以《荒原》一诗为最。当然，艾略特曾说过："承蒙各类评论家把这首诗解释为对当代社会的批判，甚至当作重要的社会批判。我自己却认为这不过是个人在完全无足轻重地对生活咕哝两句发泄一下罢了；它不过是带有韵律的牢骚。"

第一次世界大战后英国诗坛现代派兴起，叶芝、艾略特之外以奥登等人为后劲。除了他们还有其他诗人，各有风格，其中不都是严格的"现代派"，有的甚至是反现代派的，现在姑且以时代划分，在此略作叙述。

女诗人、文艺批评家伊迪丝·西特韦尔（lidith Sitwell，1887—1964）系出名门，父亲是贵族。她和两个兄弟奥斯伯特和瑟谢弗勒尔均有文名，曾合编现代诗年刊《轮》（1916—1921），以抗衡当时保留了维多利亚时代诗风的"乔治派"，是诗坛上一股新生力量。在 20 世纪 20 年代初，她深受波德莱尔和法国象征派诗人以及现代派的音乐、艺术和当时初传到西欧的俄国现代芭蕾舞的启发，特别是受到艾略特的诗的影响。她曾说《普鲁弗洛克的情歌》的出现标志着诗歌的一个新时代的开始。同古典名著比较，新派诗之美在于突出的个人特色，在于人自各异，并具有一种爆炸力，用科学语言说，就是把分子分裂以探讨原子的奥秘。

活跃于 20 世纪前半现代派风行时代的诗人还有戴维·琼斯（David Jones，1895—1974），他是威尔士人，参加过第一次世界大战。他受艾略特和乔伊斯的影响，但诗中有一种基于空间的结构则是受威尔士古代诗人的影响，最著名的有长诗《在括号中》（1937）。

巴兹尔·邦廷（Basil Bunting，1900—1985）常好自称为英国诗坛的局外人，因为他长期居住在巴黎、米兰，第二次世界大战时还被英国政府派往波斯（现伊朗）工作。在20世纪30年代他和庞德的弟子美国诗人路易·朱可夫斯基一起发起了一种叫作“客观主义”的诗派。他对艾略特先在《序曲》，后在《四个四重奏》中以音乐形式入诗的办法很感兴趣。他的自传性长诗《勃力格低地》（1966）就是试图使用奏鸣曲形式的，也是这首长诗使他在本国的青年诗人中受到注意。

威廉·普洛默（William Plomer，1903—1973）生于南非，青年时代在南非和英国度过，成年后又长期在日本和希腊，所以也喜欢称自己为局外人。普洛默善于以文雅的语言写讽刺诙谐诗，但往往带着一些骇人的笔触。他写了许多他名之为“解闷读物”的歌谣体诗，他自己说：这些讽刺诗是有关于人生的某些时刻的，在那些时刻恐怖与可笑、荒诞与平庸混合在一起，而这种时刻也许在我们的时代比通常更多见。

V. 沃特金斯（Vernon Watkins，1906—1967）生于南威尔士，曾在剑桥大学学习。他是奥登和麦克尼斯的同代人，但到了1941年才出版诗集。他自称“玄学诗人”，但是指的是他的诗不涉及当前社会问题，与现代社会无关，和一般了解的不同。他不像其他20世纪诗人热心于试验和改革，曾说“抒情诗若没有点崇高之意也就不值得写了”。他的诗受到法国和德国诗的影响，他还译过海涅的诗。

罗伊·富勒（Roy Fuller，1912—1991）终身任律师，早年的诗受到奥登和斯彭德的影响，曾在左翼杂志上发表。他的诗文字明澈，形式整洁，读来流畅，和同时代的许多诗人不同。富勒一直关心艺术与社会问题的关系，他认为好诗不应无视历史、科学和语言在多年里积累下来的财富。他又认为诗应当永远关心生死问题，关心人身的神秘以及有机生命在宇宙间的神秘地位，甚至宇宙本身的荒唐之处。从这方面讲，我看诗与科学就没有多大的分别了……

富勒1968年被委任为牛津大学诗学教授。他的诗和燕卜荪的诗一样受到“运动派”青年诗人的推崇。

第三节 广播和电视文学

加拿大著名通信理论家马歇尔·麦克卢汉曾经指出，自从人类进入20世纪以后，书本的时代从理论上说便开始瓦解。新一代的电子传播媒介正逐渐将世界变为一个全球性的巨大村落。的确，20世纪的新科技——广播与电视——也开创了一个文学发展的新纪元。书本对于文学的垄断被打破，文学以新的形式向大众迈进了一步，展现出新的、巨大的活力。

在英国，最早进行无线电广播的机构就是国立的英国广播公司（BBC），其无线电广播于1922年11月正式开播。最初只设有两个频道，节目无论雅俗，统统在这两个频道中播出。第二次世界大战之后，公司一改旧制，分门别类开辟了三个频道：一雅，一俗，一雅俗兼容。这格调高雅的频道便是人们通常所说的“第三套节目”。这套节目反映了当时英国知识阶层的趣味和欣赏格调。许多严肃的文艺节目都是在这套节目中播出的，如古典及现代派音乐、学术演讲、诗歌、广播剧等等。在提高大众审美趣味方面，第三套节目功不可没，虽然它仅存在了20年。到了1967年，英国广播公司又动了一次大手术，频道增加到了四个，并且有了明确的分工：第一频道播送摇滚乐；第二频道播放通俗节目；第三频道趣味高雅，主要播放古典音乐；第四频道则除了新闻述评之外还播出大量的古典与现代的广播剧作品。

世界上第一部广播剧是1924年在英国问世的。这是一部极短的作品，名叫《危险》，其作者是理查德·休斯。该剧本身虽然并非佳作，但它有着划时代的意义。它标志着一种新的文学形式的诞生。第一部长度与舞台剧相当的广播剧是雷金纳德·伯克利所创作的《白色别墅》。这部作品表现的是第一次世界大战期间的事情，于1925年的停战纪念日播出。从此之后，文化界的一些有识之士便看中了这片新开垦的处女地，并在其中辛勤地耕耘。到了20世纪30年代初，英国广播公司每年已经能制作50部广播剧，不过，其中大部分作品都来自现成的剧作或从小说移植，极少有专为广播而写的作品。

第二次世界大战期间，由于战争的缘故，人们常常滞留家中，于是广播剧的听众陡增，这种情况一直持续到战后。例如，1955年时，有些节目的听众人数达到英国有史以来的最高峰，有六七百万人之多。不过，这时听众人数虽多，但高质量的剧本却十分鲜见，播放的大多是移植作品。当然，优秀的广播剧作品也出现了一些，如弗尼德里克·布拉德南的《个人的梦想与公众的恶梦》、贾尔斯·库珀的《卢法树下》等等。然而，面对着一个如此庞大的广播剧市场，仅有几部优秀的作品显然是远远不够的。

从20世纪50年代中期到60年代初，由于电视的兴起，广播剧的听众人数锐减。这无疑沉重地打击了广播剧的制作者们，不过同时这也迫使他们去反思如何在绝境之中求生存和发展。从这时起，广播剧这一形式才真正开始发挥其本身潜力。广播圈外的名家作品已经不再是广播剧的主要源泉；专为广播剧而写的剧作占据了主导地位，作品的质量有了相当大的提高。

广播剧作为一种艺术形式有着其他形式无法取代的特点。与舞台剧和电视剧不同，它不依靠形象、而只依靠语言的力量去震撼人心。它能制造一个现实世界无法比拟的天地，也能通过激发听众的想象力自由地超越时空。这些特点既限制了剧作家，又给他们提供了可能性。广播剧正是靠着这些独特的品质，加上日臻完善的音响技术给作家们提供的日益增多的艺术手段，才终于能在今日电视艺术的冲击下依然顽强地占据着英国文化市场的一隅。

然而，对于广播剧这一新兴的艺术形式，英国文化界的权威人士一向采取一种保守的、不屑一顾的态度，一些人拒绝承认这样一种在短时间内便吸引了成千上万听众的形式有任何艺术性和文学性可言；有人甚至认为广播剧作家们是在浪费时间。即使是在今天，持这种观点的人依然很多。

但是，正是这样一块为一些人所不耻的“是非之地”却为英国训练和培养了众多的剧作家（包括舞台剧作家和电视剧作家）和诗人，因为许多颇有成就的剧作家的创作生涯都是从为英国广播公司写广播剧开始的。其中有些人最终成为著名的文人，例如：迪伦·托马斯、塞缪尔·贝克特和哈罗德·品特等。从某种意义上说，广播剧这块领地的确称得上是英国剧作家的摇篮，为英国当代戏剧文学的发展做出了不朽的贡献。

在英国广播剧60余年的发展历史上，涌现出一大批有才华的剧作家和编导人员。其中比较引人注目的是贾尔斯·库珀、蒂龙·格思里和路易斯·麦克尼斯。

贾尔斯·库珀（Giles Cooper，1918—1966）称得上是广播剧的元老作家。他曾留学法国，后来入戏剧学院学习。第二次世界大战时他当过几年兵，退役之后又演了几年戏。20世纪50年代中期，他开始为广播进行创作，主要作品包括《马斯里·比康》（1956）、《卢法树下》（1958）、《昂曼、威特灵和齐戈》（1958）、《星期一以前》（1959）等等。库珀的作品从表面上看似乎松散不着边际，而实际上他是以讽刺的手法表现了人在现代工业社会中进退维谷、无法挣脱的困境。例如，他的《卢法树下》的主人公爱德华·斯维特就是这样一个人物。剧中，爱德华一边洗热水澡一边自我陶醉在美好的想象之中。他回想起自己以前中学的校长，又想起部队里的中士，他还想到了电台的节目主持人和自己的父母。他甚至梦想着自己已荣获维多利亚十字勋章，并神气十足地参加了一次广播知识竞赛。可不幸的是，洗过澡之后，他便照旧落入现实的怀抱，回到他乏味的日常生活之中。

另一个绝好的例子是他的《星期一以前》。这也是一部具有讽刺意义的作品。一位以替人送鲜花为业的姑娘碰到了一位因神经脆弱想要自杀的男士。这位先生的联想简直太丰富了，乃至无论他做什么事都会激发他无穷无尽的思绪。他既不能刮胡子，也不能享受沙丁鱼罐头，因为刮胡子能使他联想到从采矿直到制成刀片等一系列加工过程；而面对鱼肉罐头则会使他神游马口铁的产地秘鲁和捕鱼人的国度葡萄牙。姑娘再三劝他不要去钻牛角尖，而要面对现实。他终于回心转意，放弃了轻生的念头，愉快地走进了教堂。然而就在此刻，教堂的钟声却打开了姑娘思想的闸门，引发了她对撞钟复杂过程的无休止的联想。

库珀一方面自己创作广播剧，另一方面也把经典小说改编成广播剧。他曾成功地改编过狄更斯的《奥列佛·特维斯特》和戴维·哈华斯的《斯蒂利亚的一夜》。

由于库珀对广播剧事业做出了令人瞩目的贡献，从1978年起开始设立“贾尔斯·库珀奖”，每年奖励一批优秀的广播剧作品。

蒂龙·格思里（Tyrone Guthrie，1900—1971）曾就读于牛津大学，20世纪20年代初当过演员。他也是最早为英国广播公司创作广播剧的作家之一。他不但是剧作家，而且更是一位才华横溢的导演。他曾在伦敦的威斯敏斯特剧院、老维克剧院和韦尔斯剧院担任导演工作，获得了独创性导演的声誉。由于他在舞台剧导演方面的名气很大，因此他在广播剧方面的贡献便没有得到应有的注意。其实，他在广播剧方面的工作不会不影响到他对舞台剧的处理，而他的广播剧作品则推动了当代戏剧的发展。格思里创作的重要广播剧包括《松鼠笼子》（1929）、《花非任你摘》（1930）、《米奇纳的狗》（1959）等。

在剧本创作上，格思里反对自然主义的写作方法。他认为过分忠实于现实必然导致作品枯燥无味。因此，他作品中登场的都是些社会中的典型人物，目的主要是为了能表现他们所遇到的社会与政治方面的问题。他的《松鼠笼子》一剧的主人公便是这样一个典型。这位名叫亨利的年青人在伦敦城里的一家办事处供职。每天他都须从市郊的住所赶到城里上班。亨利总想冲破这单调乏味的生活，到大千世界中去闯荡一番，但他的努力没有能够成功。对于亨利所遇到的问题，大多数听众都会有同感，虽然他们自己的生活方式可能与亨利的不尽相同。

格思里还被认为是一位具有先锋派创作倾向的剧作家。他的许多作品都采用了反传统的、现代派的创作手法。正因为如此，他的一部实验性作品甚至遭到英国广播公司的拒绝，未被采用。这类作品中有代表性的就是他于1959年创作的《米奇纳的狗》。

《米奇纳的狗》从头到尾均采用独白。剧的主人公是一位老护士，她一边照顾一位半身不遂的老年军官，一边不断地述说着她的思想。外面传来阵阵犬吠声，她对打狗的人表示愤怒，因为这样做近似残酷。其实她是在影射那位病人的境况，体现了她的同情心。她就这样自言自语地述说着，直到剧终。该剧尤其适合广播的特点，演出时配上音响，其效果远胜过舞台演出。

路易斯·麦克尼斯（Louis MacNeice，1907—1963）是诗人兼剧作家。他毕业于牛津大学，20 世纪 30 年代初曾在伯明翰大学讲授古典文学，后又在伦敦一所女子学院教希腊文。他出版过十几部诗集，如《盲目的烟火》（1929）、《诗集》（1935）、《秋天日记》（1939）、《燃烧的栖木》（1963）等等。除此之外，他还发表了不少散文和翻译作品。他从 1941 年起开始为英国广播公司创作并演出广播剧，最终成为英国广播公司最著名的剧作家和导演之一。他的广播剧作品中最值得一提的是两部：《黑塔》（1947）和《从波洛克来的人们》（1963）。

《黑塔》是广播剧历史上的一部艺术性强、独具匠心的重要作品。麦克尼斯在这部作品中充分利用了他所学过的所有技术手段，它因而被称为一部广播剧技巧的教科书。该剧的创作灵感来自布朗宁的一行诗："查尔德·罗兰来到黑塔。"剧中的罗兰出身于一个与罪恶斗争的世家。他兄弟死后，家里只剩下他这一个孩子。他的母亲和师傅都鼓励他去斗争，而他却胸无大志，只是喜欢与自己的情人整天厮守在一起。由于众人多方的鼓励和动员，他终于浑浑噩噩地上了路，去寻找黑塔。一路上，他碰到了各式各样的人物，有象征法西斯的龙和醉鬼。他的情人引诱了他，把他带进一间教堂，他在那里听到了父亲和兄弟们说话的声音。最后他又受到了鹦鹉和乌鸦的嘲笑。正当他想要放弃继续寻找黑塔时，黑塔却终于出现在他眼前。面对黑塔，他必须做出自己最后的抉择。《黑塔》的播出获得了巨大的成功，甚至那些对广播剧看不上眼的人也因此改变了对它的看法。

《从波洛克来的人们》是一部节奏很快、很难移植到舞台上的作品。其主人公是一位画家。他有着追求艺术的欲望和才华，也常常受到商业社会的诱惑。他总是在两者之间摇摆不定。他既嗜酒又好女色。然而，在艺术灵感的感召下他终于创作出了大手笔的作品。该剧的特点就在于人物心理活动变化的节奏极快，在听众脑海里造成的意象也极丰富。

当然，在广播剧数十年的发展中，优秀的作品绝不止以上提到的那几部。其他许多剧作家也奉献出了自己的佳作。如亨利·里兹的《庞培的街道》、詹姆斯·福赛思的《特洛格》、罗伯特·博尔特的《醉醺醺的水手》、塞缪尔·贝克特的《所有堕落的人》、哈罗德·品特的《小病痛》以及迪伦·托马斯的《奶树林下》等等。所有这些作品都已成为广播剧的经典之作，成为这一艺术形式发展史上的里程碑。

20 世纪 50 年代中期之后，广播剧开始走下坡路，听众人数骤减，最终稳定在 100 万人左右。代之而起的便是更新一代电子技术的产物——电视剧。

早在 1936 年，英国便正式开始有了电视节目——英国广播公司播放的节目。然而在第二次世界大战之前，播出的节目均属实验性质，仅限于伦敦地区。1939 年，由于第二次世界大战的爆发，电视节目被中断达 7 年之久，直到 1946 年 1 月才重新开播。

英国的电视业走的是一条“公立”与“私营”相结合的路子。继英国广播公司之后，“独立电视网”（ITV）于 1955 年宣告成立，以期打破前者的垄断。在经费方面，官办的、“老字号”的英国广播公司主要靠出售“许可证”维持，而“后起之秀”——独立电视网——则全赖广告收入与之争雄。最初英国广播公司并不十分重视电视，到了 1954 年也只是开设了一个频道，每天仅播放 6 个小时的节目。独立电视网诞生后，英国广播公司大批有才华的电视节目制作人纷纷“跳槽”，进入商业性的电视公司，终于使独立电视网在三四年之内站住了脚跟，从英国广播公司那里夺走了大量的观众。如今，这两大电视系统便是英国电视业的两大主要支柱。

这两强争雄的局面对英国电视节目的趣味产生了深远的影响，其最大的特点就是雅与俗的结合：或俗中藏雅，或雅里透俗，其雅者无不掺入噱头以娱众，而其通俗者则必为其同类中之上品。

电视剧是电视节目中最为观众喜闻乐见的形式之一。英国历史上第一部电视剧的播出是在 1930 年，即英国广播公司正式播放电视节目的 6 年之前。当时，电视节目尚处在试播阶段。这第一部电视剧——严格地说是由电视转播的话剧——的作者乃是意大利的著名剧作家皮兰德娄，剧名为《嘴里有一朵花的男人》。自此之后，电视剧的产量便逐年增加。到了 1962 年，仅英国广播公司一家全年就制作了 300 个小时的电视剧。随着数量的增加，电视剧的品质也有了极大的改善，由最初只是照搬舞台上的演出，到后来渐渐地脱离舞台，直至最后发展到接近电影的拍摄水准，全与舞台无涉。

一般来说，电视剧可分为若干品位：其上者有独立电视剧和舞台剧，电视连续剧次之，肥皂剧又次之（肥皂剧源于美国，肥皂商人为推销其产品而摄制电视剧，因此而得名）。

独立电视剧，顾名思义，就是自成一体的电视剧。这种电视剧虽然总是在某一固定时间内播出，但其主题则是多种多样的，剧与剧之间在内容上并无联系。这一电视剧品种基本不受商业因素的影响，在艺术上力求创新，是编导人员和演员得以发挥其想象力和创造力的好地方。它也是一副跳板，既可使有才华的青年剧作家得以进入影视领域，又可令“老”剧作家们跳出通俗连续剧或肥皂剧的框框，保持自己的创作活力。独立电视剧无疑是电视剧“家族”中最富于艺术性的品种。独立电视剧的佳作颇丰，这里只列举若干最著名的作品，如戴维·默瑟的《易疗的病症》、彼得·尼科尔斯的《草地上的漫步》、约翰·莫蒂默的《免费辩护》、丹尼斯·波特的《乔之舟》等。

就英国广播公司而言，20 世纪 60 年代初期是其独立电视剧作品的鼎盛时期。那时的作品有许多是艺术性极强和富于探索性的。但是后来，公司为了吸引更多的电视观众，越来越重视通俗电视剧的生产，使高雅的电视剧的生存空间变得越来越狭小。

另一类艺术性较强的剧种便是电视舞台剧。它流行于电视节目刚刚诞生的时期，是电视剧最原始的形式。它基本保留了戏剧原有的舞台形式，有时甚至采用现场转播的方法，因之显得不自然，话剧味十足。然而尽管它有诸多的不足之处，电视舞台剧毕竟不是一般的舞台剧。特别是到了后来，电视的技术手段日臻完善，即便是舞台剧，通过电视手法的处理，其效果也比一般的舞台剧更为生动和逼真。除此之外，它还有一个功绩，即可以较为完整地向子孙后代展示高水平的戏剧表演艺术，比如说，莎士比亚的许多名剧如《麦克白》《李尔王》《暴风雨》等都曾以舞台剧的形式在电视上播放，而每一次收看的人数恐怕要超过莎士比亚一生中观看其剧目的人数。

舞台剧以下便是电视连续剧。这是一种比较大众化的电视表演形式。连续剧的形式有二：一种被称为series，这类连续剧除人物、地点相同外，其实并无甚联系，每集均独立成章，观众无须每集必看。另一种叫作serial，这类连续剧各集之间联系密切，所有各集加在一起构成一个完整的故事。每集都在要紧之处断开，“且听下回分解”。观众若稍有疏忽，漏看一两次，便不易跟上剧情的发展。20世纪70年代以后，这两种类型之间的差别渐趋缩小。反映第二次世界大战的《秘密部队》便是这两种模式合二为一的最典型的例子。电视连续剧弹性很大，可长可短，用它来介绍长篇文学经典作品是最适合不过的。于是，许多这类作品被改编成连续剧，搬上了电视舞台。其中比较成功的例子有：奥斯丁的《傲慢与偏见》、狄更斯的《奥列佛·特维斯特》、约翰·高尔斯华绥的《福赛特世家》、伊夫林·沃的《重游勃赖茨海特》等等。可以说，电视连续剧对普及高雅文学起了了不起的作用。

电视剧品位最低的是肥皂剧。其始作俑者为美国的肥皂商人。这类作品一般来说制作粗陋，趣味通俗，其目的主要是为了向观众推销产品。有的肥皂剧也具有教育大众的内涵，但总体来说是迎合公众趣味的居多。英国的肥皂剧通常是每周播出一集或两集，经年不断。其中表现的不过是些极普通的人和事，以及传统的道德观和价值观。也许正因为如此，它特别为大众（尤其是家庭妇女）所喜爱。英国较出名的肥皂剧有《十字路口》《爱默戴尔农场》《加冕街》等。说起《加冕街》，人们对它还有争议。该剧的编导认为把它归入肥皂剧类实在是天大的冤枉。的确，该剧在制作、演技和导演等诸方面都颇为出色，其艺术性远在其他任何肥皂剧之上，甚至超过某些独立电视剧。因此，称之为肥皂剧也许有失公正。不过就其形式而论，《加冕街》确实是一部不折不扣的肥皂剧，只不过是其中之佼佼者罢了。

在其发展的历史上，电视剧同广播剧一样，也曾一度不为文评界所重视，并因此闹出了一些尴尬的笑话。例如，戴维·默瑟1962年创作的《易疗的病症》荣获当年作家协会奖。而当默瑟领奖之时，英国广播公司竟然已将该剧的录像带消了磁。如今，情况已经有了很大的改变，这类事情不会重新发生了。人们已经认识到，电视剧同广播剧一样，也有许多其他艺术形式无法替代的特点。比如电视剧可以利用人物面部的特写来反映其复杂的内心世界，而舞台剧就做不到这一点。电视剧的艺术性正在得到越来越多的评论家的承认。

关于英国最重要的电视剧作家，评论界谈论得比较多的是戴维·默瑟和丹尼斯·波特。

戴维·默瑟（David Mercer，1928—1980）生于约克郡的维克菲尔德。他14岁便离开了学校，从1942年到1945年曾在某实验室当技术员，接着又在皇家海军的实验室工作了3年。1953年他获得杜兰大学艺术系的学士学位，此后又做了几年教师的工作。默瑟成为职业作家是在20世纪60年代初期，此后他创作了大量的舞台剧、电影和电视剧。他的成名之作是电视剧三部曲《几代人》（1964）。他的一部在1962年创作的电视剧《易疗的病症》获作家协会奖，并于1965年被拍成了电影，取名《摩根》。他主要的电视剧作品包括《骑木马》（1965）、《两个头脑》（1967）、《燧石》（1970）、《追随哈格蒂》（1970）和《弗拉迪米尔表弟》（1978）等。

默瑟是一位来自工人阶级聚居地区的剧作家。最初他的作品常常以自然主义的风格描写阶级矛盾。后来，他渐渐认识到电视剧艺术的无穷潜力。于是，他开始少用现实主义的摹写，而着重刻画人物的复杂的反抗心理。他作品中的主人公往往行为乖僻，桀骜不驯，与时代或社会格格不入。

在《易疗的病症》这部最能代表默瑟风格的作品中，他正是塑造了这样一个典型的默瑟式的主人公——摩根。在剧中，摩根看上去就像一个“文明的野蛮人”，他有着动物一般的天性，他与动物园里的大猩猩有着共同的语言，但却无法同自己的妻子列奥妮同床共枕，而不得不睡到了汽车上。列奥妮终于与他离婚并打算另嫁他人。摩根一怒之下，绑架了她。但是他的绑架阴谋并未得逞。于是，他便化装成大猩猩，前去大闹婚礼。混乱之中他的服装被点燃，于是他便跳上一辆偷来的摩托车一头扎入泰晤士河中。此后他被送入精神病院，而他此时却暗暗地高兴，因为他确信列奥妮腹中怀着的是他自己的孩子。在这部作品中，政治的因素已不起主导的作用。默瑟想要表现的只是一个与社会格格不入的人如何以自己独特的方式对其进行反抗。在默瑟看来，“暴力对一个遭受挫折的人来说也包含一种尊严”。他希望能以这种个人反抗的方式把人从各种形式的奴役下解放出来。这部出色的作品于1965年被改编成电影之后曾轰动一时。

丹尼斯·波特（Dennis Potter，1935—1994）出生于矿工之家，曾就读于牛津大学，1959—1961年曾在英国广播公司电视部供职，从此便开始了自己的创作生涯。他既写电影脚本，也写舞台剧剧本。然而他的声誉主要来自电视剧的创作方面。他曾这样说道：

> 电视是历史上最大的舞台，如果一个作家不想在其中一试身手，那他就是放弃了自己的权利。

他是这样说的，也是这样做的。从20世纪60年代开始，他与默瑟一道，共同挖掘电视剧这门新兴艺术形式的潜力，创作出多部艺术性强、富于创造性和想象力的作品。他的主要作品包括：《投奈杰尔·巴顿一票》（1965）、《站起来吧，奈杰尔·巴顿》（1965）、《唱歌的侦探》（1966）、《人的儿子》（1969）、《来自天堂的便士》（1978）、《记忆中的蓝山》（1979）等等。

《投奈杰尔·巴顿一票》是波特平生第一部电视剧作品。奈杰尔·巴顿是一位矿工的儿子。小学毕业后他争取到一份奖学金进入牛津大学。后来，他作为工党的候选人参加了大选，然而最后还是落选了。这时，他已对工党失去了信心，因为他看见了权力的腐蚀作用——人们为了得到权力便不惜拿原则作交易。于是，为了表示他对丑恶的政治交易的不满，他便一走了之，遁入一个无人知晓的世界中去了。该剧从一个侧面反映了英国政治与社会生活的弊病，讽刺了英国的选举制度，同时也表现了一位无法将自己的抱负和现实统一起来的年轻人所处的困境。有人认为这位主人公就是波特自己。

波特的另一部力作就是他的6集电视连续剧《来自天堂的便士》。剧中采用了各种表现手法，人物之间的对话不断为哑剧和通俗歌曲所打断。这是波特在电视剧方面的一个大胆的尝试。波特喜欢在技术上搞一些别出心裁的新花样，目的是想让观众听到他与众不同的声音。例如，1979 年他写了一部电视剧，名叫《记忆中的蓝山》，其中儿童的角色都由成年人来饰演，演出的效果非常之好。

不管人们承认与否，广播剧和电视剧作为 20 世纪新技术的产儿，确实为人类提供了表达自己情感的新手段，拓宽了文学的疆域。至于这两种文学形式还将向何处发展，其前途如何，我们唯有拭目以待。

参考文献

［1］王佐良，周珏良．英国20世纪文学史［M］．北京：外语教学与研究出版社，2018.

［2］钱青．英国19世纪文学史［M］．北京：外语教学与研究出版社，2018.

［3］王佐良．英国文学史［M］．北京：商务印书馆，2017.

［4］王佐良，何其莘．英国文艺复兴时期文学史［M］．北京：外语教学与研究出版社，2018.

［5］李赋宁，何其莘．英国中古时期文学史［M］．北京：外语教学与研究出版社，2018.

［6］刘意青．英国18世纪文学史［M］．北京：外语教学与研究出版社，2018.